HEINZ G. KONSALIK

Wer stirbt schon gerne unter Palmen ...

Band 2: Der Sohn

BASTEI LÜBBE

Konsalik

Wer stirbt schon gerne unter Palmen...

Band 2: Der Sohn

BASTEI LÜBBE

1.– 2. Auflage 1975
3.– 4. Auflage 1976
5.– 7. Auflage 1977
8.– 9. Auflage 1978
10.–12. Auflage 1979
13.–15. Auflage 1980
16.–17. Auflage 1981
18.–19. Auflage 1982
20.–22. Auflage 1983
23. Auflage 1984
24.–25. Auflage 1985
26. Auflage 1986
27. Auflage 1987
28. Auflage 1989
29. Auflage 1990

Lizenzausgabe: Bastei-Verlag Gustav H. Lübbe
Bergisch Gladbach
Printed in Western Germany 1990
Einbandgestaltung: Manfred Peters
Druck und Bindung: Ebner Ulm
ISBN 3-404-11089-7

I

Die Sonne stieg aus dem Meer wie eine glutrote, neugeborene Welt. Die See, in langen ruhigen Wellen zum Strand rollend, schillerte in einem mit Gold durchsetzten Violett. Morgendunst wehte durch die Palmen, der süße Duft von Tausenden von Frangipani- und Tiare-Blüten zog vom Hang hinunter über den feinen, gelbroten Sand.

Diese Augenblicke des aus dem Meer steigenden Morgens waren für Werner Bäcker die schönsten Minuten des ganzen Tages. Anne und Paul, sein Sohn, schliefen noch, und immer wiederholte sich das gleiche: Er stand leise auf, schlich auf Zehenspitzen aus der Hütte, trat hinaus in den noch kühlen Tag, dehnte sich dem Glutball der Sonne entgegen und überblickte dann sein Paradies: die Insel Viktoria-Eiland, den Strand, die schwarzen Felsen, die Korallenbänke, die Lagune und das Meer. Dieses gehaßte, geliebte Meer, mit dem er sich jetzt vertrug, mit dem er zusammenleben mußte, das ihn ernährte und beschützte, nachdem es ihm vorher alles genommen hatte — die erste Frau, drei Kinder, überhaupt den ganzen Werner Bäcker. Es hatte einen neuen, anderen Menschen aus ihm gemacht, hatte ihn umgeformt, ließ ihn jetzt nicht mehr los. Es hatte ihm eine eigene Welt geschenkt von ergreifender Schönheit und verfluchter Schrecklichkeit.

Jeden Morgen, nun schon dreizehn Jahre lang, stand Bäcker vor seiner Hütte und dachte an das Gestern, das

Heute und das Kommende. Meistens trat er vorn an den Hang, auf dem die Hütte stand, und blickte hinunter zum Strand. Dort hing noch immer zwischen den acht dicken Bambuspfählen die aufgespannte orangenfarbene Gummiinsel, die ihm vor neunzehn Jahren das Leben gerettet hatte, mit der er das Regenwasser aufgefangen hatte, die seine erste Kampfansage gegen die glühende Sonne, den austrocknenden Wind, den mehligen Sand und das mit Haien verseuchte Meer gewesen war.

Jetzt war die Gummiinsel zu einer Art Denkmal geworden. Siebenmal hatte er in den letzten dreizehn Jahren die Pfähle erneuert. Die orangene Farbe war ausgeblichen, die Gummiimprägnierung brüchig geworden, er hatte vor vier Jahren ein schönes, festes Bretterdach über das »Denkmal« gebaut und zu Anne und seinem Sohn gesagt:

»Es gibt nicht nur eine Dankbarkeit gegenüber Menschen, es gibt sie auch gegenüber Dingen. Ihr werdet mich einmal überleben ... Sorgt dafür, daß die Pfähle immer wieder erneuert werden. Was wäre aus uns geworden ohne diesen Fetzen Stoff?«

Ja, was ist aus uns geworden? — das dachte er jeden Morgen. In dreizehn Jahren war aus dem einsamen, elenden, auf keiner Karte verzeichneten Viktoria-Eiland eine vollkommene, kleine Welt geworden. Systematisch hatte Bäcker die Insel kultiviert, Auffangbecken für Regenwasser gebaut, Kanäle gezogen, Mais und Getreide angepflanzt, Salat und Gemüse. Mit seiner kleinen, wendigen Jacht hatte er von den Tuamoto-Inseln Milchziegen und zum Lachen reizende, schwarze Zwergschweine herübergeholt, hatte Ställe und Pferche gebaut, Böcke und Eber gekauft, züchtete nun selbst sein Fleisch, und Anne hatte gelernt, wie man Ziegenkäse macht, sie melkte, bediente die Zentrifuge, überwachte die Buttermaschine und setzte Joghurt an.

Die Zivilisation wuchs von Monat zu Monat. Eine mit Benzin betriebene Trafostation wurde gebaut, ein Benzinlager angelegt, tief in den Hang hineingegraben, eine Betonmischmaschine drehte sich zehn Stunden am Tag, und Bäcker und Anne gossen Fundamente und Stürze, Platten und ganze Wände. Paul — damals zehn Jahre alt — stand an der Mischmaschine und schaufelte Sand und Zement in die rasselnde Trommel, schleppte Steine zu den Baustellen und übernahm das Kochen für die unermüdlich arbeitenden Eltern.

Dreizehn Jahre ... sie waren dahingeflogen, und Bäcker hätte es nicht begriffen, wenn er nicht an Paul die Spanne der Zeit hätte messen können.

Aus dem Kind war ein junger Mann geworden; groß und stark wie sein Vater, mit Muskeln, die sich unter der Haut wie Stränge spannten, aber das Gesicht hatte er von Anne geerbt, dieses zur Zärtlichkeit auffordernde Gesicht mit den großen, braunen, verträumten Augen, die dann plötzlich aufblitzen konnten und vor Energie fast barsten.

»Ein wunderbarer Sohn —«, hatte Bäcker einmal an einem Abend gesagt, als sie oben vor dem Haus auf der Bank saßen, die von einer mit Hibiskusblüten überwucherten Pergola überdacht war. Unten am Meer stand Paul wie ein herrlicher nackter Gott und warf sich den anrollenden Wogen der Flut entgegen. »Anne — ich danke dir.« Er hatte sie geküßt, dann den Arm um sie gelegt, und aneinandergeschmiegt hatten sie ihrem Sohn zugeschaut, wie er mit dem Meer rang.

Es war ein Festtag gewesen.

Dreizehn Jahre Viktoria-Eiland. Das bedeutete eine völlige Verwandlung der Insel.

Jetzt stand ein Wasserturm da. Auf der höchsten Stelle der Insel wehte an einer weißen Stange eine Fahne, nicht die deutsche, nicht die Frankreichs, in dessen Territorium Viktoria-Eiland lag, sondern eine selbstgenähte, von Anne entworfen: auf weißem Grund zwei gelbe, ineinanderverschränkte Hände und darüber im Halbkreis der Satz: Wir werden leben.

»Man sollte sie zur Fahne der ganzen Menschheit machen«, sagte Bäcker, als sie zum erstenmal im pazifischen Wind knatterte. »Wir werden leben ... darüber gibt es nichts mehr! Anne, wir sind die glücklichsten Menschen geworden.«

Als nach dem Einbau des Benzintransformators zum erstenmal elektrisches Licht die Insel erhellte, wußte Bäcker, daß damit die Eroberung seines Paradieses abgeschlossen war. Was jetzt kam, war normaler Ausbau.

Dreizehn Jahre.

Bäcker hatte von der Missionsstation auf Hiva Oa Schulbücher und Hefte geholt. Jeden Tag ging Paul vier Stunden zur Schule ... Anne, seine Mutter, war die Lehrerin. Er lernte lesen und schreiben, rechnen und Erdkunde, Geschichte und Physik, Chemie und Mathematik, und in den Religionsstunden sagte Bäcker zu seinem Sohn: »Man hat dicke Bücher über das Christentum geschrieben, mein Junge. Es gab Heilige und Märtyrer, Eiferer und Idioten, Reformer und Zerstörer, wie überall, wo Menschen etwas besonders gut machen wollen. Das alles ist nicht wichtig. Wichtig ist nur: Es gibt einen Gott, und es ist ganz gleichgültig, wie du ihn nennst. Er ist da — du siehst ihn jeden Tag, und ich weiß, daß du ihn siehst. Das genügt.«

Ab und zu nahm Bäcker seinen Sohn auf der Jacht mit ... zu den Marquesas-Inseln, zu den Tuamoto-Archipelen, zu dem schon legendären Pater Pierre, der auf einem kleinen Atoll neben einer winzigen Kirche hauste und mit einem Auslegerboot der Eingeborenen von Inselchen zu Inselchen segelte und den Papuas von Jesus erzählte. Es waren Ausflüge in eine andere Welt. Paul ging mit offenen Augen durch die Straßen von Atuana oder Fakarava, viermal in dreizehn Jahren auch durch Papeete, aber die Stadt gab Paul nichts, er beobachtete kritisch die Menschen, hörte sich die Gespräche der reichen Pflanzer an, besuchte – er war inzwischen siebzehn Jahre alt — ein Sommerfest beim Gouverneur und verglich mit in sich gekehrtem Blick das aufgebaute, verschwenderische kalte Büfett mit der Armut, die Pater Pierre durch Gottes Wort mildern wollte.

Nach diesem Ausflug in die für Paul »große Welt« überraschte Bäcker seinen Sohn eines Abends bei einem Buch. Paul hatte sich neben dem Haupthaus eine eigene kleine Bambushütte gebaut, zog drei Hunde groß und machte später dort seine Schularbeiten. Als Bäcker unverhofft in den kühlen Raum kam, klappte Paul das Buch schnell zu und legte ein Schulheft darüber.

»Mathematik?« fragte Bäcker. Er hatte Pauls schnelle Reaktion gesehen und war sich unschlüssig, was er jetzt tun sollte. Der Junge hat Geheimnisse vor mir, dachte er. Zum erstenmal. Warum versteckt er etwas? Es ist doch unmöglich, hier Geheimnisse zu haben. Nur drei

Menschen leben auf Viktoria-Eiland ... er, ich, sein Vater, und Anne, seine Mutter. Und die Toten auf der anderen Seite der Insel, die stummen Mitbewohner auf der Schädelstätte rund um den Todesgötzen. Es war ein Bezirk geworden, den Bäcker durch einen hohen Bretterzaun von seiner Welt abgeschlossen hatte.

»Chemie?« fragte er weiter.

»Nein, Vater«, sagte Paul verschlossen.

»Was denn?«

»Ein Buch. Ich habe es in Papeete gekauft. Es interessierte mich.«

»Ein Roman?«

»Nein. Etwas — Politisches.«

Werner Bäcker lehnte sich gegen die Wand und sah seinen Sohn an. Jetzt ist er siebzehn, dachte er. Ein langer, kluger Bursche. Wir sollten ihn hier nicht verkümmern lassen. Soll er aufwachsen wie eine Palme? Das wäre ein Verbrechen an ihm. Noch erkennt er das nicht, aber einmal wird die Zeit kommen, wo er zu mir sagen wird: »Vater, was hast du aus mir gemacht? Einen Teil deiner Insel! Ist das der Sinn des Lebens?« Was nutzt es, daß ich ihm alles heranschaffe ... Schulbücher, Atlanten, Lexika, Fachbücher, Romane. Im Radio hören wir Deutschland über Kurzwelle, durch den Sender Papeete mit seiner Tanzmusik hat er mit Anne sogar das Tanzen gelernt ... aber in Wirklichkeit wächst er auf wie ein wilder Trieb an irgendeinem Busch. Er spricht drei Sprachen: Deutsch, Englisch und Französisch. Aber soll er in drei Sprachen mit den Zwergschweinen, den Ziegen, den Hunden und den Hühnern sprechen? Anne und ich werden uns darüber klarwerden müssen: Pauls

Zukunft ist nicht die Insel. Er ist ein begabter Bursche – er gehört hinaus in die Welt.

»Politik?« sagte Bäcker gedehnt. »Etwas Schlechteres konntest du wohl im Buchladen nicht kaufen, was?«

»Es liest sich gut.« Paul schob das Schulheft fort. Das Versteckspielen hatte seinen Sinn verloren.

»Wie heißt denn das Buch?« fragte Bäcker.

»Die klassenlose Gesellschaft.«

»Das ist doch ein alter Hut.«

»Für mich nicht, Vater. Lebt man denn danach?«

»Ich glaube nicht.«

»Warum?«

»Das ist einfacher gefragt als beantwortet, mein Junge.«

Bäcker nahm das Buch vom Tisch, blätterte darin herum und erinnerte sich an die Zeit, in der auch er diese Bücher gelesen hatte. Damals war er Student in Kiel und hatte zu seinem Vater gesagt: »Ihr mit eurem Kriegserlebnis, ihr Wirtschaftswundermänner, ihr vom eigenen Erfolg Frustrierten, an euch ist die Entwicklung vorbeigegangen. Ihr sitzt mit fetten Hintern im wiedergepolsterten Sessel und macht auf ›Es ist erreicht‹. Was wirklich um euch herum passiert, verschlaft ihr!«

Es hatte damals stundenlange Diskussionen gegeben, und man redete doch aneinander vorbei.

Jetzt war er selbst Vater eines erwachsen werdenden Sohnes, und dieser Sohn dachte genau dasselbe wie er damals. Und so hilflos wie damals sein Vater war nun auch Werner Bäcker. Es hatte sich nichts geändert... bei den Bäckers nicht, und nicht in der weiten Welt.

»Wir dürfen Paul nicht in einem Wattebausch großziehen«, hatte er an diesem Abend zu Anne gesagt.

»Für uns ist Viktoria-Eiland eine neue, reine Welt, für Paul wird sie zu klein. Wir sollten uns das überlegen.«

Dreizehn Jahre.

An diesem Morgen nun, als die Sonne wie eine Flammenkugel aus dem Meer stieg, stand Bäcker am Rande der Böschung und hatte beschlossen, gleich nach dem Frühstück mit Paul über seine Zukunft zu sprechen. Was er und Anne allein an Wissen und Erziehung hatten geben können, hatte sich nun erschöpft. Paul war neunzehn Jahre alt, und Bäcker war bereit, die Welt seines Sohnes nicht mehr auf diese kleine Insel zu beschränken. Für Anne und mich wird sie immer das Paradies bleiben, dachte er. Aber ein junger Mensch wie Paul muß hinaus ins Leben.

Die Sonne blendete. Bäcker rückte seine dunkle Sonnenbrille näher an die lidlosen Augen und blickte über die See. Im gelben Licht der aufgehenden Sonne sah er plötzlich viele kleine, dunkle Punkte auf dem Wasser. Sie schaukelten in der Dünung wie verstreutes Treibholz und schienen näher zu kommen.

Bäcker holte sein Fernglas. Dann wurde sein Gesicht sehr ernst, er spreizte die Beine und blickte eine Weile regungslos auf die dunklen Punkte. Im Fernglas erkannte er sie deutlich: eine neben- und hintereinanderfahrende geballte Masse von Kriegskanus und Auslegerbooten.

Eine Armada aus langen schmalen Einbäumen und Katamaranen, besetzt mit grellbemalten Papuakriegern, näherte sich Viktoria-Eiland. In den ersten Booten konnte Bäcker deutlich die Häuptlinge und Medizinmänner ausmachen. Ihr riesiger, wallender Federkopfschmuck wurde vom Wind aufgebläht wie das Rad eines Pfaus. Nach einem noch nicht vernehmbaren, anfeuernden Gesang tauchten die Paddel rhythmisch ins Wasser und trieben die schnellen, leichten Boote über die fast unbewegte See.

Bäcker lief zum Haus zurück und schlug gegen die Schiffsglocke, die neben dem Eingang an einem Balken hing. Anne, in einem Pyjama, und Paul, nackt bis auf ein Handtuch, das er sich um seine Hüften gewickelt hatte, stürzten ins Freie.

Es war das erstemal in dreizehn Jahren, daß die Glocke nicht an Bäckers, Annes oder Pauls Geburtstag ertönte, sondern alarmierend, Signal einer Gefahr.

»Wetten, Vater hat einen Hai innerhalb der Riffe gesehen!« rief Paul unter der Tür seiner kleinen Hütte. Er hatte sie im letzten Jahr auf das Doppelte vergrößert, erster Ausdruck seines Dranges zur Selbständigkeit. »Überlaß ihn mir, Vater!«

Bäcker blickte hinüber zu Anne. Es war ein langer, stummer Blick, und Anne verstand ihn. Sie waren beide in den Jahren so eins geworden, so vollständig eine Seele, ein Gedanke, ein Wesen, wie nur eine unerklärbare Liebe zwei Menschen miteinander verschmelzen kann.

»Sie kommen —«, sagte sie bloß.

Bäcker nickte. Es blieb nicht mehr viel zu sagen. »Ja, Anne, es ist soweit . . .«

Er ging zu Paul und merkte erst jetzt voll Erstaunen, daß er zu seinem Sohn aufblicken mußte. Paul war größer als sein Vater, breiter in den Schultern, ein Mann von neunzehn Jahren, prall gefüllt mit der unbändigen Kraft seiner Jugend.

»Komm mit, mein Junge«, sagte Bäcker. »Ich will dir etwas zeigen ...«

Sie gingen zum Rand der Böschung, blickten durch das Fernglas und sahen die Flotte der Kriegskanus in breiter Front auf Viktoria-Eiland zukommen.

»Papuas!« sagte Paul und gab das Glas an seine Mutter weiter. Anne schüttelte den Kopf; sie wollte die heranschwimmende Vernichtung nicht sehen. Sie stand hinter Bäcker, hatte die Arme um ihn gelegt und drückte sich an ihn.

»In einer Stunde sind sie hier, mein Junge«, sagte Bäcker. »Sie kommen mit der Flut und überschwimmen so die Korallenbänke.« Er hängte das Fernglas um den Hals und spürte, wie Anne an seinem Rücken zitterte. »Seit Jahren warte ich auf diesen Tag. Manchmal habe ich geglaubt, daß sie es still dulden werden. Aber jetzt kommen sie ... zweihundert, dreihundert oder noch mehr. Sie haben alle Krieger der umliegenden Atolle zusammengezogen. Es ist ein Kriegszug, den sie zwanzig Jahre vorbereitet haben.«

Er wandte sich ab, küßte Anne auf die Stirn und legte den Arm um Pauls breite Schulter.

»Ich muß dir etwas erklären, Paul. Kurz nachdem du geboren wurdest, habe ich mich mit unserem Schiff aufgemacht und alle Inseln besucht, die um Viktoria-Eiland herumliegen. Ich habe mit den Häuptlingen und Medizinmännern gesprochen, so gut es damals ging. Ich habe Geschenke mitgebracht. Bunte Glasperlen, Äxte und Beile, Zangen und Sägen, Spiegel und Stoffe. Und ich habe gesagt: ›Ich weiß, daß ich auf eurer Toteninsel lebe. Aber euer Gott tut mir nichts, und ich werde euren Gott achten, werde eure Toten nicht stören, wir können also friedlich nebeneinander leben.‹ Sie haben mich angehört und geschwiegen, die Geschenke angenommen, mich aus ihren Lagunen hinausbegleitet, und draußen, auf dem offenen Meer, haben die Häuptlinge zu mir gesagt: ›Die Götter werden dich strafen!‹ Und dann haben sie gewartet.«

Bäcker holte tief Atem. Er sah, wie Paul sehr nachdenklich wurde. Ich habe ihn erzogen in der Achtung vor dem Menschen, dachte er. Ich habe immer zu ihm gesagt: »Töte nie deinesgleichen. Ich komme aus einer Welt, wo gegenseitiges Töten sogar belohnt wird, wo man ein Held genannt wird und Orden dafür erhält. Du sollst das nie kennenlernen! Du sollst jeden Menschen lieben, denn er ist dein Bruder oder deine Schwester.«

Etwas anderes kannte Paul nicht. Und plötzlich ruderte da eine Flotte Kriegskanus heran, besetzt mit Hunderten nach Tod und Vernichtung lechzenden Menschen. Die er lieben sollte, kamen nun, ihn zu töten. Wer kann das begreifen?

Bäcker blickte wieder durch das Fernglas. In der Vergrößerung konnte er deutlich die Speere und Schilde unterscheiden, die großen Bogen und die Köcher mit den Giftpfeilen. Die braunschwarzen Körper glänzten in der Morgensonne, ihr rhythmisches Paddeln war von einem faszinierenden Gleichklang.

»Ich habe um den Totenplatz und seinen Götzen einen hohen Holzzaun gebaut«, begann Bäcker von neuem: »Ich habe damit andeuten wollen: Hier ist die Welt der Toten, dort die Welt von drei Lebenden, die nichts anderes wollen als Frieden und Ruhe. Mein Junge –«, Bäcker zeigte hinüber auf das sich jetzt breit auseinanderziehende Band der Kanus, »sie haben es nicht begreifen wollen. Sie haben bisher vierzehnmal die Holzwand niedergerissen oder angebrannt, und ich habe sie fünfzehnmal wiederaufgebaut. Es war eine ununterbrochene Kraftprobe.«

Paul legte die Hand über die Augen und begann die Boote zu zählen. »Warum hast du mir nie etwas davon erzählt, Vater?« fragte er dabei.

»Du solltest keine Angst haben«, sagte Bäcker schlicht.

»Aber sie haben uns nie angegriffen? Warum?«

»Sie warteten auf die Rache ihrer Götter. Sie wollten nicht eingreifen in den Kampf zwischen Mensch und Gott. Sie starren jetzt seit zwanzig Jahren auf uns und warten darauf, daß mit uns etwas Schreckliches passiert. Aber nichts ist geschehen ... nur die alte Generation der Medizinmänner ist weggestorben, und die neue Generation will nun nicht mehr warten. So stelle ich mir das vor. Ja, und jetzt kommen sie ...«

»Vierundfünfzig Kanus.« Paul schlug die Fäuste gegeneinander. »In jedem sitzen zehn.«

»Das ist eine ganz schöne Armee gegen drei Menschen.«

»Wir haben Gewehre, Vater«, sagte Paul ruhig. »Wir könnten in die Luft schießen und sie abschrecken. Ich weiß, daß du sogar eine Kiste mit Handgranaten im Haus stehen hast. Und wir haben unser Funkgerät.«

»Für Hilfe von außen ist es zu spät«, sagte Bäcker. »Und die Zeit, als die Papuas vor einem Knall auf das Gesicht fielen, ist längst vorbei. Wir leben in einer Zeit, da ihre Atolle von Düsenflugzeugen überdonnert werden, und keiner glaubt mehr, daß das ein göttlicher Riesenvogel ist.«

»Dann laß uns zum Schiff laufen und wegfahren!« Anne umklammerte Bäckers Arm. Als er in ihre Augen blickte, waren sie wie vor zwanzig Jahren, als sie zusammen mit dem Polizisten Paul Shirley auf die Insel geschwemmt worden war und Shirley zu Bäcker sagte: »Sie ist eine Mörderin!«

Augen, in denen die Welt unterging.

»Flüchten?« sagte Bäcker langsam. »Alles zurücklassen? Unser Paradies?«

»Sie bringen uns um!« schrie Anne. »Es ist ihre Insel. Ihre Toteninsel! Oh, ich hasse diese Insel, ich hasse sie, ich hasse sie . . .«

»Anne!«

Er starrte sie betroffen an und wußte plötzlich, daß sie die Wahrheit sagte. Sie hatte zwanzig Jahre mit ihm hier gelebt, weil sie ihn liebte, aber sie mußte zwanzig Jahre lang jeden Tag von neuem diese Insel gehaßt haben. Sie hatte mit ihm eine eigene Welt aufgebaut, mit der Axt, an der Betonmischmaschine, am Schraubstock, hinterm Pflug, an der Kreissäge . . . und sie hatte die ganze Zeit immer Angst gehabt, hatte diese kleine Welt im Innern stets verflucht. Was für eine Frau!

»Ich werde verhandeln«, sagte Bäcker heiser. »Ich werde mit den Häuptlingen sprechen. Ich hasse Gewalt.«

Er blickte seinen Sohn an. Paul hatte wie schützend den Arm um Anne gelegt, aber sein Gesicht zeigte völlige Ratlosigkeit.

Sie haßte die Insel?

Er verstand seine Mutter nicht mehr.

»Junge —«, Bäcker drehte dem Meer den Rücken zu,

er wollte jetzt nicht auf die Boote blicken. »Wir hatten uns geschworen, nie einen Menschen zu töten.«

»Dafür töten sie dich!« schrie Anne. Die Angst brach aus ihr heraus, als berste sie auseinander. »Wir gehen auf das Schiff!«

»Es ist doch sinnlos.« Bäcker blickte über sein Werk. Das Haus, die Felder, die Scheunen, die Ziegenherde, die kleinen, schwarzen Schweine, der Wasserturm, die Energiestation, das Windrad ... aus dem Nichts habe ich das geschaffen, dachte er. Ein Staubkorn Erde ohne Süßwasser war es, und was ist daraus geworden? So etwas kann nicht vorbei sein, nur weil ein paar Medizinmänner einen uralten Götzenglauben wieder aufwärmen.

»Wir kommen nicht über die Korallenbänke hinweg, erst in drei Stunden, beim höchsten Stand der Flut. Anne — solange ein Mensch Worte hat und sprechen kann, wird er sich verständigen können, gibt es die Chance, den Frieden herbeizureden.«

»Aber nicht hier!« Annes Kopf sank gegen die Brust ihres Sohnes. »O Gott, warum sind wir hiergeblieben? Warum haben wir diesen Irrsinn zwanzig Jahre durchgehalten?«

»Weil wir glücklich waren, Anne.«

Bäcker drehte sich um. Es war ein herrlicher Tag. Das Meer spiegelte, außerhalb der Lagune schnellten Delphinschwärme aus der See. Ihre blanken Leiber glitzerten wie Metall.

»Richten wir uns zur Verteidigung ein, Anne«, sagte er. »Paul, du baust einen Wall aus Holz. Anne, hole die Raketen und Handgranaten. Gib mir ein paar Handtücher. Ich werde weiße Fahnen in den Ufersand stecken.

Sie sollen sehen, daß wir keinen Krieg wollen. Wir haben noch eine Stunde Zeit . . .«

Eine Stunde.

Drei gegen fünfhundert. Ein Mann, eine Frau und ein junger Mensch, der nur das Töten von Tieren kannte, weil man von ihnen lebte.

»Sieh dir das an, Vater«, sagte Paul. Er hatte kurzgeschnittene Palmstämme herangeschleppt und aus ihnen einen Wall gebaut. Jetzt dehnte er sich, wischte sich den Schweiß von der Stirn und atmete tief. Sein breiter Brustkorb wölbte sich, die Arm- und Brustmuskeln waren wie dicke, gedrehte Taue.

Einen solchen Sohn zu haben ist etwas Wunderbares, dachte Bäcker. Er ist wirklich ein Stück dieser schönen, wilden Welt um uns herum. Nur die Augen hat er von Anne, diese großen, verträumten Augen.

»Sieh dir das an!« sagte Paul noch einmal und zeigte übers Meer.

Anne kam vom Haus gelaufen, auf den Armen trug sie einen Haufen Bambusstangen, an die sie weiße Handtücher gebunden hatte. Sie ließ sie vor Entsetzen fallen.

Die Flotte der Kriegsboote zog sich jetzt in die Breite. In Viererreihe paddelten sie heran, vorweg die drei großen Häuptlingsboote. Die Federn und Bänder flatterten im Wind.

Es war ein faszinierend schöner Tod, der da heranschwamm im Morgenglanz der aufgehenden Sonne.

II

Die Kanus und Auslegerboote kamen schneller heran, als Bäcker berechnet hatte. Kopf an Kopf, dicht gedrängt, hockten die Papuakrieger in den Booten. Hunderte von Paddeln trieben sie mit der Flut gegen die Insel, und jetzt war auch der wilde, anfeuernde Gesang zu hören, der hackende Rhythmus, nach dem die Paddel ins Meer stießen.

Paul und Anne hatten alles zur Verteidigung vorbereitet. Sie besaßen vier Gewehre, zwei Schrotflinten, tausend Schuß Munition, eine Kiste mit dreißig Handgranaten und zwanzig rote und weiße Leuchtkugelpatronen. Vor ihnen lag der weiße Strand, das Haus stand oben auf dem Hügel; wer es erstürmen wollte, mußte also erst den Strand überwinden, einen deckungslosen Streifen, eine Zielscheibe, an der kein Schuß vorbeigehen konnte.

Anne hatte in den vergangenen Jahren schießen gelernt ... sie schoß eine Wildente im Flug, und bei den Fahrten zu den Marquesas hatte sie oft vorn am Bug der Jacht gesessen und hatte mit einer grausamen Ruhe und Sicherheit Haie in dem Augenblick erlegt, da ihre dreieckige Rückenflosse hoch durch die See pflügte. Oder sie warf Abfälle über Bord, wartete, bis die Haie heranhuschten, dicht unter der Wasseroberfläche, und traf dann jeden dieser schaurig-schönen Fischleiber.

Paul war mit dem Gewehr aufgewachsen. Er konnte eher schießen als schreiben und lesen. Aber Bäcker hatte ihm beigebracht, nur in der Not und zur Beschaffung von Nahrung zu schießen, nie jedoch auf einen Menschen zu zielen. Als Paul später bei Annes Geschichtsunterricht notgedrungen auch von Kriegen erfuhr, fragte er einmal: »Hat denen denn keiner gesagt, daß man auf Menschen nicht schießen darf?«

Und Bäcker hatte geantwortet: »Doch. Sie wissen es alle, mein Junge. Alle Menschen wissen es. Aber sie schießen sich immer wieder gegenseitig tot, wahrscheinlich, weil es ihnen zu gutgeht. Das ist nämlich das merkwürdige, mein Junge: Je besser es einem Menschen geht, desto grausamer wird er.«

Jetzt war alles anders. Sie hatten zwanzig Jahre an einer schöneren Welt gebaut, sie hatten dreizehn Jahre geschuftet und wollten es auch noch weitere zwanzig Jahre tun, nur für den einen Zweck, allein und in Frieden zu leben ... aber nun griffen vier Reihen Kriegskanus an, und das Geschrei der Krieger übertönte das Gekreisch der aufgeschreckten Vogelschwärme auf den Felsen.

Bis zu dem Augenblick, da die erste Reihe der Boote mit den Flutwellen über die Korallenbarriere setzte, hatte Paul mit Papeete und Atuana über Funk gesprochen.

»Wir schicken drei Flugzeuge!« rief der französische Truppenkommandeur in Papeete. »In zwei Stunden können sie bei euch sein ...«

»Zu spät.« Paul drehte auf die Frequenz von Atuana. »In einer Stunde ist unser Patrouillenflugboot da.«

»Zu spät.« Paul drückte die Stop-Taste. Viktoria-Eiland meldete sich nicht mehr. Vielleicht für immer.

Anne lag hinter einem Stapel von Palmstämmen und

hatte alle Waffen um sich herumgelegt. Die Munitionskästen waren aufgeklappt, alle Gewehre geladen und entsichert. Es gab nichts mehr zu tun, als zu warten. Bäcker stand hinter einer dicken Palme, unbewaffnet, ein weißes Tuch in der Hand. Er hatte Anne versprochen, nicht hinunter zum Strand zu gehen, sondern von hier oben mit den Häuptlingen zu sprechen.

»Wenn du hinuntergehst, komme ich mit!« hatte Anne gesagt. »Ich und Paul!«

Er wußte, daß es sinnlos war, dagegen aufzubegehren. Sie ist eine Frau, die dem Teufel in den Magen boxt, dachte er. Auch heute noch sieht sie aus wie aus Porzellan gemacht, aber wieviel Kraft hat sie mir schon gegeben, mir, dem großen, starken Kerl, der ohne sie nicht mehr leben könnte. Sie ist das eigentliche Paradies in diesem Paradies ... Anne, du bist eine wunderbare Frau.

Er blickte zu Paul hinüber, der von dem kleinen Sender zurückkam. »Nun?« fragte er.

»Papeete in zwei Stunden, Atuana in einer Stunde.«

»Auch das wäre schon ein halbes Wunder. Anne ...«

Sie blickte hoch. In ihren großen braunen Augen stand die Angst. »Ja?«

»Unser Sohn soll es hören: Ich liebe dich! Ich liebe dich so, daß es dafür keine Worte gibt.«

»Ich weiß es, Liebling.« Sie kniete hinter dem Holzstapel, in beiden Händen ein siebenschüssiges Gewehr. »Soll das ein Abschied sein?«

»Es gibt Augenblicke der absoluten Wahrheit, Anne. Jetzt ist so ein Augenblick.« Er beugte sich zu ihr hinunter und küßte sie auf die Stirn. Da erst sah er, daß sie weinte, lautlos, mit unbeweglichem Gesicht; die Tränen liefen ihr über die Wangen. »Hast du Angst?« fragte er

»Ja.«

»Und du, Paul?«

»Ich auch, Vater.«

»Auch ich habe Angst.« Bäcker blickte hinunter zum Strand. Die erste Welle der Kriegsboote war innerhalb der Lagune und wartete, bis die drei anderen Reihen über die Korallenbänke hinweg waren. »Aber wir werden es durchstehen, Anne. Wir werden überleben, mein Junge.«

»Sie werden nicht so dumm sein und stürmen, Vater.«

»Darin liegt vielleicht unsere einzige Chance. Wenn wir sie bis zum Mittag aufhalten können, ist die Hilfe aus Papeete und Atuana da. Wir müssen es schaffen ...«

Die erste Bootsreihe knirschte in den Ufersand. Es war ein fast militärisches Anlegemanöver: Drei Krieger blieben im Boot, um es sofort wieder ins Wasser zu stoßen, wenn es nötig war. Die Häuptlinge mit ihrem riesigen Federschmuck stiegen als erste an Land, ihnen folgte der Medizinmann mit durchdringenden, schrillen Schreien. Dann kamen die Krieger, geduckt hinter grellbemalten Holzschildern, die langen Speere gesenkt, ein tödlicher Igel. Dahinter hockten die Blasrohrbläser mit ihren kleinen, dünnen, vergifteten Pfeilen.

Bevor Anne aufspringen und ihn festhalten konnte, war Bäcker hinter seinem schützenden Palmenstamm hervorgetreten und schwenkte das weiße Tuch. Er ging bis an den Rand der Böschung ... ein letzter verzweifelter Versuch, als Mensch zu Menschen zu sprechen. In dreizehn Jahren hatte Bäcker zwei Eingeborenendialekte gelernt, und er hoffte, daß sie ihn verstehen würden.

Die Krieger starrten nach oben auf den einsamen weißen Mann. Das Geheul des Medizinmannes steigerte sich, unter seinen stampfenden Beinen wirbelte der Sand hoch. Dann lief ein Zucken durch die Reihen, und ein hundertstimmiges Gekreisch antwortete ihm.

So ist das immer, dachte Bäcker voll Bitterkeit. Einer peitscht auf, und die idiotische Masse rennt in das Verderben. Darin sind alle Menschen gleich: Man kann sie aufhetzen bis zum sinnlosesten aller Selbstmorde — dem Krieg.

»Hört mich an!« schrie Bäcker. Er schwenkte wieder das weiße Tuch. »Wir leben hier in Frieden. Wir stören eure Toten nicht, und wir beleidigen eure Geister nicht. Laßt uns Freunde sein! Ich werde euch Ziegen und Schweine geben, Fett und Butter ...«

Ein Schuß unterbrach ihn. Ein einzelner, dünner Revolverschuß, der irgendwo hinter einem dieser bunten Holzschilde abgefeuert wurde. Er schlug in Bäcker ein. Er zuckte zusammen, verzog das Gesicht und taumelte die vier Schritte bis zur schützenden Palme zurück. Dort erst, außerhalb der feindlichen Sichtweite, hielt er sich am Stamm fest und rutschte langsam an ihm herunter. Aus seiner linken Schulter sickerte Blut.

»Sie haben ihn getroffen!« schrie Anne. »Paul! Sie haben Vater getroffen! Zieh ihn zurück ...«

Sie blickte Bäcker an, und als er den Kopf hob, lächelte sie ihm zu und sagte: »Bleib ganz ruhig liegen, Liebling. Ganz ruhig ... Paul ist schon da.«

Sie wartete, bis Paul mit langen Sprüngen bei ihm war und ihn tiefer zwischen die Bäume und zum Haus schleifte. Dann drehte sie sich um, preßte den Gewehrkolben an die Schulter und schoß.

Ganz ruhig, wie ein Automat, schoß sie das Magazin leer, griff zu dem anderen Gewehr und feuerte weiter, und jeder Schuß traf sein Ziel, jedes Krümmen des Zeigefingers kostete ein Leben.

»Das ist Anne Perkins —«, hätte Shirley vielleicht jetzt gesagt. »Sehen Sie sich diese Frau an, Bäcker. Kalt bis unter die Haarwurzeln. Und dabei ist sie das brennendste Leben: ein Wunder. Begreifen Sie nun, daß sie ihrem Mann die Kehle durchschneiden konnte? Und so was wollen Sie heiraten?«

Shirley, der Polizist, der den Beweis für Anne Perkins' Unschuld nicht mehr erlebt hat.

Auf dem gelbweißen Strand lagen die Toten. Der Medizinmann stand hinter einem mannshohen Schild und kreischte, die Häuptlinge brüllten, eine dreifache Reihe Krieger setzte sich in Bewegung. Ein Hagel von Pfeilen und Blasrohrbolzen schwirrte über den Hang, aber traf nur die Büsche und Bäume oder verlor sich im Blau des Himmels.

Anne schoß weiter. Sie blickte nicht zur Seite, als Paul neben sie fiel und die beiden Schrotflinten an sich zog.

»Mutter —«, sagte er heiser. »Mutter ... die hast du alle erschossen ...«

»Sie wollten deinen Vater töten«, sagte sie und drückte wieder ab. »Sie wollen dich töten ... Gott wird jeden Schuß einer Mutter segnen ...«

Die Reihen der Krieger begannen zu stürmen. Heulend kamen sie näher, die Schilde von sich gestreckt.

»Sie wagen es tatsächlich!« brüllte Paul. »Mutter, ich muß jetzt auf einen Menschen schießen!«

»Wie geht es Vater?« fragte sie. Sie zielte, schoß, zielte, schoß, wie ein Automat, der Kugeln ausspuckt.

»Ein Schulterschuß.«

»Lebt er noch?«

»Ja, Mutter.«

»Wird er sterben?«

»Ich weiß es nicht, Mutter.«

Paul zielte, aber er drückte nicht ab. Er sah die verzerrten Gesichter unten gegen die Böschung branden und dachte erschrocken: Auch das sind Menschen . . .

»Schieß, mein Junge«, schrie ihm Anne ins Ohr. Das Geheul der anstürmenden Krieger füllte den Raum zwischen Meer und Sonne aus. »Schieß! Sie wollen Vater umbringen, sie wollen mich umbringen, mein Junge . . .«

Paul drückte ab. Die Wirkung seiner Schrotladung war fürchterlich. Sie riß eine Lücke in die Reihen, und als er zum zweitenmal schoß, warfen sich die Papuas herum und rannten zu den Booten zurück. Ihre Toten schleiften sie mit, darunter einen Häuptling. Nur ein einziger Mann blieb zurück, ein junger, starker Bursche, vielleicht so jung wie Paul; er kniete im Sand, starrte zu dem Hang hinauf, blickte dann zurück und rührte sich nicht, als die Boote vom Ufer ablegten und hinaus in die Lagune und über die Korallenbänke gestoßen wurden.

Die Stille, die plötzlich wieder über der Insel lag, war erdrückend. Selbst das Rauschen des Meeres war kein Geräusch mehr, es wurde aufgesogen von der Lautlosigkeit.

»Laß ihn leben, Mutter —«, sagte Paul leise. Er legte seine Hand auf das Gewehr, das Anne zielend in Anschlag gebracht hatte, drückte es herunter und nahm es ihr dann aus den plötzlich kraftlosen, zitternden Händen. Sie fiel nach hinten in die Farne, warf sich herum, drückte das Gesicht in die Erde und weinte laut.

Paul schob den Kopf über die Deckung. Der eingeborene Krieger kniete noch immer im Sand, sein Schild und sein Speer lagen neben ihm. Er sah den jungen weißen Mann an, wollte sich hochstemmen, schwankte auf halber Höhe, brach zusammen und lag dann auf dem Rücken. Aber er hob den Kopf, sah, daß der weiße Mann den Hang hinunterkletterte, griff nach seinem Speer und stieß ihn sich in die Brust.

»Du Idiot!« schrie Paul. Er sprang gerade in den Sand, als der Krieger zustieß. »Ich will dir doch helfen ...«

Er rannte über den Strand, hörte hinter sich einen hellen Aufschrei, aber da hatte er den Sterbenden schon erreicht und kniete bei ihm nieder. Schwarze, staunende Augen starrten ihn an.

Paul blickte zurück zur Böschung. Anne stand oben am Rand, zielend, schußbereit. Der Eingeborene drehte die Handflächen nach oben, das Zeichen der Unterwerfung. Seine Beine waren übersät mit kleinen Wunden. Pauls Schrotkugeln.

»Laß ihn leben!« schrie Paul zu Anne hinauf. »Mutter, laß ihn leben! Er hat Angst ...«

Vom Haus humpelte Bäcker heran. Er stützte sich auf eine Krücke. Es war die gleiche Krücke, mit der er vor zwanzig Jahren den Kampf gegen sein zersplittertes Bein gewonnen hatte, gegen diesen verfluchten Knochen, der ihn töten wollte.

»Anne«, sagte er, »Anne – heute hast du Paul zum zweitenmal geboren.«

Sie wirbelte herum, ließ das Gewehr fallen, breitete die Arme aus, stieß einen hellen, ganz und gar nicht menschlichen Schrei aus und stürzte ihm entgegen.

Am Strand lud Paul den Eingeborenen auf seine Schulter.

Bäcker hatte einen Schuß in die linke Schulter erhalten, eine Fleischwunde, die er sich selbst verbunden hatte. Als er jetzt in den Kampf eingreifen wollte, war alles schon entschieden.

Anne hing an seinem Hals und weinte. Die Angst fiel von ihr, die wilde Kraft der Verzweiflung. »Ich habe sie umfallen sehen ...«, stammelte sie. »Ich habe ihre Gesichter gesehen, als ich sie traf. O Gott, es ist schrecklich, Menschen zu töten ...«

Paul keuchte die Treppe hinauf, die Bäcker in den Hang geschlagen hatte. Er legte den verwundeten Eingeborenen vorsichtig auf den breiten Tisch vor dem Haus. Das Blut des Sterbenden war über seine Schultern geflossen. Paul wischte es mit beiden Händen ab und hielt dann die Handflächen von sich, als könne das Blut abtropfen.

»Kannst du ihn retten, Vater?« fragte er. Für ihn war das der erste Mensch, den er sterben sah. Er hatte Hühner, Schweine, Ziegen, Fische, Haie, Vögel und Schildkröten getötet, er war aufgewachsen mit der Notwendigkeit, um sein Leben zu kämpfen, aber jetzt lag da ein Mensch, blutete aus vielen Wunden, und seine Augen waren wie die eines Tieres, bevor für immer der Glanz in ihnen erlosch.

Das erschütterte Paul am meisten: diese Gemeinsamkeit des Todes.

»Du mußt ihn retten, Vater«, sagte er leise. »Ich ... ich habe ihm die Beine weggeschossen ...«

Bäcker beugte sich über den Eingeborenen. Er sah sofort, daß die Wunde in der Brust, die er sich selbst mit dem Speer beigebracht hatte, nicht mehr zu verbinden war. Auch wenn man das Blut zum Stillstand brachte, würde er nach innen verbluten. Er hatte auf sein Herz gezielt und es nur um Millimeter verfehlt.

»Es geht nicht mehr, mein Junge«, sagte Bäcker ernst. »Er war zu gründlich.«

»Aber er ist bei vollem Bewußtsein, Vater. Du mußt irgend etwas tun!«

Bäcker blickte hinüber zu Anne. Sie nickte ihm unmerklich zu. Er antwortete mit einem Wimpernzucken, holte aus der Hausapotheke, die er im Laufe der Jahre mit allem ausgestattet hatte, was auf einer einsamen Insel gebraucht werden konnte, eine Packung blutstillende Claudenwatte und drückte sie auf die offene Brust.

»Er wird bald nicht mehr bluten, mein Junge«, sagte Bäcker. Es war doppelsinnig, aber Paul verstand nur, daß der Verletzte eine Chance hatte, zu überleben.

»Er will etwas sagen, Vater«, rief Paul plötzlich, während Bäcker kaltes, gefiltertes Wasser holte und begann, die Schrotwunden an den Beinen auszuwaschen. Der Eingeborene hob mühsam den Kopf und starrte Bäcker ungläubig an. Der Feind half ihm ... das war so unbegreiflich wie die Erzählung des Medizinmannes, daß seit zwanzig Jahren ein weißer Mann und eine weiße Frau auf der Toteninsel lebten und die Götter sie noch nicht bestraft hatten.

Bäcker beugte sich über den Sterbenden. Er lag lang ausgestreckt auf dem Tisch und flüsterte etwas in einem Papua-Dialekt, den weder Anne noch Paul verstanden. Auch Bäcker hatte Mühe, es zu übersetzen ... er suchte aus den ihm bekannten Wörtern den Sinn zusammen und richtete sich dann auf, als der Eingeborene nach einem Seufzer schwieg.

»Eine wirre, aber gefährliche Geschichte«, sagte er. »Sie haben zwanzig Jahre gewartet, daß uns die Götter bestrafen. Wie ein Märchen haben die Alten unser Leben auf Viktoria-Eiland an die Jungen weitergegeben, bis ihnen jetzt klar wurde, daß die Götter von ihnen verlangen, uns von der Insel zu vertreiben. Vor einer Woche kamen alle Medizinmänner der umliegenden Inseln auf dem Atoll Bola-Bola zusammen und beschlossen, mit allen Kriegern und allen Kriegskanus den Willen der Götter auszuführen. Sie haben vier Tage und Nächte vor den Totems getanzt und Ziegen geopfert und sind dann aufgebrochen, um uns zu vernichten. Wir leben auf ihrem heiligen Boden.«

Bäcker beugte sich über den Eingeborenen. Ein Zucken lief über das fahlbraune Gesicht — es ging dem Ende zu.

»Sie wollen von jetzt ab immer angreifen«, sagte Bäcker heiser. »Immer. Bis wir die Insel verlassen haben. Es ist ein Auftrag der Götter, sagen die Medizinmänner.«

»Dann laß uns weggehen, Liebling, morgen schon«, sagte Anne.

»Und die zwanzig Jahre, die hinter uns liegen?«

»Ich will noch weitere zwanzig Jahre leben.«

»Wir haben mit den Toten leben können, Anne,

warum können es die Toten nicht mit uns? Das hier ist *meine* Insel, ich bin auf ihr neu geboren worden, und ich habe sie mit Vicky, Holger, Peter und Marion bezahlt ...«

»Aber jetzt hast du uns«, sagte sie leise. »Anne und Paul ... Sollen wir auch noch für dieses Paradies zahlen? Für diese Hölle von einem Paradies?!«

»Anne!« Er starrte sie betroffen an. »Ich habe immer geglaubt, du liebst diese Insel ...«

»Weil du hier bist, weil Paul hier geboren wurde ...« Sie warf den Kopf zurück. Es hatte sich in den zwanzig Jahren nichts geändert ... es war der gleiche schmale Kopf mit den langen, bis zu den Hüften reichenden Haaren, es waren die gleichen großen, braunen Augen, die sich blitzartig verändern konnten, von sanfter Zärtlichkeit zu sprühender, fast wilder Energie.

»Ich war hier glücklich, weil du glücklich warst ... aber seit der Stunde, als ich damals im Sand erwachte und Shirley neben mir lag, habe ich diese Insel verflucht. Ja, ich weiß, was du sagen willst: Ich bin freiwillig wieder mit dir auf Viktoria-Eiland zurückgekehrt. Wir hätten in Deutschland bleiben können. Aber wie war das damals, vor dreizehn Jahren? Du und Paul, ihr standet an der Ostsee, und Paul sagte: ›Ich friere, ich will zurück auf meine schöne Insel!‹ Und ich habe dich angesehen und das gleiche in deinen Augen gelesen.« Sie lehnte sich gegen Bäcker und legte das Gesicht an seine Brust. Als er sie an sich zog, spürte er ihr innerliches Zittern. »Es waren schöne Jahre, Liebling«, sagte sie. »Herrliche Jahre. Was haben wir alles geschaffen, was haben wir aus der Insel gemacht ...«

»Und das alles sollen wir jetzt wegwerfen? Wegen

eines seit Christi Geburt sinnlosen heidnischen Denkens? Nur weil da hinten am anderen Ende von Viktoria-Eiland ein aus Holz geschnitzter Götze steht? Verdammt, was ich zwanzig Jahre lang nie wollte, morgen tue ich es: Ich hacke diese Götterfratze um! Ich stürze ihren Gott vom Thron!«

»Sie werden uns Tag und Nacht angreifen, Liebling.«

»Ich werde Militär aus Papeete und Atuana anfordern!«

»Ja, das wirst du tun.« Sie blickte zu ihm hoch. Noch bevor sie weitersprach, wußte er, daß sie wieder recht hatte, ganz gleich, was sie jetzt sagte. »Und was ist dann übriggeblieben von deiner eigenen heilen, friedlichen Welt? Viktoria-Eiland von Militär besetzt, überall Maschinengewehre, der weiße Sand rot von Blut, in den Lagunen die Leichen der Erschossenen, vor den Klippen ein Heer von Haien, angelockt von dem süßen Geruch des Blutes ... hast du *dafür* zwanzig Jahre gelebt?«

»Er stirbt, Vater!« schrie hinter ihnen in diesem Augenblick Paul auf. »Tu etwas, Vater, tu etwas! Ich wollte doch nie einen Menschen töten!«

Bäcker drehte sich um. Ein dünner Blutfaden rann aus dem linken Mundwinkel des Eingeborenen. Er atmete schon nicht mehr, als sich Bäcker über ihn beugte. Das Blut versiegte, die fast schwarzen Augen überzog jener rätselhafte Schleier, als breite der Tod wirklich einen Vorhang über das Leben.

»Er war nicht mehr zu retten, Paul.« Bäcker führte seinen Sohn von der Leiche fort. Er legte den Arm um seine breiten Schultern und dachte dabei: Welch kräftiger Bursche ist er. Breiter als ich, strotzend vor Kraft. Sonne, Wind und Meer haben ihn geprägt. Er ist Annes und mein Kind, und doch so vollkommen ein Sohn dieser grandiosen und schrecklichen Natur. Aber seine Seele ist empfindsamer als eine Blume – in diesem muskelbepackten Körper schlägt ein weiches Herz. Anne hat recht. Wenn der Kampf um die Insel beginnt, sollte zumindest Paul nicht mehr hier sein.

Sie gingen gemeinsam zum Haus, setzten sich dort auf die lange Bank, von der aus man den Strand und das Meer überblicken konnte, und Bäcker hielt immer noch seinen Sohn umfaßt, als sei er ein kleiner Junge und habe Schutz bei ihm gesucht.

»Du hast bei Mutter und mir viel gelernt«, sagte er. Eine unbeschreibliche Zärtlichkeit war in ihm, aber gleichzeitig auch die Angst, vielleicht zwanzig Jahre lang alles falsch gemacht zu haben. »Du hast aus Büchern viel Wissen geschöpft, du weißt genausoviel wie andere Jungen deines Alters. Vielleicht kannst du sogar mehr. Aber dieses ganze Wissen, Paul, ist sinnlos, wenn ...«

»... wenn man damit Menschen tötet, Vater!«

»Auch! Aber ich wollte etwas anderes sagen. Du kennst nur eine Seite des Lebens ... den Frieden von Viktoria-Eiland. So aber ist das Leben nicht, mein Junge.«

»Ich weiß, Vater.« Paul lehnte sich zurück. »Wenn man die Nachrichten im Radio hört ... wenn ich an Papeete denke ...«

»Papeete ist ein armseliges Nest, Paul. Ich komme aus einer anderen Welt. Ich war ein Mann von 35 Jahren, als ich auf diese Insel angeschwemmt wurde, ich habe den grausamsten aller Kriege miterlebt, bin in einem Trümmerfeld aufgewachsen, habe in Ruinen gespielt und in durchlöcherten Kellern gewohnt. Man hat mir von dem Augenblick an, da ich denken konnte, beigebracht, wozu der Mensch fähig ist. Das genügte, um in Viktoria-Eiland ein Paradies zu sehen. Trotz des Toten-Totems in unserem Rücken. Ich meine, es wäre falsch, dich hier wie einen Baum wachsen zu lassen. Trotz deines Wissens, deiner Bücher, deiner Intelligenz weißt du nichts von der Welt und den Menschen!«

»Ich will auch gar nichts wissen, Vater!« sagte Paul selbstbewußt. »Mir genügt unsere Insel.«

»Und wenn du sie verteidigen mußt, weinst du. Paul, du solltest deine Nase einmal hinaus in die andere Welt stecken. Was hältst du davon, wenn du auf einer großen Pflanzung arbeiten könntest? Auf Hiva Oa oder auf Papeete ... nur für ein paar Monate ...?«

Und eine Frau muß er kennenlernen, dachte Bäcker. Darüber aber kann man mit Anne nicht reden. Wie alle Mütter ist sie eifersüchtig auf alles, was sich ihrem Sohn nähert, vor allem wenn es eine andere Frau ist. Aber Paul ist ein junger, gesunder Mann, und es wundert mich, daß er sich noch nie in Gedanken oder durch Fragen und Bemerkungen mit einer Frau beschäftigt hat. Jeden Morgen sieht er seine Mutter nackt im Meer baden, oft toben sie zusammen wie ausgelassene Kinder in der Lagune, und Anne ist eine herrliche Frau. Hat er noch nie heimlich seine Mutter betrachtet und jene süße, schwere Sehnsucht im Herzen gespürt, die für einen Jungen seines Alters unbesiegbar ist? Soll er ein neuer Ödipus werden?

Auch das ist ein Problem — und wir werden es hier auf der Insel nie lösen können. Oder soll ich herumfahren und eine Frau für ihn suchen? Ein Brautwerber für die Einsamkeit? Wer von euch, ihr schönen Mädchen, hat Lust, auf einer Insel zu leben und Kinder zu kriegen, auf einer Insel, die auf keiner Landkarte zu finden ist . . .

»Ich will nicht!« sagte Paul laut.

Bäcker schrak aus seinen Gedanken hoch.

»Was willst du nicht?«

»Weg von hier.«

»Natürlich. Du kannst dir das andere nicht vorstellen. Aber schon am nächsten Tag in einer anderen Umgebung wirst du sagen: Es war ein guter Gedanke vor meinem Vater.«

Das erste Mädchen, das ihm begegnet, wird ihn bereits verändern, dachte Bäcker. Er wird Chancen haben, der Junge, verdammt viele Chancen. Er ist ein Prachtkerl. Man könnte ihn direkt beneiden.

»Wie ich dich kenne«, sagte Paul dunkel, »ist das schon abgemacht.«

»Ja, Paul. Ich funke nachher zu einigen Kaufleuten, und morgen geht's los. Menschen kennenlernen, das ist das größte Abenteuer überhaupt.«

»Wir sprechen noch darüber, Vater.« Paul sprang auf. Wie er jetzt gegen die Sonne stand, groß und breit, mit langen rehbraunen Haaren, war er für Bäcker der schönste Mensch, den er je gesehen hatte. Das ist Anne, dachte er. Anne in der kraftvollen Vergrößerung des Mannes. Es wäre ein Verbrechen, ihn hier auf der Insel von den fanatisierten Eingeborenen abschlachten zu lassen.

»Weiß Mutter schon davon?« fragte Paul.

»Ja«, log Bäcker.

»Morgen schon?«

»Das Leben geht ständig weiter, mein Junge. Man muß mithalten.«

»Noch ist nicht morgen!« sagte Paul, drehte sich schroff um und lief weg in den Bambuswald.

Nach drei Stunden landete ein Wasserflugzeug der Polizei aus Atuana auf Viktoria-Eiland. Kurz darauf brummte eine kleine Staffel von drei Militär-Flugbooten über die Insel und wasserte in der Lagune. Sie standen unter dem Kommando von Capitaine Raoul Brissier vom II. Geschwader der Militärbasis Tahiti.

»Wir haben die Kriegsflotte noch gesehen!« rief er, als er über die breiten Schwimmer seines Flugzeuges ins seichte Wasser sprang und an Land watete. Auch Leutnant Tinga, ein Mischling, von der Flugüberwachung Marquesas-Archipel, winkte Bäcker zu. Man kannte den Deutschen überall, in zwanzig Jahren war sein Ruf schon legendär geworden.

»Sie versammelten sich im Bola-Bola-Atoll!« schrie Leutnant Tinga aus seiner zurückgeschobenen Glaskugel. »Ich bin im Tiefflug drüber ... sie scheinen einen gewaltigen Zorn zu haben. Was sie bisher nie getan haben ... sie schossen mit Pfeilen auf uns!«

Am Mittag saßen sie alle draußen vor dem Haus und aßen am offenen Feuer gegrillten Ziegenbraten. Bäcker hatte mit seinem Kurzwellensender bei verschiedenen großen Pflanzungen angefragt, und überall, wo er seinen Wunsch vorbrachte, antwortete man ihm: »Schicken Sie uns Ihren Sohn rüber. Natürlich kann er volontieren. Es ist uns eine Freude, Monsieur Bäcker.«

Bäcker entschied sich für die Pflanzung und Exporthandelsgesellschaft des Großkaufmanns Jean-Luc Dubonnet auf Tahuata, einer Vorinsel von Hiva Oa im Marquesas-Archipel. Dubonnet besaß fast die halbe Stadt Vaitahu. Bäcker kannte ihn gut, bei ihm würde Paul etwas lernen.

»Wo ist Paul überhaupt?« fragte Bäcker Anne nach dem Essen. »Er ist ja gar nicht an den Tisch gekommen! Sitzt er schmollend in seiner Hütte?«

»Nein!« Anne blickte Bäcker plötzlich erschrocken an. »Ich dachte, du hättest Paul ... in seiner Hütte ist er nicht. Habt ihr Streit gehabt?«

»Streit kann man das nicht nennen.« Bäcker blickte hinüber zu dem Bambusdickicht, in das Paul vor vier Stunden eingebrochen war. »Ich habe ihm nur gesagt, daß er unter Menschen soll ...« Er senkte den Kopf und fügte leise hinzu: »... und daß du damit einverstanden bist.«

Bis zum Abend suchten sie Paul. Die Flugzeugbesatzungen schwärmten aus und durchkämmten die Insel, bis es finster wurde. Dann tauchten sie mit den Flugzeugscheinwerfern die Insel in gleißendes Licht, und Bäcker und Anne suchten weiter, immer und immer wieder Pauls Namen rufend.

»Das ist blöd, was du da machst!« schrie Bäcker über den Dschungel. »Paul, Junge, spiel nicht den Verrückten! Laß uns miteinander reden. Benimm dich nicht idiotisch! Paul! Und wenn ich alle Bäume hochklettere — ich finde dich!«

Aber sie fanden Paul nicht.

III

Sie suchten die ganze Nacht.

Als Anne nicht mehr laufen konnte — sie hatten die Insel dreimal kreuz und quer durchstreift — und sich weinend auf Bäcker stützte, sagte er laut:

»Schluß! Ich mache dieses Affentheater nicht mehr mit! Wenn er wieder auftaucht, das verspreche ich dir, Anne, bekommt er die ersten Prügel seines Lebens! Von der Insel runter ist er nicht, denn genau das will er ja nicht, und wenn er hier herumhockt, irgendwo auf einem Baum, soll er hocken bleiben, bis er herunterfällt! Als ob man damit Probleme löst! Dieses Benehmen allein beweist die Notwendigkeit, ihn unter Menschen zu schicken.« Er schwenkte seinen starken Handscheinwerfer und brüllte in die Dunkelheit hinein: »Aufhören! Suche einstellen! Wir lassen uns doch nicht zu Idioten machen!«

Dann saßen sie herum bis zum Morgen, erlebten einen Sonnenaufgang mit purpurfarbenem Himmel und ein Meer, flach wie ein Tisch und aus der Tiefe aufleuchtend wie durchscheinendes Glas.

»Das fasziniert mich immer wieder«, sagte Capitaine Brissier. »Sie aber hassen es, stimmt's, Monsieur?«

»Wir haben uns langsam aneinander gewöhnt«, sagte Bäcker. »Zwanzig Jahre, da lernt man sich kennen.«

»Warum geben Sie eigentlich die Insel nicht auf?«

»Blicken Sie sich um — das ist die Antwort.«

»Wir wissen das, Monsieur.« Brissier trank einen

Schluck Rotwein, den Bäcker jedes Jahr in Papeete in großen Glasballons kaufte. »Was Sie aus dieser Insel gemacht haben, ist einmalig. Ein Staubkorn, nur lebensfähig durch den Regen, ist zu einem Park geworden. Und trotzdem, Monsieur: Die Angriffe der umliegenden Stämme machen uns nachdenklich. Und was Sie uns von dem Götzen erzählt haben, ist auch die Meinung des Gouverneurs: Man hat zwanzig Jahre darauf gewartet, daß die Götter Sie bestrafen — jetzt tun es die Menschen für die Götter. Die Geduld der Papuas ist vorbei. Es hat lange gedauert, aber die Kerle denken auch in anderen Zeitabläufen. Eins ist sicher: Das war nicht der letzte Angriff.«

»Das weiß ich«, antwortete Bäcker. »Ich nehme an, daß Sie mir einige MGs und Maschinenpistolen hierlassen.«

»Wollen Sie ab sofort einen immerwährenden Krieg führen?«

»Wir Deutsche haben Übung in dreißigjährigen Kriegen«, sagte Bäcker sarkastisch. »Ich greife ja nicht an — ich werde angegriffen. Das ist etwas anderes.«

»Im Endeffekt ist es dasselbe: Tote, Verwundete, Blut, Haß, Verwüstung. Um Sie herum wird eine von religiösen Fanatikern aufgepeitschte Welt sein, und Sie sind nur zu dritt ...«

»Zu zweit, Capitaine. Paul schicke ich weg ... vor allem deswegen.«

»Sie und Anne allein gegen tausend Papuas, das ist doch Wahnsinn!«

»Es scheint nur so, Brissier. Ich will versuchen, mit ihnen zu verhandeln.«

»Nach so vielen Toten verhandeln sie nicht mehr, Bäcker.«

»Ich werde Pater Pierre auf Katatoki einschalten. Er kennt alle Häuptlinge.«

»Er kennt sie, aber seinen Jesus bekommt er bei ihnen auch nicht los. Wie lange lebt Pater Pierre unter den Papuas? Fast vierunddreißig Jahre. Und wieviel Christen hat er dem Totem-Wunderglauben entrissen? 328! In vierunddreißig Jahren 328 Missionierte. Das sollte Sie nachdenklich machen, Monsieur Bäcker. Rechnen Sie sich daran aus, wie groß Ihre Chance ist, wenn Sie mit den Häuptlingen darüber verhandeln, ob Sie auf ihrer Toteninsel bleiben dürfen. Um das zu erreichen, langt kein Jahrhundert.«

»Das mag sein.« Bäcker lächelte. »Aber hier bleiben die Jahrhunderte stehen ...«

»Ihr Optimismus ist grandios.« Brissier sah auf seine Armbanduhr. Hier war nichts mehr zu tun, er mußte zurück nach Papeete. Zwei seiner Flieger schafften Maschinengewehre und Kisten mit Munition an Land. Man konnte nicht abwarten, bis die Kriegskanus wiederkamen, — vielleicht griffen sie morgen an, vielleicht in einem Monat, einem Jahr ... diese Papuas blieben seit Jahrtausenden ein Geheimnis. Sie gehörten zu den ersten Menschen dieser Erde, und irgendwie lebte in ihnen das Rätsel der Urzeit.

»Ihr Optimismus hat bisher gesiegt«, fuhr Brissier fort. »Aber die Lage hat sich grundlegend verändert. Ich muß Ihnen eine Botschaft des Gouverneurs überbringen, Monsieur.«

»Nur zu, Capitaine. Ich ahne sie«, sagte Bäcker.

»Der Gouverneur bittet Sie, die von Ihnen Viktoria-

Eiland benannte Insel aufzugeben. Der französische Staat ist bereit, Ihnen eine andere noch unbewohnte, aber im nahen Schutzbereich liegende Insel zu überlassen. Wir können Ihnen vier Inseln vorschlagen ... größer als Viktoria-Eiland, schöner, mit Süßwasserquellen, fischreichen, haifreien Lagunen ... und vor allem: Sie werden von meinem Geschwader laufend überflogen und beschützt, unsere Schnellboote laufen sie an, es gibt keine Religionsfanatiker und keine Toten-Totems.«

»Ein Angebot zum Verlieben.« Bäcker schüttelte langsam den Kopf. Er war froh, daß Anne im Haus war und in totaler Ermattung tief schlief. »Aber soll ich wieder von vorn anfangen? Kolonisieren? Wieder diese verdammte Stunde Null erleben? Mit 55 Jahren? Wäre ich jung wie Paul – ja. Sofort! Capitaine, machen Sie meinem Sohn den Vorschlag.«

»Er ist ein Dickkopf wie Sie, Bäcker. Er hat's heute nacht bewiesen. Wo kann er überhaupt stecken?«

»Irgendwo in den Palmen. Er kann klettern wie ein Affe. Er wird herunterkommen, sobald Sie abgeflogen sind; denn er glaubt, Sie würden ihn mitnehmen. Das ist ein Irrtum. Ich bringe ihn selbst mit der Jacht nach Tahuata.«

Bäcker blickte hinaus aufs Meer. Die Sonne war aufgetaucht, die See spiegelte, Dunst wallte über die Insel; die Bäume, die Blumen, die Erde atmeten. Welch eine Welt ...

»Ich bleibe!« sagte Bäcker laut.

»Wir können Sie nicht auf die Dauer schützen«, sagte Brissier.

»Das ist mir klar, Capitaine.«

»Wir können nicht bei jedem Papua-Angriff heranfliegen. Andererseits können wir Sie und Ihre Familie nicht hierlassen wie Schlachtvieh.«

»Und was denkt sich der Gouverneur aus?«

»Er könnte die Insel zwangsweise räumen lassen ... zu Ihrer eigenen Sicherheit.«

»Dann habe ich jetzt also zwei Gegner ... die Papuas und Sie, Brissier ...«

»Reden hat keinen Sinn!« Brissier erhob sich. Er gab Bäcker beide Hände, und auch Leutnant Tinga reichte ihm die Hand. Was er von seinem Kommandanten in Atuana zu sagen hatte, sparte er sich – es waren doch nur verlorene Worte. »Ich werde dem Gouverneur berichten. Er wird über Funk mit Ihnen sprechen, und es wird keine angenehme Unterredung sein.«

»Ich werde sie überleben, Capitaine.« Bäcker begleitete die Offiziere hinunter zum Strand. »Ich setze auf Pater Pierre.«

»Das ist eine verdammt riskante Karte.«

Brissier watete ins Wasser zu dem Schwimmer seines Flugbootes. Ein Soldat hatte die Leiter heruntergelassen. Bäcker stapfte neben Brissier durch die flache Lagune. Das Wasser war warm. Ein Fischschwarm zog an ihnen vorbei. Sie kennen keine Angst, dachte Bäcker glücklich, obgleich hier seit zwanzig Jahren Menschen wohnen. Wo gibt es das noch auf der Welt? Das alles soll ich aufgeben? Aus Angst? Aus Feigheit?

»Über Götter kann man nicht verhandeln, Bäcker. So gut müßten Sie die Eingeborenen kennen«, sagte Brissier.

»Ich kann nach einem Scheitern der Verhandlungen noch immer umziehen.« Bäcker blieb im Meer stehen. Brissier und Tinga kletterten in ihre Flugzeuge, die

Kanzeln wurden geschlossen, vier Flugzeugmotoren donnerten auf, die Propeller wirbelten, der Luftsog warf Bäcker fast um.

Langsam drehten sich die Flugboote, gewannen an Geschwindigkeit, hoben sich sanft ab und schwebten dicht über die Korallenbarriere. Capitaine Brissier zeigte auf das Haus und warf eine Kußhand. Gruß für Madame, sollte das heißen. Bäcker nickte und winkte zurück.

Dann formierte sich die Staffel, zog eine Schleife und flog hinaus aufs freie Meer.

Bäcker blieb in der Lagune stehen und sah den Flugzeugen nach, bis sie als dunkle Punkte von der Sonne aufgesogen wurden. Dann erst watete er zurück und sah Anne oben an der Treppe im Hang stehen.

»Wo ist Paul?« fragte sie.

»Noch in seinem Versteck. Keine Angst, Liebling — ihm ist nichts passiert. Er benimmt sich nur wie ein trotziges Kind, und das mit neunzehn Jahren!«

»Schlag ihn nicht«, sagte Anne leise. »Bitte . . .«

»Er hat's verdient.«

»Du hast ihn nie geschlagen. Und jetzt, wo er ein Mann ist . . .«

»Es ist gut, daß du es selbst sagst, Anne. Er ist ein Mann! Bist du einverstanden, daß er zu Dubonnet kommt?«

»Ja, Werner.«

»Er soll mehr lernen als Ziegen melken und Eier sammeln.«

»Nur deswegen?« fragte sie. Als er sie ansah, las er wieder in ihren großen braunen Augen die Wahrheit, die er nicht aussprechen wollte.

»Nein«, sagte er gepreßt. »Paul soll aus der Gefahr

heraus. Ich will ihn so lange von der Insel weghaben, bis ich mit den Papuas eine Verständigung erreicht habe.«

»Du hast also Angst, Werner?«

»Ja.« Bäcker wandte sich ab — bei dem, was er jetzt sagen mußte, konnte er Anne nicht ansehen. »Und du bleibst mit Paul bei Dubonnet.«

»Nein!« sagte sie laut.

»Doch! Ich bringe unsere Insel allein in Ordnung.«

»Ich lasse dich nicht allein ... und wenn du mich irgendwo festbindest oder bei Dubonnet einsperrst ... einmal muß man mich herauslassen, und dann werde ich mit dem ersten Boot zurückkommen. Ich habe Übung darin, das weißt du!«

Er dachte an jene furchtbare Bootsfahrt vor dreizehn Jahren, bei der Shirley wahnsinnig über Bord gesprungen war, und hob resignierend die Schultern.

»Wir fahren morgen nach Tahuata, mit Paul.«

»Es ist gut«, sagte Anne. »Ich werde mit dem Packen beginnen.« Sie hielt Bäcker fest, als er sich abwandte.

»Noch eins —«

»Ja, Anne?«

»Ich liebe dich ...«

»Das weiß ich, Anne.« Er schluckte; ein dicker Kloß saß ihm im Hals. »Ich liebe dich auch. Eine solche Liebe gibt es nur einmal ...«

Er ahnte, wo er seinen Sohn finden würde, und hatte bewußt diesen Teil der Insel ausgespart, um den anderen kein unnötiges Schauspiel zu bieten. Jetzt war Bäcker allein, stand an der Palisadenwand, die den Begräbnisplatz mit dem riesigen hölzernen Götzen abgrenzte, und stieß die kleine Tür auf, die er in den Zaun geschnitten hatte. Der süßliche Verwesungsgeruch war schwer und eklig, klebte bei jedem Atemzug an den Schleimhäuten und reizte zu Übelkeit.

Paul schien dies nichts auszumachen — er saß neben dem grellbunt bemalten Götzen auf einem Stein, lehnte sich gegen den Bauch des Totems und aß gerade eine Kokosnuß. Als er das Geräusch der aufschwingenden Tür hörte und seinen Vater kommen sah, sprang er auf, bückte sich und griff nach zwei weißen, gebleichten Totenschädeln. Jetzt erst sah Bäcker, daß Paul einen Berg von Köpfen und dicken Knochen um sich gestapelt hatte und zwischen ihnen stand wie inmitten von Kanonenkugeln.

»Laß den Blödsinn, mein Junge!« sagte Bäcker laut.

Paul antwortete mit einem Wurf. Ein Totenschädel flog haarscharf an Bäckers Kopf vorbei. Dumpf klatschte er gegen die Palisaden und zersplitterte dort in kleine Teile. Eine unheimliche Kraft lag in diesem Wurf ... hätte Paul getroffen, wäre Bäcker zu Boden gegangen.

»Bleib stehen, Vater«, sagte Paul, heiser vor Erregung. »Bitte, bleib stehen! Ich will nicht meinen Vater angreifen.«

Bäcker ging weiter. Er sah seinen Sohn starr an. Wirf, dachte er. Schlag deinen Vater nieder. Knüpple ihn mit Totenschädeln und Schenkelknochen zusammen. Du kennst deinen Vater nicht, mein Junge, — er ist nicht aufzuhalten. Wirf ...

Der zweite Schädel kam geflogen. Rechts vorbei, an der Wand zerberstend.

»Bleib stehen!« brüllte Paul verzweifelt. »Vater! Laß uns miteinander reden!«

»Das will ich ja.«

»Ich gehe nicht von der Insel fort, Vater!«

»Dann mußt du allein hierbleiben. Mutter geht auch.«

»Das ist nicht wahr.«

»Frage sie. Wir fahren morgen früh. Um fünf Uhr, vor Sonnenaufgang.«

Er band seine Armbanduhr ab und warf sie Paul vor die Füße. Sie fiel zwischen den Schädelberg und verschwand.

»Um fünf, mein Junge.«

Er drehte sich um und ging zurück zur Palisade. Er blickte nicht zurück, aber er hörte, wie Paul über seinen Knochenwall sprang und ihm nachrannte. An der Tür hatte er seinen Vater eingeholt.

»Wohin?« fragte er.

»Zu Dubonnet. Nach Tahuata. Dubonnet hat dort bei Vaitahu eine Pflanzung. Ein Riesengeschäft.«

»Und Mutter fährt mit?«

»Ja.«

»Und sie bleibt dort?«

»Ja.« Es war gut, daß Bäcker seinem Sohn den Rücken zukehrte. Anne hatte immer behauptet, er könne nicht lügen.

»Und du, Vater?«

»Ich kehre auf die Insel zurück.«

»Das ist doch Irrsinn!«

»Auf einmal? Ich denke, du willst nie weg von hier?«

»Nicht allein, Vater!«

»Aber mit Mutter?«

Paul zögerte, aber dann sagte er ganz leise: »Ja —«

Er liebt seine Mutter, dachte Bäcker. Ich habe es geahnt. Aber ist das nicht natürlich? Für ihn verkörpert Anne alle Frauen dieser Welt. Man sollte ihn für diese Liebe umarmen – wer kann sie besser nachempfinden als ich?

»Überleg es dir«, sagte Bäcker und zwang sich, eine gleichgültige Stimme zu haben. »Sei ein Mann, Paul ... und kein Kind, das mit Knochen um sich wirft ...«

Er verließ den Totenplatz und atmete hinter der Holzwand tief auf. Morgen um fünf wird er unten an der Jacht stehen, dachte er. Es wird seine erste, große selbständige Entscheidung sein ... und bereits dabei wird er schon betrogen werden.

Er hoffte in diesem Augenblick auf Anne und darauf, daß sie mit ihrem Sohn klüger reden könne als er, und ging zurück zu seinem Haus.

Am nächsten Morgen um fünf stand Paul tatsächlich unten in der Lagune und wartete. Anne wollte zu ihm hinlaufen, aber Bäcker hielt sie am Arm fest.

»Vergiß nicht, was wir besprochen haben«, sagte er. »Er und wir müssen über diesen Berg hinweg ...«

»Alles in Ordnung!« schrie Paul vom Strand und winkte mit beiden Armen. »Das Schiff ist seeklar. Ich habe in der Nacht die Motoren durchgesehen. Eine Benzinleitung war undicht ...«

Anne hakte sich bei Bäcker unter. Ihr Haar wehte im Morgenwind. Bäcker schielte zur Seite und sagte sich zum tausendsten Male, daß er nie Schöneres gesehen habe.

»Haben wir nicht einen herrlichen Sohn?« fragte sie glücklich.

»Er ist dein Ebenbild«, sagte Bäcker. »Ich muß Gott jeden Tag danken ...«

Eine halbe Stunde später waren sie außerhalb der Korallenbänke und blickten zurück auf die zwischen Himmel und Meer untergehende Insel.

Zwanzig Jahre Leben – blieben sie für immer zurück?

IV

Jean-Luc Dubonnet, klein, dick, von südfranzösischer, überschwenglicher Freundlichkeit, begrüßte Bäcker, Anne und den finster dreinblickenden Paul auf der Reede seines eigenen Hafens von Vaitahu. Er demonstrierte ihnen sogleich seinen Reichtum: Als Bäckers Motorjacht einlief, ließ er zehn Böllerschüsse los und empfing seine Gäste wie ein kleiner König.

Genauso war auch sein Lebensstil. Sein Haus – ein weißer Palast im Kolonialstil – von einem Park umgeben, mit Springbrunnen verziert und gekrönt von einem Swimming-pool mit Wasserspielen, war eines der schönsten Häuser, die Bäcker je gesehen hatte. Als Architekt konnte er sich dieses Urteil erlauben. Was Dubonnet verdiente, schien auch der größte Luxus nicht aufzufressen.

»Das ist also unser neuer Mitarbeiter«, sagte Dubonnet und gab Paul die Hand. »Mein junger Freund, Sie werden bei mir lernen, was Ihnen Ihr Vater bestimmt nicht beigebracht hat: wie man Geld verdient.« Er lachte meckernd, klopfte Bäcker auf die Schulter, küßte Anne zum drittenmal die Hand und winkte dann den in respektvoller Entfernung wartenden Boys, mit dem Servieren der eisgekühlten Getränke zu beginnen.

»Ihr Vater ist mittlerweile in der ganzen Südsee bekannt«, sagte Dubonnet nach einem kräftigen Schluck Sekt mit Orangensaft. »Der moderne Robinson, eine Art Panoptikums-Attraktion – wohlgemerkt, nicht im abwertenden Sinn —, sondern als das lebende Rätsel, wie ein intelligenter Mensch es jetzt schon zwanzig Jahre auf einer Insel aushält, wo selbst die Korallen vor Einsamkeit weinen.«

»Das ist kein Rätsel, Jean-Luc«, antwortete Bäcker. »Ich habe Anne.«

»Anne gehört in einen Palast wie diesen hier.«

»Ich fühle mich wohl.« Anne lächelte. Sie schielte zu Paul hinüber.

Ihr Sohn saß mit verschlossenem Gesicht unter dem Sonnenschirm, beobachtete die dienernden Boys, musterte Dubonnet wie eine seiner Inselziegen und sagte plötzlich, als einer der Boys ihm ein neues Glas mit einer tiefen Verbeugung reichte: »Hast du Schmerzen im Kreuz?«

Dubonnet starrte ihn verblüfft an. Paul hatte in dem hiesigen Eingeborenendialekt gesprochen. Der Boy riß die runden schwarzen Augen auf und entfernte sich schnell.

»Warum soll er Rückenschmerzen haben?« fragte Dubonnet zurück.

»Weil er so krumm geht.«

»Aber der geht doch aufrecht wie ein Pfahl.«

»Jetzt. Als er mir das Glas brachte, knickte er ein.«

Dubonnet wandte sich seitwärts zu Bäcker. In seinen fröhlichen Augen lag plötzlich ein Schimmer Sorge.

»Werner«, sagte er, »Ihr Junge ist ein Mordskerl. Er gefällt mir vom ersten Augenblick an. Aber irgendwie scheinen Sie ihn an den Realitäten vorbeierzogen zu haben.«

»Er liest politische Bücher, Jean-Luc.«

»Bei mir wird er Eingangs- und Ausgangsfakturen lesen, Kontoauszüge und Versandlisten.« Dubonnet schüttelte den Kopf. »Sie haben einen Fehler gemacht, Werner, der Junge war längst fällig für ein normales Leben. Oder nennen Sie Ihr Leben normal? Übrigens: Ihre Inselverteidigung macht auf allen Archipelen die Runde. Toll, Bäcker!«

»Ich habe gar nichts getan. Bevor es richtig anfing, lag ich schon verwundet in der Ecke. Ich wollte verhandeln, Leben schonen ... es war sicherlich der falsche Augenblick. Dann hat Anne eingegriffen. Sie hat Viktoria-Eiland gerettet!«

Dubonnet beugte sich hinüber zu Anne. »Madame, eine Frau wie Sie ist ein Jahrhundertereignis. Mein ganzer Besitz steht Ihnen — und selbstverständlich auch Ihnen, Werner, zur Verfügung. Seien Sie meine Gäste! Bestimmen Sie wie zu Hause über alles ...«

Bäcker zog die Augenbrauen hoch. Ein Unterton in Dubonnets Stimme machte ihn stutzig. »Ich fahre morgen früh wieder, Jean-Luc.«

»Wohin?«

»Nach Viktoria-Eiland zurück.«

»Es ist gut, daß ich es Ihnen vorher sagen kann, bevor die amtliche Mitteilung Sie erreicht: Der Gouverneur hat verfügt, daß die Insel geräumt wird.«

Bäcker hatte so etwas geahnt, doch er reagierte anders, als Anne erwartete, den sie griff sofort nach seiner Hand und hielt sie fest umklammert. Ruhe, mein Liebling, hieß das. Ruhe. Ich bin bei dir. Aber Bäcker fuhr nicht hoch, er lehnte sich im Gegenteil gemütlich in dem Gartensessel zurück. Paul wollte etwas sagen, aber Annes Blick unterdrückte seine Worte.

»Capitaine Brissier deutete so etwas schon an. Es

überrascht mich nicht.« Bäcker drückte verstohlen Annes Hand. »Als ich über sechs Jahre auf meiner Insel lebte, hat sich kein Gouverneur um mich gekümmert. Nur der geradezu unwahrscheinliche Zufall, daß meine Flaschenpost ausgerechnet in Deutschland, in Norderney, angeschwemmt wurde, holte mich in das Bewußtsein meiner Mitmenschen zurück.«

»Aber da stecken Sie nun tief verwurzelt drin, und wir haben eine Verpflichtung Ihnen und Ihrer Familie gegenüber. Wollen Sie ab jetzt Krieg führen gegen Religionsfanatiker? Werner, trotz zwanzig Jahre Südsee ... *das* kennen Sie noch nicht! Bisher haben Sie auf dieser verdammten Toteninsel märchenhaft gelebt, von Ihrer Warte aus gesehen. Aber nun ist den Medizinmännern der Kragen geplatzt. Die Götter verlangen nach menschlichen Taten, und ich garantiere Ihnen: es gibt keine ruhige Minute mehr auf Viktoria-Eiland. Solange es hier Götzen gibt, stehen Sie auf der Abschußliste. Und so schnell können Pater Pierre und andere Priester gar nicht missionieren, daß Sie gerettet werden und man das Totem auf Ihrer Insel gegen ein Kreuz austauscht.« Dubonnet winkte ab, als Bäcker etwas entgegnen wollte. »Ich weiß: Sie wollen die Räumung ignorieren. Das ist kein Ausweg, Bäcker. Nehmen Sie das Angebot der Regierung an, ziehen Sie auf eine friedliche Insel um, und bis dahin gehört Ihnen und Madame mein Haus.«

Am Abend, nachdem sie die Pflanzungen und Betriebsgebäude von Dubonnets Firma besichtigt hatten, gingen Bäcker, Anne und Paul am Strand von Tahuata spazieren. Die Sonne versank wie ein glühender Ball, und Paul blickte sehnsüchtig übers Meer.

Bäcker ahnte, woran sein Sohn dachte. »Wie gefällt dir Dubonnet?« fragte er, um ihn abzulenken.

»Er redet zuviel, Vater.«

»Jeder Mensch hat seine Eigenheiten, Paul, auch ich.«

»Er behandelt seine Leute wie Sklaven.«

»Das ist etwas, was du von Dubonnet nicht zu lernen brauchst. Behandle du die Leute dafür doppelt freundlich.«

»Und was wollt ihr tun?« fragte Paul. »Bleibt ihr hier?«

»Nein, wir fahren . . .«

»Aber du, Mutter . . .«

Die gefürchtete Stunde der Wahrheit war gekommen. Anne löste sie auf ihre sanfte, einmalige Weise. »Mein Junge«, sagte sie, »immer wenn dein Vater mich brauchte, war ich bei ihm. Zwanzig Jahre, Tag für Tag! Seit zwanzig Jahren gibt es für mich nur ihn. Wir haben beide aus dir so viel gemacht, wie wir konnten . . . nun bist du hier, um mehr zu lernen, du bist gut aufgehoben, Vater und ich sind froh, daß wir dir das vermitteln konnten. Wenn Vater jetzt zurück auf die Insel fährt, wo gehöre *ich* dann hin?«

»Ihr habt mich belogen«, sagte Paul finster. Er drehte sich um und ging zur Pflanzung. Anne und Bäcker blickten ihm nach.

»Ich ahne Komplikationen, Anne«, sagte Bäcker ernst und legte den Arm um Annes Schultern. »Aber es muß sein. Er muß lernen, sich im Leben durchzubeißen. Wo wären wir hingekommen, wenn wir damals nur die Sonne, das Meer und den Wind angeheult hätten?«

Am nächsten Morgen, in aller Frühe, verließ Bäcker mit seiner Jacht den Privathafen von Vaitahu. Paul war nicht zum Abschied erschienen ... aber er hockte hinter einem Kistenstapel am Kai und starrte dem Schiff nach, bis es in den Wellen gegen den hellen Horizont verschwand. Er wollte nicht weinen, aber weil es in seiner Brust so brannte, hieb er gegen die dicken Holzkisten und zertrümmerte mit jedem Faustschlag ein Brett.

Es war eine Kraft in ihm, von der keiner etwas ahnte, am allerwenigsten er selbst.

Zum Frühstück wartete Dubonnet auf Bäcker und Anne.

»Sie sind weg«, sagte Paul, der vom Hafen zurückkam.

»So ein Narr!« Dubonnet sprang auf. »Paul, ich setze mir zum Ziel, aus Ihnen einen vernünftigeren Menschen zu machen. Warum haben Sie Ihren Vater nicht zurückgehalten?«

»Sie kennen meinen Vater doch, Monsieur. Wer kann den zurückhalten?«

»Ihre Mutter!«

Ungewollt hatte Dubonnet Paul auf den empfindsamsten Nerv getroffen. Paul drehte sich wortlos um und rannte weg.

»Alles Verrückte!« knurrte Dubonnet kopfschüttelnd.

Nach drei Tagen ruhiger Fahrt erreichten Bäcker und Anne Viktoria-Eiland.

Schon von weitem sahen sie es: Über der Insel schwebte eine breite Rauchwolke.

Anne schien sie zuerst bemerkt zu haben ... sie deckte den Tisch unter dem Sonnensegel und nahm alle Kraft zusammen, um ruhig zu sagen: »Werner, laß uns erst essen, bevor wir die letzten Meilen fahren ...«

Bäcker blieb in seinem Ruderhaus. Er starrte auf die Rauchfahne und ließ die Maschine auf ›volle Kraft‹ laufen. Als Anne neben ihm erschien und die Arme um seinen Nacken schlang, küßte er sie auf die schönen, großen Augen und sagte: »Es hat keinen Zweck, mich abzulenken, Anne. Ich habe es längst gesehen. Unser Paradies brennt ...«

Mit der Flut überwanden sie eine Stunde später die Korallenbänke und legten in der Lagune an. Dann standen sie stumm an der Reling und sahen hinüber zu ihrer Insel.

Der Landesteg war niedergerissen, der Wasserturm lag umgestürzt und zerhackt im Sand, das Haus war niedergebrannt, der Strand war übersät mit den abgeschlachteten Ziegen und Schweinen, Hühnern und Gänsen. Die Gemüsegärten waren verwüstet, sogar die Treppe in der Böschung war herausgerissen. Und über allem lag der Brandgeruch, und der Rauch quoll noch aus den Ruinen des Hauses.

»Laß uns zurück zu Paul«, sagte Anne leise, als Bäcker sich nach der ersten Erstarrung wieder rührte. »Werner, gib es auf ...«

Bäcker schwieg. Er kletterte von Bord, watete durch das seichte Lagunenwasser und hörte hinter sich Anne durch das Meer planschen. Mit starrem Gesicht ging er an den vielen Tierkadavern vorbei zum Hang, kletterte über die Trümmer der Treppe hinauf und sah erst hier das ganze Ausmaß der Zerstörung.

Was er in zwanzig Jahren geschaffen hatte, war vernichtet. Zwanzig Jahre waren ausgewischt. Viktoria-Eiland war wieder die trostloseste Insel der Welt, so, wie sie es immer gewesen war, bevor drei Menschen sie eroberten. Aber sie ließ sich nicht erobern, sie schlug zurück, diese verdammte Insel, und sie hatte jetzt gesiegt.

Bäcker drehte sich um. Anne stand dicht hinter ihm, ein Gewehr in der Hand. Beim Waten durch das Meer hatte sie es hoch über ihren Kopf gehalten.

Von dem schönen Haus standen nur noch die Grundmauern. Die Trümmer rauchten noch, der Wind entfachte immer wieder die Glut. An die rußgeschwärzte Hauswand aber hatte man drei Puppen genagelt. Puppen aus Bast und Palmstroh, kunstvoll gefertigt, lebensgroß, mit Köpfen und Gliedern. Drei Puppen nebeneinander mit weißgestrichenen Gesichtern.

»Werner . . .«, sagte Anne leise.

Bäcker nickte. »Sie opfern uns ihren Göttern«, sagte er heiser.

Er trat zu den Puppen, riß sie von der Wand und warf sie über die Schultern. »Hol ein Beil, Anne«, sagte er dann.

»Mein Gott, Werner, was willst du tun?« schrie Anne auf.

»Ich will ihnen zeigen, daß ich ihre Götter nicht fürchte . . . und sie auch nicht! Hol ein Beil, bitte . . .«

Anne rannte zurück zum Schiff. Als sie wiederkam, hatte sie nicht eine, sondern zwei langstielige Äxte über der Schulter, und sie trug in der linken Hand noch immer das Gewehr. Aber sie fand Bäcker nicht mehr an den Ruinen seines Hauses.

Sie ahnte, wo er war, lief weiter bis zu der Holzpalisade um den Begräbnisplatz und sah, daß auch diese brannte. Bäcker war durch eine schon niedergebrochene Stelle über die verkohlten Hölzer gesprungen und stand vor dem großen, glotzäugigen Götzen. Es war, als habe die Vernichtung der Insel ihn noch stolzer gemacht.

»Danke, Anne«, sagte Bäcker, als Anne ihm eine Axt gab. »Es ist merkwürdig, wie verrückt diese Welt an Symbolen hängt. Aber wenn sie dadurch friedlicher wird . . .«

Er legte eine Puppe, die größte, sie sollte ihn darstellen, dem Totem-Götzen vor die Füße und hackte ihr mit einem Hieb den Kopf ab. Anne stieß einen spitzen Schrei aus, dann umklammerte sie ihre Axt, schleifte die andere Puppe neben die geköpfte, holte aus und trennte auch ihr den weißbemalten Bastkopf vom Rumpf.

»Nun, Paul —«, sagte sie zitternd. Die dritte Puppe, die ihr Kind verkörperte, lag zwischen ihr und Bäcker. Ihre Augen weiteten sich, als Bäcker sie zurechtlegte und die Axt hob. »Es ist Paul!« schrie Anne auf.

Bäcker schloß die Augen, schwang die Axt, aber dann drehte er sich im Schwung um und ließ sie ins Leere sausen.

»Ich kann es nicht, Anne«, stammelte er. »Du hast recht . . . es ist Paul! Ich kann es nicht.«

Er lehnte die beiden geköpften Puppen an den Götzen, legte die Köpfe zwischen die Beine und warf dann die dritte Puppe wieder über seine Schulter. So kamen sie zu ihrem verbrannten Haus zurück, setzten sich — wie vor zwanzig Jahren — an den Rand des Hanges und blickten über das Meer. Die Strohpuppe lag zwischen ihnen.

»Wann fahren wir?« fragte Anne zaghaft.

»Morgen, um neues Material zu holen.«

»Du willst wieder von vorne anfangen?«

»Ja. Ich gebe nicht auf. Und du, Anne, auch nicht.

Das weiß ich.«

»Nie, solange du da bist, Werner.«

Er schob die Puppe vor seine Füße und lachte rauh. »Das habe ich gern«, sagte er, und es sollte unbekümmert klingen. »Mit den Götzen die Zeit zurückzudrehen; aber die weiße Farbe in Blechbüchsen von den Weißen kaufen. Sieh dir das Gesicht an — guter Außenlack! Nein, Anne . . . ich gebe nicht auf! Diese Insel ist mein Paradies, schon allein weil du auf ihr bist . . .«

Am Abend saß Bäcker hinter seinem Funkgerät auf der Jacht und wartete. Er hatte mit Paul ausgemacht, daß sie abends von 23.15 bis 23.30 Uhr miteinander sprechen wollten. Schon Annes wegen hatten sie das vereinbart. Auch wenn sie es nicht offen zeigte, der Abschied von ihrem Sohn hatte ihr sehr zugesetzt.

»Er kann jeden Abend mit dir sprechen«, hatte Bäcker gesagt.

Und sie hatte ihn mit ihren großen braunen Augen angesehen und leise geantwortet: »Danke, Werner. Ich liebe dich . . .«

Einen schöneren Dank gab es nicht . . .

Pünktlich um 23.15 Uhr summte es in dem Lautsprecher. Ein Knacken und Rauschen, und dann ertönte Pauls Stimme im Verstärker, so nahe, als säße er neben ihnen:

»Hallo Viktoria-Eiland! Hallo! Hört ihr mich?«

»Wir hören dich, mein Junge«, sagte Bäcker. Er zog Anne an sich und war nicht erstaunt, daß sie jetzt weinte.

»Vater? Guten Abend.« Und dann, mit einem Beben in der Stimme: »Ist Mutter auch da?«

»Ja, mein Liebling!« rief Anne. »Ja, wie geht es dir?«

»Gut, Mutter. Und euch?«

»Sehr gut —«, antwortete Bäcker fest. »Wir haben heute einen richtig faulen Tag gehabt.«

Er drückte Annes Kopf an sich, weil sie aufschluchzte und Paul das nicht hören sollte.

»Erzähl mal von dir, Paul. Was macht Dubonnet?«

»Er ist netter, als ich erst dachte«, sagte Paul.

Es klang gut, und Bäcker und Anne merkten nicht, daß auch sie von Paul belogen wurden.

Denn es ging gar nicht gut auf der Pflanzung in Vaitahu.

V

Es begann schon am ersten Tag, nachdem Bäcker heimlich Tahuata, Dubonnets Insel, verlassen hatte.

Beim Frühstück stolperte einer der Boys über die vorstehende Kante einer Bodenplatte. Ein Stück Käse, das er gerade servierte, rutschte vom Tablett, und Dubonnet beugte sich vor und gab dem Boy wortlos eine schallende Ohrfeige.

Ebenso wortlos stand Paul auf, bückte sich, hob das Stück Käse vom Boden auf, drehte sich um und schleuderte es weit in den Park hinein. Dann griff er in die Tasche, holte ein Fünf-Franc-Stück heraus und legte es dem Boy auf das Tablett. Verblüfft starrte Dubonnet ihn an.

»Was ist 'n das?« fragte er.

»Raten Sie mal!« sagte Paul finster.

»Ihre Rätsel sind leicht.« Dubonnet wartete, bis sich der Boy im Laufschritt entfernt hatte, und legte dann seine breiten, dicken Hände auf den Tisch. »Wenn Sie das immer machen, junger Freund, werden Sie hier bald arm sein. Ganz davon abgesehen, daß die Moral meiner Dienerschaft darunter leidet.«

»Ich habe gelernt, den Menschen zu achten!« sagte Paul.

»Brav!« In Dubonnets Stimme troff dicker Spott. »Sie werden mal ein guter Kaufmann werden. Damit Sie lernen, wie man Menschen behandelt, stecke ich Sie gleich in die Verkaufsabteilung.«

Bereits nach einer Stunde saß Paul in einem großen Büro unter einem ständig kreisenden Propellerventilator und neben einer Klimaanlage, mußte Post sortieren und hörte sich dann an, wie der Abteilungsleiter für Neuseeland und Australien Briefe an die Kunden diktierte. Dubonnet machte es sichtbar Vergnügen, dabeizustehen und Paul auf einigen Listen zu zeigen, was ihn die Ware kostete und wie teuer er sie an den Kunden weiterverkaufte.

Am Abend erhielt Paul Besuch. Der Vater des Boys, dem er fünf Francs geschenkt hatte, schlich über eine Hintertreppe ins Haus und legte Paul einen gebogenen Malaiendolch auf den Tisch. Die Schneide war kunstvoll mit Bildern und Sprüchen ziseliert, die Scheide aus feinstem Ziegenleder und mit silbernen Knöpfen beschlagen.

»Was soll das?« fragte Paul.

»Ein Geschenk, Herr. Du hast meinen Sohn beschützt«, sagte der Alte. Er hatte sein bestes Gewand angezogen. »Der Dolch wird dir Glück bringen.«

»Eine Waffe bringt nie Glück, hat mein Vater gesagt.«

»Vielleicht wirst du sie einmal brauchen.« Der Alte verneigte sich. »Wir erinnern uns an dich, Herr. Erinnere du dich an uns.«

»Wer ist *uns?*« fragte Paul ratlos.

»Die Großen Sechs.«

»Und wer sind die Großen Sechs?«

Der Alte schien plötzlich nichts mehr zu verstehen. Er ging zur Tür und lächelte Paul an. Dann zeigte er auf den krummen Malaiendolch.

»Trag ihn immer bei dir«, sagte er. »Er ist nicht schwer, aber er wiegt doch mehr als ein Leben —«

Bevor Paul noch etwas fragen konnte, war er wieder allein.

Beim Abendessen war Dubonnet schlechter Laune. »Ihre Menschenfreundlichkeit in Ehren, Paul«, sagte er, »aber wie's geht, sollen Sie jetzt sehen: Der Boy mit dem Käse ist verschwunden. Ist einfach weggelaufen. Da haben Sie Ihre Dankbarkeit. Güte ist ein Stück Dummheit, das ist ein Spruch, den man noch vor dem Abc lernen sollte. Zum Glück gibt's genug Boys, die sich drängeln, hier anzufangen. Das nur als Illustration zu Ihren Menschlichkeitsbemühungen.«

Sie aßen herrlichen Braten und tranken französischen Rotwein, bis Paul unvermittelt fragte: »Wer sind die Großen Sechs?«

Dubonnet setzte sein Glas ab und griff nach einem neuen Stück Fleisch.

»Die Großen Sechs sind Spinner«, erklärte er. »Eine Gruppe von Revolutionären, die seit Jahrzehnten hier aus dieser Inselwelt einen eigenen Malaienstaat machen wollen. Weg von den Weißen. Und sie nennen sich die ›Großen Sechs‹, weil sie sechs Führer sind und überall verkünden: Man kann einen oder zwei oder drei von uns fangen, es bleiben immer noch die anderen! Wir sind ein Kopf! — Verrückt, was? Woher wissen Sie überhaupt von diesen Idioten?«

»Man hat im Büro darüber gesprochen.«

»Vergessen Sie es, Paul! Die Inseln hier sind seit über hundert Jahren französisch und bleiben es auch! Und *ich* sitze hier, das soll man nicht unterschätzen. Alle verdienen an mir, und solange das so ist, haben Revolutionäre keine Chance. Wer gräbt sich selbst das Wasser ab und verdurstet dann aus Patriotismus?«

Dubonnet lachte und vergaß sofort darauf das Thema.

Paul Bäcker aber trug von da an den gebogenen Malaiendolch am Gürtel seiner Hose. Und es war merkwürdig: wohin er auch kam, in den Hafen, auf den Markt, in irgendein Geschäft, ja sogar auf den Straßen nickte man ihm verstohlen zu oder machte ihm Platz, wenn er irgendwo warten mußte.

Vom vierten Tag an saß er jeden Abend in der Funkstation der Pflanzung und sprach mit Viktoria-Eiland, lauschte auf die Stimme seines Vaters und war glücklich, wenn er seine Mutter sagen hörte: »Paß gut auf dich auf, mein Liebling ...«

Hinterher war er immer wie verstört. Er hatte Sehnsucht nach Anne, und wenn er an sie dachte, nannte er sie »Anne« und nicht »Mutter«.

Es war ein Gefühl, mit dem er nicht fertig wurde.

Die Eingeborenen kamen nicht wieder, zumindest nicht mit ihren Kriegskanus. Es war, als holten sie Luft und warteten ab, was die Götter nun mit den Weißen auf der Toteninsel machten.

Zehn Tage nach seiner Rückkehr auf die zerstörte Insel sah Bäcker an frischen Toten, die neben den Götzen gelegt worden waren, daß die dunklen Totenkanus heimlich auf der anderen Inselseite gelandet waren. Die geköpften Strohpuppen hatten die Eingeborenen dem Totem um den Bauch gebunden, und Bäcker sagte:

»Die Sache wird kritisch, Anne. Wir liegen jetzt im Bauch des Gottes, er hat uns also gefressen. Wenn das Jahr jetzt normal herumgeht, kein außergewöhnlicher

Taifun rast, der Sommer nicht zu trocken wird oder wenn keine anderen Katastrophen eintreten, können wir ruhig schlafen. Aber wehe, die Natur spielt verrückt. Dann hat uns der Gott ausgespuckt, bestraft die Menschen, und alles geht wieder von vorne los!«

Sie schufteten wie damals, als sie zum erstenmal Viktoria-Eiland dem Meer, der Sonne und dem Wind abrangen. Bäcker lötete die Löcher im Wasserturm, verscharrte die Tierkadaver, legte neue Leitungen, und da die Eingeborenen mit dem Stromaggregat nichts anzufangen gewußt und es unversehrt gelassen hatten, gelang der Aufbau schneller als erwartet.

Als wieder ein Dach über dem ausgebrannten Haus lag, notdürftig, ein paar Balken mit Zeltplanen darüber, sagte Bäcker: »Anne, ich muß dich etwas fragen. Setz dich zu mir.«

Sie kam vom Feuer, wischte sich die Haare aus der Stirn und lachte. Die Hitze hatte ihr Gesicht gerötet, sie roch nach Gulaschsuppe, und sie trug enge Shorts und einen geblümten Büstenhalter. Ich werde dieses Wunder von Frau nie begreifen, dachte Bäcker. Klaglos kämpft sie seit zwanzig Jahren an meiner Seite gegen alles, was einen Menschen nur angreifen kann, und sie bleibt immer so stark, daß ich mich an ihr aufrichten kann. Sehen so Engel aus . . .?

»Probleme, Liebling?« fragte Anne und setzte sich neben Bäcker auf die rohgezimmerte Bank.

»Was wirst du tun, wenn ich einmal nicht mehr bin?« fragte er.

Sie sprang sofort auf und wollte wieder gehen, aber er hielt sie am Arm fest.

»Auf so einen Blödsinn antworte ich nicht!« sagte sie laut.

»Anne, ich bin jetzt fünfundfünfzig Jahre. Ein halber Krüppel ...«

»Wenn du weiterredest, schütte ich dir die heiße Suppe über den Kopf, dann bist du ein ganzer Krüppel!« sagte sie heftig.

»Es ist gut, Anne, es ist gut.« Er ließ sie los und sah ihr nach, wie sie zur Feuerstelle ging und im Kessel rührte. Erst in der Nacht, auf einem Bett aus Palmenblättern, so wie sie angefangen hatten, sprachen sie weiter darüber. Und es war Anne, die damit anfing.

»Warum hast du das gefragt?« sagte sie. Sie lag in seinen Armen, und es war unzählbar, wie oft sie so schon eingeschlafen war. Erschöpft von einem Tag, der von Sonnenaufgang bis Sonnenuntergang nur Arbeit gewesen war.

»Wir haben noch nie darüber gesprochen, Anne.«

»Und jetzt ist es nötig?«

»Unser Paradies hat sich verändert. Anne, Paul ist in Sicherheit. Und Paul braucht dich mehr als mich.«

»Schick mich bloß nicht weg!« sagte sie. »Ich gehe doch nicht.«

Er streckte sich, und sie legte ihren Kopf auf seine Brust und lauschte auf das Klopfen seines Herzens. Es war gleichmäßig und stark. Nein, krank ist er nicht, dachte sie. Sie streichelte seinen Leib und ging ganz in dem Glücksgefühl auf, bei ihm zu sein.

»Ich glaube, ich habe all die Jahre für einen Irrtum gelebt«, sagte Bäcker langsam. »Wir haben Viktoria-Eiland geschaffen, aber eigentlich habe ich das alles nur für mich getan. *Ich* wollte hier leben, und du hast das ertragen, und als das Kind kam, war dieses Leben hier keine Frage mehr. Aber wenn ich einmal nicht mehr bin, ist diese Insel für euch kein Platz mehr. Eine Insel ohne Wasser! Eine Toteninsel! Das habe ich euch zugemutet. Ich bin ein verdammter Egoist. Versprich mir, Anne, daß ihr, Paul und du, nach meinem Tode die Insel verlaßt. Versprich es.«

»Da müssen wir Paul erst fragen, Werner.«

»Er wird immer tun, was du willst, Anne.«

»Dann bleiben wir.«

»Anne!« Er faßte sie an den Schultern und zog sie zu sich hoch. »Bitte . . .«

»Es ist dumm, davon zu sprechen, aber wenn du es hören willst: ich bleibe da, wo auch du bist«, sagte sie. In der Dunkelheit sah er noch den Glanz ihrer Augen. »Ich lasse dich auch im Grab nicht allein.«

»Dann verlaß die Insel sofort nach meinem Tod, und nimm mich mit, Anne. Ich will nicht, daß du mit Paul hier weiterlebst.«

»Und wenn ich vor dir sterbe?« fragte sie.

»Das ist unmöglich.« Er drückte sie so fest an sich, daß sie nach Luft rang. »Das ist undenkbar. Anne, das darf einfach nicht sein. Was bin ich ohne dich . . .«

»Immer ein Egoist.« Sie lachte, küßte seine lidlosen Augen und ließ sich zur Seite fallen. »Schlaf jetzt. Wir müssen morgen eine Reihe Bäume fällen . . .«

Sie schliefen so fest, daß sie nicht hörten, wie sie Besuch bekamen. Erst als sie am frühen Morgen aufwachten und wie immer zum Baden hinunter zum Meer liefen, nackt und glücklich, sahen sie in der Lagune das Flugboot im trägen Wasser schaukeln.

Sie blieben stehen, Hand in Hand wie Kinder, und

starrten hinüber zu dem silbern glitzernden Flugzeug. An der Böschung, in Schlafsäcke verkrochen, lagen vier schlafende Gestalten.

»Capitaine Brissier vom II. Geschwader der Militärbasis Tahiti —«, sagte Bäcker tief atmend. »Anne, es ist soweit. Der Räumungsbefehl des Gouverneurs ist eingetroffen.« Er drehte Anne zu sich und sah sie groß an. »Ich überlasse die Entscheidung dir. Was willst du tun, Anne?«

»Schwimmen —«, sagte sie. »Ich freue mich auf das kühle Wasser.«

Sie riß sich los, warf die Arme hoch in die Luft und rannte ins Meer. Werner Bäcker blickte in den Himmel.

»Gott da droben —«, sagte er leise, »ich danke dir für diese Frau.«

Dann rannte er Anne nach in die Lagune. Wie ein großer weißer Fisch umschwamm sie bereits das Flugboot.

Es gab drei Dinge in Vaitahu, die Paul nicht verstand: die Frechheit, mit der Dubonnet seine Kunden betrog, und daß niemand es merkte; die Ungerechtigkeit, die überall herrschte und die jeder wie gottgewollt hinnahm; und das unerklärliche Benehmen der Mädchen, wenn sie Paul anstarrten, in seiner Nähe waren oder wenn er sie anlächelte, was er für höflich hielt. Daß er damit überall Verwirrung anrichtete, merkte er nicht.

Dubonnet war nach Sydney geflogen. Er hatte zum Abschied gesagt: »Mein lieber Paul, ich komme in acht Tagen wieder. Versprechen Sie mir, in dieser Zeit aus meinem Betrieb kein Kollektiv zu machen. Sehen Sie sich im Geschäft um, Monsieur Lagarde wird Sie unter seine Fittiche nehmen.«

Lagarde war der erste Direktor, ein höflicher, aber kalter Mensch, und er tat nach Dubonnets Abflug das beste, was er tun konnte: er ließ Paul Bäcker in Ruhe.

An einem Abend war plötzlich der Alte wieder da, der Vater des Boys, und sagte: »Komm mit, es will dich einer sprechen.« Er führte Paul auf eines der vielen kleinen, von den Chinesen übernommenen Wohnboote, die in der Lagune der Eingeborenensiedlung Reihe an Reihe im schmutzigen Wasser schaukelten.

Im Halbdunkel, nur eine mit buntem Papier überzogene Lampe brannte, stand Paul dann einem Mann gegenüber, den er kaum erkennen konnte. Er sah bloß die Umrisse einer Gestalt und hörte eine angenehme, dunkle Stimme. Der Gestank, der aus den Hunderten von Booten ausdünstete, war fürchterlich, die Armut, der Paul auf dem Weg hierher begegnet war, erschreckend.

»Sie sind ein guter Mensch«, sagte der Mann im Halbdunkel. »Wir wissen alles über Sie, Ihre Mutter, Ihren Vater. Sie haben die Ehre eines kleinen Hausboys beschützt – das ist in Ihren Augen nicht viel, für uns ist es ein Beweis, daß Sie ein Freund sind. Freunde sind selten.«

»Das stimmt.« Paul sah sich in dem niedrigen Raum um, der Boden schwankte leicht. Er kannte das von der Jacht und spreizte etwas die Beine. »Wir wollten allen Menschen freund sein, und trotzdem haben uns Menschen überfallen, denen wir nichts getan haben.«

»Ich weiß. Es ist eine religiöse Sache.« Der Mann im Halbdunkel hob die Hand. »Ich habe mit den Stämmen gesprochen. Sie werden auf der Insel, die Ihr Vater Viktoria-Eiland nennt, leben dürfen. Glauben Sie mir, es war ein härterer Kampf als gegen eine Armee.«

»Und Sie glauben, man hält sich daran?« fragte Paul mißtrauisch.

»Ich verspreche es Ihnen. Sie tragen unseren Dolch am Gürtel, Sie sind unser Freund. Aber ich brauche auch von Ihnen ein Versprechen.«

»Wenn ich es halten kann?«

»Vergessen Sie, daß Sie mit mir gesprochen haben. Aber ich wollte Sie sehen und Ihnen sagen, daß die Insel Ihnen gehört.«

Die Lampe erlosch wie von Geisterhand, jemand packte Paul von hinten und führte ihn ins Freie. Dort wartete der Vater des Boys und brachte Paul auf einem Kahn zurück zum Hafen.

»Wer war denn das?« fragte Paul, als er auf dem Kai stand. Der Alte verbeugte sich leicht.

»Der Dritte Kopf der Großen Sechs«, sagte er. »Eine große Ehre . . .«

Um 23.15 Uhr sprach Paul wieder mit seinem Vater über das Funkgerät. Er erzählte nichts von der Begegnung, er hatte sein Wort gegeben, zu schweigen, und Bäcker hatte ihn gelehrt, Versprechungen zu halten.

»Alles in Ordnung, Vater?« fragte Paul.

Bäcker sah zur Seite. Dort saßen Anne und Capitaine Brissier und hörten mit.

»Alles in Ordnung, mein Junge«, antwortete er.

»Wie geht es meiner Ziegenherde?«

»Prächtig.«

»Ist Mutter da?«

»Ja, mein Liebling —«, sagte Anne.

»In drei Monaten bekomme ich den ersten Urlaub.

Holst du mich dann nach Viktoria-Eiland?«

»Sofort, mein Liebling, sofort ...«

Später sagte Brissier: »Anne, Sie haben Ihrem Sohn Unmögliches versprochen. In drei Monaten ist die Insel wieder Urland. Geräumt bis auf die Gerippe auf der anderen Seite. Das hätten Sie ihm sagen müssen.«

»Warum?« Anne lächelte still. »Ich kann ihn doch nicht ständig belügen!«

Brissier verstand. Er kniff die Augen zusammen. »Heißt das, Sie weigern sich genau wie Ihr Mann, Viktoria-Eiland zu verlassen?«

»Natürlich.« Anne strahlte ihn mit ihren großen Augen an. »Das schaffen Sie nur mit Gewalt ... aber Sie können sich nicht vorstellen, was es heißt, mich in Ihr Flugboot zu tragen, denn tragen müssen Sie mich schon ... so etwas würden Sie nie vergessen!«

Brissier glaubte es ihr ohne Vorbehalt.

Einen Abend später lernte Paul Bäcker bei einem Spaziergang Tara Makarou an einer Straßenecke kennen. Tara war ein Halbblut, Tochter eines polynesischen Vaters und einer chinesischen Mutter. Es war eine Mischung, die Blut zu Sprengstoff werden läßt.

Tara Makarou lehnte an der Hauswand, spielte mit ihren langen, blauschwarz glänzenden Haaren und sagte in einer Art Singsang: »Warum geht ein Mann wie du an mir vorbei?«

Paul Bäcker blieb stehen. Zum erstenmal, außer bei seiner Mutter, drang eine Stimme tief in ihn hinein.

Die Schönheit des Mädchens machte ihn verlegen. Er kam ein paar Schritte zurück, lehnte sich neben sie an die Hauswand und dachte: Jetzt müßte man etwas sagen, was sie erfreut.

Ein merkwürdiges Gefühl durchrann ihn. Er hatte es schon öfter gespürt, aber bevor er Zeit hatte, sich darum zu kümmern, lenkte ihn irgendeine wichtige Arbeit ab, und später war es dann wieder vorbei, und er erinnerte sich nicht mehr daran. Jetzt aber war es wieder in ihm, mächtiger als je zuvor, nagelte ihn neben das Mädchen an die Hauswand. Es war ein Gefühl von eigenartiger süßer Schwere.

»Du siehst, ich gehe nicht vorbei«, sagte Paul Bäcker. Und als sie schwieg und ihn nur aus ihren schwarzen glühenden Augen anstarrte, dachte er: Das war ein blöder Anfang. Aber was sagt man zu einem fremden Mädchen?

»Du bist hübsch«, sagte er. »Wohnst du hier?«

»Willst du es sehen?« Sie dehnte sich wie eine Katze in der Sonne. Ihre Brüste sprengten das Kleid, es platzte unter dem Hals auf, wo ein Schlitz nur mit Druckknöpfen geschlossen war. Atemlos, von einer plötzlichen Hitzewelle überrollt, starrte Paul auf die beiden bronzefarbenen Kugeln, die aus der Lücke des Kleides rollten.

»Was soll ich sehen?« fragte er heiser. Er erkannte seine Stimme nicht mehr.

»Darüber könnten wir sprechen, mein schöner Junge.« Tara Makarou hielt ihre Hand hin. Eine lange, schmale Hand mit rotlackierten Nägeln. Die Haut der Innenflächen war heller als die übrige Haut, und das Licht der etwas entfernten Straßenlaterne verlieh den Brüsten einen Schimmer von mattem Gold. »Hast du zwanzig Francs?«

Paul nickte. »Wozu brauchst du zwanzig Francs?« fragte er dann.

Tara lächelte breit. »Er sieht so harmlos aus, und handelt wie ein Zahlmeister. Zwanzig Francs, überleg es dir.«

Sie drückte die Brüste zurück und knöpfte das Kleid wieder zu. Sie waren allein auf der Straße, es war eine ruhige Nacht, im Hafen lagen keine neuen Schiffe, die kleine Stadt schlief. Es lohnte sich eigentlich nicht, an der Hauswand zu stehen, aber dann war der große, starke, blonde Junge gekommen, und Tara hatte ihren Spruch hergesagt, wie schon Hunderte Male vorher.

»Warum versteckst du sie wieder?« fragte Paul. »Sie sahen so schön aus.«

»Aber zwanzig Francs sind sie dir nicht wert, was?«

»Willst du sie denn verkaufen?« Es sollte ein Scherz sein, und er lachte auch darüber. »Ich nehme nicht an, daß man sie abschrauben kann.«

»Ich glaube, ich habe einen Idioten angehalten«, sagte Tara Makarou. »Aber das ist mal etwas anderes. Es ist eine miese Nacht, mein Süßer, ich zahle drauf. Fünfzehn Francs –«

Sie faßte Paul an der Hand und zog ihn ins Haus. Es war ein einstöckiger Bau aus Holzwänden, von einem fensterlosen Zimmer in der Mitte führten sechs Türen in andere Räume, ein paar Sessel aus Peddigrohr standen herum, zwei Tische mit Magazinen und Illustrierten. Es roch nach kaltem Zigarettenrauch und dem billigen Zuckerrohrschnaps, wie ihn die Eingeborenen selbst brennen.

»Hier hinein«, sagte Tara. Sie stieß eine Tür auf, ließ Paul an sich vorbeigehen und stellte sich dann vor die

Tür. Eine Lampe mit einer elenden matten Birne hing von der Decke, ein eisernes Bett war aufgeschlagen, Kissen und Decken zerwühlt, auf einem Hocker summte leise ein Kofferradio, und an den Wänden hingen Fotos von nackten Frauen, ordinäre Bilder, wie sie Paul noch nicht gesehen hatte.

»Das ist nicht schön –«, sagte Paul betreten. »Warum wohnst du so?«

»Ich fange erst an, mein Kleiner.« Sie knöpfte das Kleid auf, schüttelte es mit einem Schulterzucken von sich und stieg aus ihm heraus. »Mein Ziel ist Papeete, weißt du, da kann man das große Geld verdienen. Militär, Flugbasis, da stehen sie Schlange. Aber hier ...« Sie winkte ab. »Wenn ich zweitausend Francs gespart habe, wage ich den Sprung. Hier sind sie alle wie du. Geizig, sitzen auf dem Geld, versuchen den Preis zu drücken.« Sie streckte die Hand wieder aus. »Wenn du mir doch zwanzig Francs gibst, decke ich die Uhr zu. Einverstanden?« Sie schnippte mit den Fingern. »Aber Vorkasse, mein Junge.«

Sie sah, wie Paul sie aus weiten Augen anstarrte. Er hatte bisher nur eine einzige nackte Frau gesehen, und das war Anne, seine Mutter, gewesen. Das war ihm rein und göttlich vorgekommen, eine Krönung der grandiosen Natur, in der sie lebten. Jetzt sah er eine andere Frau, und ein ganz anderes Gefühl nahm völlig von ihm Besitz.

»Was ist denn das?« sagte Tara Makarou und setzte sich aufs Bett. »Das ist doch nicht wahr! Bin ich dein erstes Mädchen?«

»Wieso?« fragte Paul tonlos. Er begann plötzlich zu schwitzen und zu frieren, alles zusammen.

»Hast du noch nie ein Mädchen angefaßt?«

»Nein.«

»Ja, gibt es denn so was?« Sie bog sich zurück, streckte die Beine von sich und umklammerte mit ihnen Pauls Hüften. Er machte sich steif, starrte auf den goldglänzenden Körper und kam sich wie ausgedörrt vor. Selbst das Schlucken wurde schwierig ... seine Kehle war staubtrocken.

»Behalt deine Francs!« lachte sie. »*Das* Vergnügen gönne ich mir. Ein jungfräulicher Mann, und das bei mir! Zum Teufel, komm her, mein blonder Junge ...«

Sie zog ihn mit den Beinen zu sich, faßte seine herunterhängenden Hände und riß ihn mit einem Ruck über sich in das Bett. Er fiel über sie, griff irgendwohin, spürte Warmes, Weiches, Köstliches zwischen seinen Fingern und dachte im gleichen Augenblick: Mutter darf das nie erfahren. Ich liebe doch nur sie, nur sie ...

Dann stürzte er in eine Welt, die er schon lange gesucht hatte, ohne es zu wissen ...

Zwei Stunden später rannte Paul Bäcker wie gehetzt durch die Straßen von Vaitahu, schloß sich in seinem Zimmer ein und steckte den glühenden Kopf in das Waschbecken. Eine ganze Weile ließ er das kalte Wasser über seinen Nacken laufen, dann schlang er ein Handtuch um seinen Hals, trat an das Fenster und sah hinaus in die helle, mit Sternen bestickte Südseenacht.

Das Erlebnis dieser ersten körperlichen Liebe, das Erkennen, wie herrlich sich zwei Körper miteinander beschäftigen können, erschütterte ihn weniger als Taras Worte, die nach einem Orkan ihrer Leiber nüchtern gesagt hatte: »Ich bin der Ansicht, Liebling, das war *doch* zwanzig Francs wert ...«

Er fand das widerlich, gemein, eklig, und er hatte überlegt, ob er ihr nicht ins Gesicht schlagen sollte. Dieses herrliche Gefühl kann man also kaufen und verkaufen, dachte er. Es wird an den Straßenecken angeboten wie Obst. Und als Tara noch sagte: »Du bist ein fabelhafter Junge, Paul. Du kannst immer wieder kommen. Vielleicht verliebe ich mich sogar in dich, und du hast's umsonst ...«, war er weggerannt, als habe er an der Glut von Taras Körper seine Haut verbrannt.

An diesem Abend wartete er sehnsüchtig auf die Stimmen von Viktoria-Eiland, rief immer wieder in den Äther: »Viktoria kommen ... Viktoria kommen ...«, und atmete tief auf, als er endlich seinen Vater hörte.

»Ich habe heute viel gelernt«, sagte er mit belegter Stimme. »Ihr habt mir manches nicht gesagt ...«

»Vieles lernt man auch erst im Leben, mein Junge«, sagte Bäcker. »Was war denn so neu?«

»Ich habe gelernt, wieviel zwanzig Francs wert sind.«

»Unter Umständen eine ganze Menge«, sagte Bäcker verblüfft. »Was hast du dir denn davon gekauft?«

»Einen Rausch«, sagte Paul dunkel. »Einen verdammten Rausch, Vater.«

Bäcker deckte die Hand über das Mikrofon und lachte Anne kopfschüttelnd an. »Unser Sohn ist betrunken«, sagte er leise. »Der erste Rausch seines Lebens. Hör dir das an. Er lallt wie ein Clochard. Ich glaube, da haben wir etwas versäumt, Anne. Wir hätten Paul zeigen müssen, was Alkohol ist.«

Sie ahnten nicht, was alles sie an Paul versäumt hatten.

Nach zehn Tagen kam Dubonnet aus Neuseeland zurück. Dick, laut wie immer, der Inbegriff des erfolgreichen Lebens.

»Mein Betrieb steht ja noch!« schrie er Paul entgegen. »Und ich hatte schon Angst, ich träfe eine Kolchose an! Mein lieber Paul, haben Sie einen Funken von dem mitgekriegt, was Erfolg bedeutet?«

»Das habe ich, Monsieur«, antwortete Paul.

Er war in den letzten Tagen nicht mehr in der Stadt gewesen, aus Angst, Tara wiederzubegegnen. Er haßte sie, weil sie so etwas Göttliches wie Liebe für Francs verkaufte, aber jede Nacht träumte er auch von ihr, wälzte sich im Bett, stand unruhig am Fenster, starrte in die warme Nacht und spürte es in sich toben wie ein Fieber. Er kam von ihrer goldbraunen Haut nicht mehr los, ihrem Lachen, ihren flinken Händen, dem biegsamen, weichen Körper und dem trunkenen Zauber, mit so viel Schönheit machen zu können, was er wollte.

Um Tara zu vergessen, stürzte er sich in die Arbeit, und hier fand er etwas, das er nicht begriff.

Dubonnet bot siebentausend Dosen Ananas an, die ein anderer Kunde zurückgeschickt hatte, weil sie nach Blech schmeckten. Dubonnet ließ andere Banderolen um die Dosen legen und verkaufte sie als »Neue Ernte«.

»Ich kenne jetzt das Geheimnis Ihres Erfolges, Monsieur«, sagte Paul. »Sie betrügen die Leute.«

Dubonnet war weit davon entfernt, beleidigt zu sein. Er hatte ähnliches von Paul erwartet. »Hör mal, mein Junge«, sagte er jovial, »deine Eltern haben dich auf dieser Mistinsel aufwachsen lassen wie Tarzan . . .«

»Beleidigen Sie Viktoria-Eiland nicht«, warf Paul finster ein.

»Sie haben aus dir einen Idealmenschen machen wollen, und herausgekommen ist ein Spinner.«

»Beleidigen Sie meine Eltern nicht«, sagte Paul mit gefährlicher Ruhe. »Sie verkaufen keine alten Ananas als frische Ware.«

»Das stimmt!« Dubonnet lachte fett. »Sie sind so blöd und verkaufen sich selbst. Sie schlagen Angebote aus, bei denen jeder andere mit Händen und Füßen zugreifen würde. Was haben sie jetzt davon? In einem Monat wird die Insel zwangsweise geräumt.«

»Das ist nicht wahr«, sagte Paul steif. »Es ist unser Land . . .«

»Junge, ich komme vom Gouverneur. Ich bin in Papeete zwischengelandet. Die Sache ist beschlossen. Mit drei Schnellbooten wird die Marine anrücken und die Realitäten herstellen, die dein Vater nicht sehen will. Ich habe von Papeete aus mit ihm gesprochen und ihm wieder mein Haus angeboten.« Dubonnet genoß es, Paul Bäcker einen Anschauungsunterricht darüber zu geben, was Macht ist. »Es gibt da ein altes polynesisches Märchen, Paul. Eine häßliche Frau, die nie ihr Gesicht gesehen hat, kommt ans Meer, und hier ist das Wasser so klar wie ein Spiegel. ›Jetzt kann ich sehen, wie schön ich bin!‹ ruft sie und beugt sich hinunter zum Wasser. Aber das Meer, das sieht, wie häßlich sie ist, schickt einige Wellen, und die Wellen glätten alle Runzeln und Falten, und das Gesicht der häßlichen Frau wird im Spiegel des Meeres weich und zärtlich. ›Oh, wie schön bin ich doch!‹ ruft da die häßliche Frau, und von Stund an nannte sie alle Menschen blind, die hinter ihr herriefen: ›Häßlich! Häßlich! Häßlich!‹« Dubonnet räusperte sich. »Das Märchen erinnert mich an deinen Vater. Verstehst du das?«

»Ich glaube, ja. Aber ich muß darüber nachdenken.« Er ging hinaus, schlenderte zum Strand hinunter, setzte sich in den Sand und starrte über das spiegelnde Meer.

Niemand kann uns zwingen, die Insel aufzugeben, dachte er. Die Papuas werden uns in Ruhe lassen, aber das weiß niemand außer mir, und ich darf es nicht sagen. Ich habe ein Versprechen gegeben, und wenn ein Mann sein Wort gibt, dann ist das ein Teil seiner Seele.

»Wie geht es euch, Vater?« fragte er am Abend durch das Mikrofon. »Ist alles in Ordnung?«

»Wie immer, mein Junge.« Bäckers Stimme klang ohne Unterton. »Bei dem Götzen liegen wieder drei neue Tote, aber das ist ja nichts Besonderes. Doch ja, eine Veränderung: Ich habe ein Maisfeld angelegt.«

»Das ist schön, Vater. Ich danke dir«, sagte Paul glücklich.

»Wofür, mein Junge?«

»Für den Mais! Ich werde ihn zur Lieblingsmahlzeit machen.«

Dubonnet las noch in der Zeitung, als Paul über die Terrasse ins Haus kam.

»Ich wußte es, Monsieur: Sie sind ein infamer Lügner!« sagte Paul.

Dann packte er den vor Verblüffung steif wie ein Brett werdenden Dubonnet vorne am Rock, hob ihn mit einer Hand aus dem Sessel, hielt ihn in die Luft und schlug mit der anderen Hand in das vor Schreck verzerrte Gesicht.

»Mais!« sagte er ganz ruhig dabei. »Mais! Im Mais ist Wahrheit! Das ist auch ein polynesisches Märchen, verstehen Sie es?«

Er ließ Dubonnet in den Sessel zurückfallen, wandte sich ab und ging wieder hinaus.

»Ein Verrückter!« brüllte Dubonnet hinter ihm her. »Scheren Sie sich weg auf Ihren Rotzfleck im Meer! Kommen Sie mir nicht mehr unter die Augen! In eine Anstalt gehören Sie, Sie und die ganze Sippschaft Bäcker!«

Paul hörte es nicht mehr. Er ging auf sein Zimmer, packte seinen Seesack, warf ihn über die Schulter und verließ das Haus.

Bis nach Mitternacht wanderte er am Meer entlang, stand an der Lagune und starrte über die vielen stillen, dunklen Boote der Eingeborenen, dachte daran, nach dem Dritten Kopf der Großen Sechs zu suchen und ihn um Rat zu fragen, aber dann sah er ein, daß dies sinnlos wäre, denn niemand würde ihm Auskunft geben, trotz seines geheimnisvollen Malaiendolches.

Es war der Mond, der träge über das Wasser wanderte, das glatte Meer sanft schimmern ließ und Paul an etwas so stark erinnerte, daß er den Seesack schulterte und zurück nach Vaitahu wanderte.

Er brauchte nicht lange zu suchen. Er fand die Straße und das Haus wieder, stieß die grünbemalte Tür auf und warf den Seesack in dem Mittelzimmer auf den Boden. Drei Mädchen in engen, aufreizenden Kleidern saßen an den Tischen, lächelten ihm zu und streckten Beine und Brüste vor.

Paul winkte ab, steuerte auf die ihm bekannte Tür zu und drückte sie auf.

Tara Makarou war nicht allein. Ein farbiger Seemann saß auf dem Bett, hatte gerade bezahlt und gönnte sich den Spaß, Taras Kleid aufzuknöpfen.

Paul Bäcker knurrte wie ein Wolf.

»Raus!« sagte Tara wütend. »Raus! Du bist wohl verrückt geworden!«

»Nimm dein Geld!« sagte Paul. Sein Atem flog. Er stopfte dem verblüfften Matrosen die Scheine in das Hemd, hob ihn hoch, trug ihn zum Fenster und warf ihn durch das Glas hinaus auf die Straße.

»Du Idiot!« schrie Tara. »Idiot!«

»Das Fenster bezahle ich«, sagte Paul. Er sah Tara an, sie schien noch schöner geworden zu sein, oder er sah sie jetzt anders als damals. Ihm war das gleichgültig, er war nichts als glücklich.

»Ich bin da«, sagte er.

»Das kann man nicht übersehen!« schrie sie zurück.

»Und ich bleibe da«, sagte er. Irgendwie zerbrach seine Stimme. »Ich bin allein, Tara, ganz allein. Ich brauche einen Menschen.«

VI

Es war ein merkwürdiges Zusammenleben, das Paul und Tara miteinander verband. Tagsüber ging er in den Hafen, verdiente sich seine paar Francs als Kistenschlepper und Schauermann, trug auf seinen breiten Schultern Säcke auf die Kähne, und alles, was er herumschleppte, alles, was er belud, die Schiffe und Küstenboote, trug den Namen von Jean-Luc Dubonnet. Von Dubonnets Hafeninspektoren bekam er auch seinen Lohn, nicht mehr als die eingeborenen Arbeiter ... er stand mit ihnen in einer Reihe, schob sich langsam zum Zahltisch vor und legte seine vom Vormann abgezeichnete Stundenquittung hin.

Der Inspektor, der den Lohn dann ausrechnete, schielte die ersten drei Tage schief zu Paul hinauf.

»Siehst du nicht, wie idiotisch das ist, mein Junge?« fragte er einmal. »Man sollte irgendwo in deinem Hirn 'ne lockere Schraube anziehen, was?«

»Warum?« fragte Paul. »Ich arbeite. Ist das eine Schande?«

»Ein Weißer mitten unter diesem Drecksgesindel ...«

»Sind das keine Menschen?«

Am dritten Tag erschien Dubonnet selbst im Hafen, stand neben dem Zahltisch und ließ Paul an sich vorbeiziehen. Er wollte sich dieses Schauspiel nicht entgehen lassen. Mit breitem Grinsen, dann aber mit nachdenklicher Miene sah er, wie Paul Bäcker seine paar Francs ruhig und zufrieden annahm, quittierte und mit wiegendem Schritt davonging in die Eingeborenenstadt. Dubonnet setzte seine massige Gestalt in Bewegung und holte ihn nach zehn Schritten ein.

»Paul —«, sagte er schnaufend. »Was soll der Unsinn? Mir ist es völlig egal, wie und wo Sie Ihr Geld verdienen, aber hier, auf Tahuata, ist das etwas anderes. Ihr Benehmen schadet dem Ansehen der Weißen. Begreifen Sie das nicht?«

»Nein«, sagte Paul. »Wieso? Dürfen Weiße auf Tahuata nur betrügen?«

»Wir wollen nicht darüber diskutieren, daß Sie ein Rindvieh sind!« sagte Dubonnet grob. »Aber was Sie hier arbeiten, ist Sache der Eingeborenen. Ein Weißer schleppt einfach nicht in einer Farbigenkolonne Säcke und Kisten. Nicht hier, und nicht bei mir! Ich habe es bisher unterlassen, Ihrem Vater mitzuteilen, was sich hier zugetragen hat ...«

»Das war auch klug, Monsieur«, sagte Paul ruhig. »Ich hätte Ihnen sonst die Knochen gebrochen.«

Er ließ den verblüfften Dubonnet stehen und ging weiter. Dubonnet starrte ihm nach ... er nahm die Warnung ernst. Er ist so wild aufgewachsen wie die Palmen auf seiner Insel, dachte er. Aber auch diese Palmen biegt der Wind ... es dauert nur seine Zeit.

Während Paul im Hafen arbeitete, putzte Tara das Zimmer, kochte für ihn und wusch seine Wäsche, ganz so, wie eine Frau ihren Mann betreut. Sie wunderte sich selbst darüber und sagte mehrmals am Tag zu Paul: »Das ist das Verrückteste, was man sich denken kann. Da sucht einer Geborgenheit und kriecht bei einer Hure unter. Und ich mache den Blödsinn auch noch mit. Warum eigentlich?«

In jeder Nacht wurde diese Frage beantwortet. Es war eine leichte Antwort. »Du bist ein Wunder von einem Mann«, seufzte Tara dann. »Du bist ein Naturereignis.«

Und Paul sagte in Taras weichen Armen: »Nennt man so etwas Liebe? Du kannst das besser . . .«

»Wer weiß das? Halt den Mund und komm zu mir . . .«

Eine Woche lang mußte Paul ein paarmal in der Nacht eine Schlacht schlagen. Dann klopfte es an den Läden, Seemänner standen draußen und wollten mit Francscheinen in der Hand Tara einen Besuch machen. Sie waren es so gewöhnt. Wer Tahuata anlief, ließ seinen privaten Anker auch bei Tara fallen.

Das war nun vorbei. Paul hatte alle Fäuste voll zu tun, die neue Situation zu erklären. Es krachte schaurig gegen Kinnläden und Brustkästen, Männer rollten stöhnend über die dunkle Straße. Einmal schlug sich Paul gleich mit dreien herum, streckte einen nieder und hieb die Köpfe der beiden anderen aneinander, es gab ein wüstes Geschrei, aber als die Eingeborenenpolizei erschien und in Pauls Gürtel den geheimnisvollen Malaiendolch sah, räumte sie die Matrosen weg, grüßte Paul ehrfurchtsvoll und ließ ihn in Ruhe.

Es sprach sich nach acht Tagen herum, daß Tara Makarou für den Vergnügungsdienst gestorben war. Die nächtlichen Besuche hörten auf. Dafür gab Paul seinen ganzen Hafenverdienst bei Tara ab, es gab wenig, und Tara sagte mit mißmutigem Gesicht:

»So komme ich nie nach Papeete an das große Geld. Verdammt, mußte ich mich ausgerechnet in dich verlieben? Es ist zum Kotzen!«

Jeden Abend, pünktlich zur vereinbarten Zeit, saß

Paul in der kleinen Funkstation von Tahuata und rief sein »Viktoria - kommen! Viktoria - kommen!« in die Nacht. Wenn sich dann sein Vater und seine Mutter meldeten, war er doppelt glücklich.

Es waren Gespräche voller Lügen auf beiden Seiten.

»Hier geht es gut«, sagte Bäcker, aber die Wahrheit war, daß er Capitaine Brissier erwartete und mit ihm den Räumungsbefehl des Gouverneurs.

Und Paul sagte: »Das hier ist eine gute Lehre, Vater. Alle sind so nett zu mir . . .« Dabei hatte ihm am Abend bei der Lohnzahlung der Inspektor gesagt: »Eine Anordnung vom Chef, Bäcker: Sie werden nicht mehr beschäftigt. Wenn Sie weiter Lasten schleppen, ist das ab morgen Ihr Privatvergnügen. Geld bekommen Sie nicht mehr dafür. Gehen Sie zu Monsieur Dubonnet, bitten Sie ihn um Entschuldigung, dann stellt er Sie vielleicht wieder als Volontär ein.«

»Die Welt ist groß«, sagte Paul selbstsicher, »und Arbeit gibt's genug darauf.«

»Aber hier ist Tahuata.«

Paul lernte schnell, was das bedeutete.

Im Hafen nahm ihn der Vormann nicht mehr an. Wo er auch um Arbeit nachsuchte, überall war Dubonnets Macht zu spüren. Man bedauerte. Es waren Absagen mit gedehnten Schlußworten, aus denen Paul heraushörte: Wenn Dubonnet nicht wäre . . .

»Es reicht noch drei Tage«, sagte Tara nach drei Wochen. Sie hatte die letzten Francs auf den Tisch gelegt. »Ab Sonntag fange ich wieder an, als Hure zu arbeiten.«

»Nein!« sagte Paul hart.

»Sollen wir verhungern?« schrie sie. »Liebe ist schön, aber wenn der Magen knurrt, zittern die Schenkel.«

»Ich finde schon was«, sagte Paul. »Dubonnet kriegt mich nicht klein!«

Aber er fand nichts.

Am Sonntag – Tara hatte sich vorbereitet, ihre Arbeit wiederaufzunehmen, und drohte, Paul durch zwanzig Matrosen hinausprügeln zu lassen, wenn er sich widersetzte – ging Paul zu der schwimmenden Siedlung in der Lagune und fragte sich von Boot zu Boot, von Steg zu Steg durch. Man brachte ihn schließlich zu einem alten, verschrumpelten Männchen, einer lebenden Mumie mit Lederhaut, die in einem niedrigen Wohnboot hauste und vor sich hindämmerte. Er betrachtete Pauls Malaiendolch genau, spuckte hustend ins Wasser und fragte mit heller Greisenstimme: »Was willst du?«

»Ich will den Dritten Kopf der Großen Sechs sprechen. Er kennt mich.«

Die Mumie zeigte auf eine Sitzbank und erhob sich. »Warte!« Dann schlüpfte sie davon wie eine große Ratte.

Eine halbe Stunde später erschienen zwei kräftige Eingeborene, verbanden Paul die Augen, führten ihn weg; er mußte in ein Kanu steigen, wurde hin und her gefahren, man legte irgendwo an; er spürte Planken unter seinen Sohlen und stand dann wieder in einem abgedunkelten Raum auf einem großen Wohnboot. Vor ihm, nur ein Schattenriß, stand ein breiter Mann. Das einzige, was Paul deutlich erkennen konnte, war ein Dolch, der genau seinem eigenen glich.

»Ich weiß«, sagte der Mann, bevor Paul etwas erklären konnte, »was geschehen ist. Aber wir brauchen noch ein paar Jahre, um die Macht eines Dubonnet zu brechen. Willst du nach Viktoria-Eiland zurück?«

»Soll ich schwimmen?« fragte Paul entgeistert.

»Wir geben dir ein Katamaran, und Freunde bringen dich von Insel zu Insel. Mehr können wir nicht tun.«

»Einverstanden.« Paul nickte. »Wann kann ich lossegeln?«

»Morgen früh. In der Lagune wird ein Boot liegen mit einem gelben Stoffstreifen am Mast. Nimm es dir, es ist dein. Drei Meilen außerhalb des Hafens wartet ein Kanu auf dich.«

»Ich danke dir.« Paul wagte nicht, die Hand auszustrecken oder einen Schritt vorwärts zu tun. »Wenn ich dir einmal helfen kann ...«

»Das wird nie möglich sein«, sagte der große, unkenntliche Mann im Halbdunkel. »Aber es ist uns viel wert zu wissen, wo ein Freund lebt.«

Als Paul zurückkam, hatte Tara ihre aufreizende Dirnenkleidung angezogen; die Bluse, die sich so schnell mit einem Handgriff öffnen ließ, den Rock, der bis zu den Hüften geschlitzt war. Sie war geschminkt und roch penetrant nach Rosenöl.

»Morgen früh —«, sagte Paul und setzte sich.

»Was ist morgen früh?« fragte Tara mißtrauisch.

»Ich habe ein Katamaran und Freunde, die mich weiterreichen. Hier drehen sie mir die Luft zum Atmen ab ... ich gehe dorthin zurück, wo die Welt am schönsten ist.«

»Auf deine einsame Insel?«

»Ja. Pack deine Sachen, Tara.«

»Was soll ich?« Sie stellte sich vor ihm auf, ihre Brüste quollen wieder durch den Blusenschlitz.

»Du kommst mit mir, Tara.«

»Etwas Verrückteres fällt dir wohl nicht ein?«

»Ich liebe dich, Tara.«

»Ein Leben im Bett ist etwas anderes als ein Leben auf einer Toteninsel. Dein Vater und deine Mutter werden mich von Viktoria-Eiland wegprügeln und deinen blöden Kopf so lange unter Wasser halten, bis er wieder vernünftig denkt. Was soll ich auf einer Insel? Felder hacken, Gerippe aufschichten, Kinder kriegen, vor Einsamkeit Sonne, Mond und Sterne anheulen?«

»Meine Eltern werden dich akzeptieren«, sagte Paul. »Wir werden glücklich sein.«

»Glaubst du? O du prächtig gewachsener Engel mit dem Kinderhirn!« Tara lachte, aber es war ein verzweifeltes Lachen. Ich muß ihn jetzt abstoßen, dachte sie. Ich muß ihm weh tun. Er muß durch diese kleine Hölle hindurch, um ein ganzer Mann zu werden. Mein Gott, ja, ich liebe ihn auch, aber was er noch nicht begreift: Wenn wir zusammenbleiben, werden wir uns eines Tages gegenseitig zerfleischen. Ich muß ihn wegjagen wie einen Hund, sonst begreift er das nie.

»Geh hinaus!« sagte sie grob.

»Komm mit, Tara!«

»Ich habe drei gute Zahler bestellt. Sie kommen in zehn Minuten.«

»Ich werde sie zu Krüppeln schlagen!« schrie Paul.

»Versuch es!« Sie griff plötzlich nach hinten, riß einen Stuhl herum, hob ihn hoch und schlug ihn Paul über den Kopf. Der Stuhl zerplatzte förmlich, und über Pauls Stirn klaffte plötzlich ein Riß. Blut rann sofort über sein

Gesicht ... er saß regungslos da, wischte es nicht ab, drückte nicht die Hand auf die Wunde, sondern starrte Tara aus seinen großen blauen Augen an.

Sie begann zu zittern. Liebe und Mitleid zerrissen sie, aber sie zwang sich, stehenzubleiben und ihm nicht zu helfen, das Blut abzuwaschen oder ein Pflaster zu holen.

»Komm mit —«, sagte er. Das Blut rann ihm beim Sprechen in den Mund. »Tara, ich liebe dich ...«

»Geh raus, oder ich schlage dir den dummen Schädel ein!« keuchte sie. »Ich bin eine Hure, und ich werde immer eine Hure sein! Und ich will auch gar nichts anderes sein! Mir macht's Spaß mit den Männern! Immer nur dich ... das ist zum Kotzen!«

Paul Bäcker erhob sich. Er wickelte ein Handtuch um seine Stirn, öffnete seinen Seesack, packte ihn stumm und blieb dann an der Tür stehen. Tara saß auf dem Bett, den geschlitzten Rock hochgeschoben. Sie trug nichts darunter, und das sah gemein und ordinär aus.

»Tara —«, sagte Paul leise.

»Geh, du Idiot!«

»Ich könnte jetzt alles töten«, sagte er dumpf. »Die ganze Welt könnte ich jetzt ausrotten!«

»Das gibt sich.« Sie lächelte verzerrt. Ihr ging es nicht anders, aber sie mußte es durchstehen. »Vergiß mich, Paul!«

»Man sollte dich zuerst töten.«

»Das bringst du nie fertig.«

»Das stimmt.« Paul nickte. Er wuchtete den Seesack auf seine Schulter, stieß mit dem Fuß die Tür auf und ging hinaus. Tara blieb steif sitzen. Ihr Gesicht zuckte, aber sie hielt sich mit den Händen an der Bettkante fest, um ihm nicht nachzulaufen.

Sie hörte Pauls Schritte auf der Straße und wußte, daß sie ihn nie wiedersehen würde. Das war gut so, aber es kostete viel Kraft, das auszuhalten.

Eine halbe Stunde später ließ sie den ersten Matrosen in ihr Bett, aber er mußte statt 20 Francs schon 50 Francs bezahlen.

Nach Papeete, dachte Tara. So schnell wie möglich nach Papeete. Sonst vergesse ich Paul Bäcker nie ... Wo gibt es einen zweiten Mann wie ihn ...

Am frühen Morgen, bei Sonnenaufgang, bestieg Paul sein Katamaran. Er fand es schnell, das gelbe Tuch am Segelmast flatterte im Wind.

Bäcker hatte an der Wand eines Schuppens übernachtet, lang hingestreckt auf alten Säcken, hatte gut geschlafen, zog nun das Segel auf und glitt lautlos aus der Lagune hinaus aufs offene Meer. Im Vorschiff fand er einen Sack mit Früchten und Trockenfleisch, einen Kanister mit Wasser, Bogen und Pfeile und einen langen Bambusspeer, mit dem er während der Fahrt Fische aus der See stechen konnte. Er würde sie roh essen, wie es die Eingeborenen auch taten.

Paul segelte eine Stunde vor dem Wind her, erlebte den Morgenglanz der Sonne und den Tanz der Delphine um sein Boot, sichtete einige Dreiecksflossen und legte den Speer über seine Knie. Er hatte keine Angst vor Haien, im Kampf mit ihnen war er aufgewachsen.

Außerhalb der Sichtweite von Tahuata wartete — wie versprochen — ein großes Kanu auf ihn. Zwei Eingeborene saßen darin, winkten ihm zu, grüßten ehrfürchtig und übernahmen die Führung.

Paul Bäcker kehrte heim nach Viktoria-Eiland.

Er wußte nicht, daß er in ein zerstörtes Land kam, sondern träumte vom Paradies seiner Jugend. Und er sagte sich in langen Stunden immer wieder vor, was er seinen Eltern erklären wollte: Ich habe Sehnsucht gehabt. Heimweh! Wer kann dagegen an?

Sie würden es verstehen.

Nur ein Problem nahm er mit, und dafür gab es keine Lösung: Würde er Tara jemals vergessen können?

Wie war es möglich, ohne eine Frau weiterzuleben?

VII

Er segelte eine Woche lang von Insel zu Insel, über ein glattes, goldglänzendes Meer, das so friedlich war wie nie. Möwenschwärme begleiteten ihn mit schrillem Geschrei, Delphine und fliegende Fische umkreisten sein Katamaran, dreimal stach er einen Hai an, ohne ihn zu töten, aber die Blutspur, die er durchs Meer zog, war sein Todesurteil, denn andere Haie würden ihn bald zerfleischen. Was in der Südsee blutete, war verloren.

Vor jeder Insel wechselten seine Begleiter. Von den Eingeborenen sah er wenig, in die Lagunen kam er gar nicht hinein. Man reichte ihn vor den Inseln weiter, die Begleitboote warteten draußen auf dem Meer. Nur von weitem sah er die Dörfer, die Häuser mit ihren Palmstrohdächern, die Rauchsäulen der Feuer. Die Insulaner begrüßten ihn freundlich, luden von ihrem Kanu die Lebensmittel um, aber wenn Paul sie etwas fragte, schwiegen sie. Sie waren Freunde mit einer stummen, unterdrückten Feindschaft ... ein eigenartiger Zustand.

Sie fuhren nur am Tag über das Meer; in der Nacht, den Stunden der Geister, lagen sie still nahe vor den Inseln oder mitten auf See. Dann hatte Paul Zeit genug, an Tara zu denken. Er saß traurig in seinem Boot und sehnte sich nach der Nähe ihres warmen, weichen Körpers und empfand zum erstenmal mit aller Macht die Sehnsucht des Mannes nach einer Frau.

Ich werde mit Vater und Mutter darüber sprechen, dachte er. Und dann hole ich Tara nach Viktoria-Eiland.

Er war wie besessen von diesem Gedanken, sprach in der Nacht mit Tara, als säße sie vor ihm, und konnte einfach nicht fertig werden mit diesem ersten Erlebnis als Mann. Daß es noch andere Frauen gab, interessierte ihn nicht. Sein erstes Erlebnis hatte sich in ihn eingebrannt, und dieses Mal war nicht mehr zu entfernen. Es war eine Kerbe in seinem Herzen, die nie verheilen würde.

Nach dreizehn Tagen fuhr das letzte Begleitkanu an seine Seite. Zwei düster blickende, mit Narben übersäte Krieger wiesen ihm schweigend den Weg. Paul ahnte, woher die Narben stammten.

»Die nächste Insel ist Viktoria-Eiland?« fragte er.

Die Eingeborenen nickten stumm. Pauls Herz schlug hart gegen die Rippen. Er setzte das Segel in den Wind, stellte sich an den Mast und starrte zum flimmernden Horizont. Wenn die ersten Palmen auftauchen, werde ich schreien, dachte er. Mit beiden Armen werde ich winken, und Vater wird mich durch sein Fernglas erkennen.

Das Boot flog vor dem Wind her, als berühre es das Wasser nicht. Zwei Haie verfolgten es. Gischt, von den beiden Kielen aufgeschäumt, stäubte über Pauls Körper. Die Sonne brannte, der Wind riß an seinen langen Haaren und zerzauste den Bart, den er sich hatte wachsen lassen. Jetzt sah er fast so aus wie sein Vater vor zwanzig Jahren, ein Mensch, der das Meer erobert und beschlossen hatte, sein eigenes Leben zu führen.

Wunderbar, von der Sonne in Gold gerahmt, tauchte am Horizont die Insel auf ... ein glänzender, gewölbter, bemooster Schildkrötenpanzer. Langsam zeichneten sich die Konturen gegen den Himmel ab ... Felsen, Palmen, Sandstrand ...

Ein Paradies stieg aus dem Meer.

Paul sah sich um. Er war allein. Das Eingeborenenkanu hatte abgedreht und schwamm als dunkler Fleck davon. Er holte das Segel ein und ließ sich treiben. Er kam von der Ostseite zur Insel, man hatte ihn zum Landeplatz der Toten geleitet. Schon von weitem sah er den riesigen Holzgötzen mit den glutrot gemalten Glotzaugen. Ich werde Vater und Mutter überraschen, dachte er. Von dieser Seite können sie mich nicht kommen sehen. Ich werde plötzlich vor ihnen stehen, als wäre ich vom Himmel gefallen.

Er ließ sich von einer großen Woge an den Strand spülen und jauchzte laut, als sein Boot im Sand liegenblieb und das Meer sich unter ihm zurückzog.

Zwei Stunden vorher war Capitaine Brissier mit seinem Patrouillenflugboot in der Lagune von Viktoria-Eiland gelandet. Werner Bäcker hatte ihn am Strand erwartet und sofort beide Hände gehoben, als Brissier etwas sagen wollte.

»Ich heiße Sie als Freund willkommen!« rief Bäcker. »Brissier, sorgen Sie dafür, daß Sie es bleiben. Erwähnen Sie nicht, warum Sie gekommen sind. Es gibt Schwierigkeiten.«

»Ich habe einen Befehl, Werner.« Brissier hob bedauernd die Schultern. »Als Soldat muß ich ihn ausführen. Sie verstehen das?«

»Nein. Hier sind Sie auf meiner Insel, hier bin ich souverän. Ihre Befehle gehen mich nichts an.«

»Das alte Lied, Bäcker. Immer der gleiche Refrain.« Brissier zog ein amtliches Schreiben aus der Tasche und hielt es Bäcker hin. »Diese Insel ist französischer Besitz.«

»Als das Meer mich hier anspülte, kannte keiner diese Insel. Sie stand auf keiner Karte, hatte keinen Namen, war gar nicht vorhanden. Erst ich habe sie zu einem Teil unserer Erde gemacht.«

»Sie liegt im französischen Territorium. Wenn Sie weiter nördlich, westlich oder östlich angeschwemmt worden wären, hätten Sie die gleichen Schwierigkeiten mit den Briten, Amerikanern oder Australiern bekommen. Werner«, Brissier winkte mit dem Brief, »machen Sie es mir nicht unnötig schwer. Sie werden doch nicht so verrückt sein, einen Krieg mit Frankreich führen zu wollen.«

»Doch!« sagte Bäcker laut. Er nahm den Brief, zerriß ihn und warf die Fetzen ins Meer. »Wenn Sie wollen, betrachten Sie das als eine Kriegserklärung, Capitaine!«

»Was soll man Ihnen darauf antworten?« Brissier watete an Land. »Sie haben den Verstand verloren, Bäcker. Hoffentlich ist Madame klüger als Sie!«

»Anne legt gerade ein neues Maisfeld an. Sieht das nach Kapitulation aus?«

Brissier blieb stehen. »Und warum haben Sie Ihren Sohn weggebracht, Werner? Ich will es Ihnen sagen: Sie haben Angst! Er soll überleben, wenn es zu einem neuen Angriff der Papuas kommt. Sie wissen genau, daß die neue Generation der Medizinmänner keine Ruhe geben wird. Sie verlassen sich nicht wie ihre Väter auf die Rache der Götter – sie übernehmen die Vergeltung in eigener Regie. Bäcker, was Sie hier tun, ist potentieller Selbstmord.«

»Das lassen Sie meine Sorge sein!« Bäcker ging neben Brissier den Strand hinauf. Vom Hügel, vor dem neu gedeckten und wiederhergerichteten Haus winkte ihnen Anne zu. Wie immer, wenn sie arbeitete, trug sie nur ein Hüfttuch aus gestreiftem Stoff. Der Oberkörper war nackt, wie ein Schleier lag ihr langes schwarzes Haar über den Brüsten. Brissier blieb stehen. Vor weiblicher Schönheit verbeugt sich jeder Franzose.

»So eine Frau wollen Sie opfern, Sie Narr?« sagte er leise. »Erzählen Sie mir nicht wieder, daß Sie jetzt zwanzig Jahre hier leben. Die Zeiten haben sich geändert. Im ganzen Archipel herrscht Krisenstimmung. Es gibt Geheimbünde und Selbständigkeitsbestrebungen, Sabotage wechselt sich ab mit Ritualmorden. Noch nie war die Südsee so unruhig wie jetzt. Ein zweiter Flugzeugträger ist nach Papeete unterwegs, um unsere Garnison zu verstärken ... So sieht die Wahrheit aus, Bäcker! Ihr Paradies ist ein Pulverfaß geworden, und wir wollen nicht, daß ausgerechnet Sie der Funke sind, der es zur Explosion bringt.«

»Wie wollen Sie mich zwingen, Viktoria-Eiland zu verlassen?« Bäcker lachte siegessicher. »Mit Kanonen? Capitaine, das ist doch lächerlich, nicht wahr?«

»Ich habe den Befehl, Sie zu verhaften.«

»Ein rein rhetorischer Befehl. Wie wollen Sie ihn ausführen?«

»Mit Waffengewalt.«

»Brissier, lassen Sie uns über diesen Witz gemeinsam lachen.«

Sie waren am Haus angekommen. Anne hatte Kognak und kalten Braten auf dem neuen Tisch der Terrasse bereitgestellt und begrüßte Brissier unbefangen und freundschaftlich. Brissier küßte ihr die Hand und bemühte sich, ihre nackten schönen Brüste als einen Teil ihrer Kleidung anzusehen.

»Du solltest den Kognak vergiften und das Fleisch mit Dornen spicken«, sagte Bäcker gemütlich und setzte sich. »Brissier ist gekommen, um uns mit Waffengewalt von der Insel wegzuholen.«

»Da haben Sie sich eine Menge vorgenommen.« Anne lächelte Brissier bezaubernd an. »Greifen Sie zu, Capitaine. Wenn Sie Ihren Auftrag ausführen wollen, werden Sie eine Stärkung doppelt nötig haben.«

»Anne, spielen Sie nicht die Heldin.« Brissier setzte sich, trank seinen Kognak und kaute dann an einem Stück Fleisch, als sei es ein Lederlappen. »Reden Sie diesem Wahnsinnigen zu! Sie können es, Sie allein. Außerdem wollen Sie doch Ihren Sohn wiedersehen.«

»Das war unfair, Brissier«, sagte Bäcker hart. »Noch eine solche Bemerkung, und ich treibe Sie zu Ihrem dämlichen Flugboot zurück.«

»Es ist zum Kotzen!« Brissier sprang auf. Er hielt plötzlich eine Pistole in der Hand, und Bäcker brauchte nicht zu raten, ob sie durchgeladen und schußbereit war. Er saß steif am Tisch, und Anne lehnte ebenso starr an der Hauswand. »Im Namen meiner Regierung verhafte ich Sie, Werner Bäcker, und Sie, Anne Bäcker. Ich habe den Auftrag, Sie nach Papeete zu bringen. Leisten Sie bitte keinen Widerstand – ich müßte sonst von der Waffe Gebrauch machen.«

»Dann schießen Sie doch, Brissier! Bitte, zielen Sie genau.« Bäcker zeigte auf Anne und dann auf sich.

»Wen wollen Sie zuerst umbringen? Ladys first? Aber bedenken Sie, Capitaine, bevor Sie abdrücken: Sie haben nur einen Schuß! Zum zweiten kommen Sie nicht mehr. Treffen Sie Anne, bin ich über Ihnen, und dann rettet Sie kein Gott mehr. Treffen Sie mich, werden Sie erleben, wie sich Anne in ein Raubtier verwandelt. Ein Sekundenerlebnis – länger überleben Sie es nicht. Und falls Sie sich entschließen sollten, zu Ihrem Flugboot zurückzukehren, um Ihre drei Soldaten an Land zu holen, empfange ich Sie mit meinem Maschinengewehr. Dann wird genau das geschehen, was man durch unseren Abtransport verhindern will: Es wird Tote geben!« Bäcker lehnte sich zurück. »Nun schießen Sie mal schön, Brissier ...«

»Aufstehen!« sagte Brissier kalt. Er winkte mit dem Lauf seiner Pistole.

»Nein!« antwortete Bäcker fast lustig. »Was nun?«

»Bäcker, Sie Narr! Ich habe die Mittel, Sie und Anne zu zwingen ...«

»Wenden Sie sie an.«

»Ich brauche Sie und Anne nur verwunden, verteidigungsunfähig machen. Bäcker, ich bitte Sie, kommen Sie mit mir. Ich bin Ihr Freund, das wissen Sie genau, aber ich habe auch einen klaren Befehl, der außerdem noch gerechtfertigt ist. Ich flehe Sie an ...«

»Schießen Sie endlich! Mich hat weder das Meer besiegt noch die Sonne, der Sturm nicht und nicht die Trockenheit, die Einsamkeit nicht und nicht der ständige Tod, der hier auf meiner Insel abgeladen wird. Und jetzt kommen Sie mit so einem lächerlichen Ding in der Hand und wollen Staatsgewalt demonstrieren.« Bäcker stand auf, trat neben Anne und legte ihr den Arm um die nackte Schulter. »Was ist denn, Brissier? Drücken Sie doch ab. Sind wir nicht eine schöne Zielscheibe?«

Brissier atmete tief. Er verfluchte seinen Auftrag, aber er wußte auch, daß er ohne Bäcker nicht nach Papeete zurückkommen durfte. Ein Schiff war unterwegs, um Bäckers Jacht einzuholen und in Schlepp zu nehmen und alles, was wichtig war auf der Insel, abzubauen. Die »Aktion Räumung« war angelaufen, sie ließ sich nicht mehr stoppen. Bäcker hatte Zeit genug bekommen, sich darauf vorzubereiten.

»Ich werde in Ihr Bein schießen, Werner –«, sagte Brissier heiser.

Bäcker nickte. »Bitte ins linke, Brissier. Es ist an Verletzungen gewöhnt. Mit meinem verkrüppelten Knochen kämpfe ich seit zwanzig Jahren, er gibt keine Ruhe.«

Er sah Brissier aus seinen lidlosen Augen abwartend an. Sein zernarbtes, von den Brandwunden zerklüftetes Gesicht glich einem verwitterten Stein. »Aber wehe Ihnen, wenn Sie bei Anne auch nur eine Haarspitze treffen!«

»Kommen Sie mit!« schrie Brissier voller Qual. »Ich kann doch nichts daran ändern!«

Er zielte auf Bäckers linkes Bein und krümmte den Finger. Bäcker biß die Zähne zusammen. Anne legte den Arm um seine Hüfte. Sie zitterte, aber sie stand neben ihm, ohne mit der Wimper zu zucken.

»Bäcker –«, keuchte Brissier. Aus seiner Stimme klang Verzweiflung.

In diesem Augenblick schwirrte ein Pfeil durch die Luft und bohrte sich in den Oberarm Brissiers. Er schrie auf, ließ die Pistole fallen und wirbelte herum. Auch Bäcker und Anne warfen sich zur Seite.

Ein Pfeil ... das bedeutete die Gegenwart der Papuas. Mit einem Ruck riß Bäcker Anne an sich und ließ sich hinter den Tisch fallen. Auch Brissier warf sich in Deckung – mit dem Pfeil im Muskel hechtete er hinter einen Holzstapel.

Aus dem Dickicht des Bambuswaldes ertönte ein heller Schrei. Dann teilte sich die biegsame Wand, und eine große, breite Gestalt mit einem blonden Bart stand breitbeinig auf der Lichtung. Der Bogen war gespannt, ein neuer Pfeil lag auf der Sehne. Über den Rücken geschnallt, trug die Gestalt einen Speer.

»Paul!« schrie Anne und warf die Arme hoch. »Paul! Mein Liebling!« Sie stieß sich vom Boden ab und rannte mit ausgebreiteten Armen auf ihn zu. Bäcker und Brissier erhoben sich aus ihrer Deckung. Sie starrten sich an, als müßten sie sich gegenseitig bestätigen, was sie sahen.

»Wollen Sie jetzt noch etwas sagen, Capitaine?« fragte Bäcker. Er blickte hinüber zu Anne. Sie hing am Hals ihres Sohnes und küßte ihn.

»Nein! Das hat mir die Sprache verschlagen. Verdammt, der Gouverneur soll diese Familie selbst von ihrer Insel holen! Ziehen Sie mir den Pfeil aus dem Arm.«

»Gleich, Brissier. Erst muß ich meinen Sohn begrüßen.«

Er ging auf Paul zu, der seine Mutter zum Haus trug, als sei sie ein weinendes Kind.

»Was soll das Junge?« rief er. »Einfach aus dem Bambus kommen! Sind das Manieren?«

Er gab seinem Sohn eine leichte Ohrfeige und nahm

ihm Anne ab. Paul grinste und zog seinen Vater an sich. »Man kann euch Alte doch nicht allein lassen!« sagte er laut und blickte über Bäckers Kopf hinüber zu Brissier. »Er hätte geschossen, nicht wahr?«

»Ich weiß es nicht, Junge.« Bäcker spürte, wie die Kraft und der Mut ihn verließen. »Es ist gut, daß du da bist, Paul.«

Eine halbe Stunde später startete Brissier nach Papeete. Den Pfeil, den Anne ihm aus dem Arm gezogen hatte, nahm er als Beweis mit, daß die Familie Bäcker sich von heute an im Kriegszustand mit Frankreich befand.

Eine total verrückte Situation.

Auf Viktoria-Eiland kümmerte sich niemand darum. Alles nahm seinen gewohnten Verlauf. Bis zu jenem Tag, an dem Bäcker beobachtete, wie sein Sohn am Meer saß und aus nassem Sand die Figur einer Frau modellierte: einen Körper mit langen Beinen, schmalen Schenkeln und vollen Brüsten.

Dann saß Paul stumm neben seiner Sandfrau und wartete, bis die Flut das Bild wieder zerstörte. Auslöschte, wie er die Erinnerung an Tara auslöschen wollte und es doch nicht konnte.

Es war später Abend. Paul schlief schon. Bäcker und Anne saßen vor dem Haus und sahen über das stille Meer, in dem sich der Mond spiegelte.

Nach einer Weile sagte Bäcker: »Anne, wir hatten uns vorgenommen, Paul nicht zu fragen, warum er zurückgekommen ist. Er hat uns das gedankt, indem er uns nie vorgehalten hat, daß wir ihm per Funk einen Berg voll

Lügen erzählt haben. Er wollte zurückkommen in seine Heimat und fand einen Trümmerhaufen vor. Er hat das geschluckt, und dafür haben wir nicht an das gerührt, was er erlebt hat. Jetzt aber glaube ich, daß wir etwas tun müssen. Paul ist in Tahuata ein Mann geworden.«

»Das sollte er doch«, sagte Anne.

»Ich meine es anders, Anne.« Bäcker legte den Arm um ihren Nacken. »Unser Sohn weiß jetzt, was eine Frau ist . . .«

»Du meinst . . .« Sie sah ihn aus ihren großen braunen Augen betroffen an. »Unser Junge . . .«

»Der Junge ist fast 1,90 m groß, 19 Jahre alt, gesund und platzt vor Kraft.« Bäcker lachte leise. »Er bleibt nicht immer ein Kind.«

»Und du glaubst . . .«

»Ich weiß es, Anne. Ich habe Paul beobachtet. Er hat eine Frau gehabt und sehnt sich jetzt nach einer Frau. Er sitzt am Strand, baut heimlich Frauenkörper aus Sand, streichelt sie und läßt sie dann von der Flut zerstören.«

»Mein armer Liebling . . .«, sagte Anne leise. »Hier gibt es nur seinen Vater und seine Mutter und die Toten . . . Was willst du tun, Werner? Ihn wieder wegschicken? Nur, damit er in einem anderen Bett liegen kann? Das darfst du nicht. Dieses Mal lasse ich ihn nicht allein — ich gehe mit.«

»Dich wird er kaum dabei gebrauchen können, Anne.«

»Mein Gott, sind das Probleme? Besteht die Welt nur daraus?«

»Ja, Anne«, sagte Bäcker ernst. »Da gab es vor langen Jahren auf einer unbewohnten Insel eine Frau und einen Mann. Und sie liebten sich so sehr, daß sie sich in

Gegenwart eines Mannes namens Paul Shirley in ein Palmbett legten. Und nichts auf der Welt, weder Sonne, Meer, Wind, Regen und die Aussicht, elend zu verrecken, war stärker als ihre Liebe.«

»Wann schickst du Paul wieder weg?« fragte Anne leise.

»Ich habe es mir überlegt. Es ist einfacher, ihm eine Frau hierherzubringen.«

»Das ist doch unmöglich.«

»Wieso?«

Sie schüttelte den Kopf, stand auf und ging im blassen Mondschein hin und her.

»Wer geht freiwillig auf eine Toteninsel?« fragte sie.

»Du —«

»Weil ich dich liebe, weil du hier bist . . .«

»Vielleicht gibt es auch eine Frau, die Paul so liebt, wie du mich? Könnte das nicht möglich sein?«

»Willst du sie per Anzeige suchen? Oder willst du als Brautwerber herumfahren und deinen Sohn anbieten?«

»So ähnlich, Anne. Die Südseemädchen sind schön und sanft.« Bäcker trat an den Rand der Böschung. Vor ihm lag die Weite des Ozeans mit dem Silberglanz des Mondes. Das Meer, verflucht und geliebt, das ihn einmal töten wollte und ohne das er jetzt nicht mehr leben konnte. »Ich werde mich auf den benachbarten Inseln umsehen und für Paul ein Mädchen suchen.«

»Das ist das Verrückteste, was dir je eingefallen ist«, sagte Anne. »Auf eine Toteninsel gehören nur Tote. Die Papuas werden dich wegjagen.«

»Oder ich werde sie überzeugen. Für meinen Sohn tue ich alles. Soll er sich weiter Frauen aus Sand modellieren?«

Anne schwieg. Sie blickten sich stumm an, und zum erstenmal seit zwanzig Jahren sah und spürte Bäcker, daß Anne sich nicht nur weigerte, ihm zu folgen, sondern zu seinem Gegner geworden war. Diese Erkenntnis war so atemberaubend, daß Bäcker sich mit bebenden Händen über das zerklüftete Gesicht wischte.

»Anne –«, sagte er gedehnt. »Anne, um Gottes willen ... es gibt doch nur die Alternative: entweder wir bringen Paul wieder weg – oder wir holen ihm eine Frau auf die Insel. Das letztere ist die größere Chance, ihn nicht zu verlieren. Paul ist kein Kind mehr. Er hat schon mit einer Frau geschlafen, ich spüre es an hundert Kleinigkeiten. Und ich werde ihn morgen danach fragen, von Mann zu Mann.«

»Er wird es abstreiten!« Eine verzweifelte Hoffnung schwang in Annes Worten, die Hoffnung aller Mütter, den Sohn nicht an eine fremde Frau verlieren zu müssen.

»Das glaube ich nicht«, sagte Bäcker sicher. Sie muß es begreifen, dachte er. Anne ist wie alle Mütter in den eigenen Sohn verliebt. »Ich glaube, Anne, er wird mir dankbar sein.«

Am nächsten Morgen besuchte Bäcker seinen Sohn im Palmenwald. Paul fällte dort Bäume, um mit der Motorsäge Bretter daraus zu schneiden. Anne, die in sinnlosem Trotz mit Bäcker kein Wort mehr gesprochen hatte, war ans Meer gegangen, um mit einem Speer die dicksten, saftigsten Fische aus den Schwärmen zu stechen.

Bäcker setzte sich auf einen Stamm und beobachtete

seinen Sohn. Der schlug kräftig zu. Unter der glatten, bronzefarbenen Haut spannten sich die Muskeln wie dicke Seile. Nach einer Weile stützte er sich auf die Axt.

»Ist etwas, Vater?« fragte er.

Bäcker zuckte zusammen. Er hatte gerade an seine eigene Jugend gedacht, an Lübeck, die Studentenjahre, die ersten Liebschaften.

Bäcker nickte. »Ja, mein Junge. Wie heißt sie?«

Sie sahen sich an, verstanden sich sofort und lachten dann. Es war ein verlegenes, aber doch befreiendes Lachen.

»Woher weißt du das, Vater?« fragte Paul. Er setzte sich neben Bäcker auf einen der gefällten Stämme.

»Ich weiß gar nichts, mein Junge. Ich denke mir nur, daß du mir einiges zu erzählen hast.«

»Sie heißt Tara.« Paul stützte das Kinn auf die lange Axt. Irgendwie schämte er sich, jetzt seinen Vater anzusehen. »Tara Makarou. Und sie ist eine Hure . . .«

Er wartete auf eine scharfe Antwort, aber Bäcker schwieg, und das war klug. In Pauls Worten hatte eine geheime Drohung mitgeschwungen: Sage nichts gegen Tara. Ich liebe sie. Sie war der erste Mensch, der mir eine andere Seite des Lebens gezeigt hat. Eine erschreckend schöne Seite.

»Und nun?« fragte Bäcker endlich.

»Ich weiß es nicht, Vater.«

»Willst du sie wiedersehen?«

»Nein, Vater.«

»Warum nicht?«

»Sie würde nie auf unserer Insel leben wollen. Sie will nach Papeete, viel Geld verdienen. Sie ist die geborene Hure.«

»Aber es wäre schön, wenn du eine Frau auf der Insel hättest? Eine Frau für dich . . .?«

»Ich weiß es nicht, Vater.« Paul starrte auf die gefällten Bäume. Es war ein Thema, das er zum erstenmal besprach, worüber er aber viel nachgedacht und wobei ihm bisher niemand geholfen hatte. »Was wird Mutter dazu sagen?« fragte er fast zaghaft.

»Sie wird es verstehen, Paul. Niemand hat mehr Verständnis für die Liebe als eine Frau.«

»Hast du schon mit ihr darüber gesprochen?« Es war wie ein dumpfer Aufschrei. Bäcker nickte.

»Ja, mein Junge.«

Das alte Lied, dachte er. Der Sohn liebt die Mutter, die Mutter liebt den Sohn – es ist die tragische Verstrickung, aus der jeder von uns einmal heraus muß. Paul hat den ersten Schritt getan, und eigentlich war es gut, daß es ausgerechnet eine Dirne war, die ihn vom Rockschoß der Mutter befreite. Ein harter, aber endgültiger Schnitt. Auch Anne wird es noch über sich ergehen lassen müssen.

»Ich schäme mich –«, sagte Paul leise. »Wie kann ich Mutter das erklären?«

»Gar nicht, mein Junge. Das übernehme ich.« Bäcker legte seinen Arm um Pauls breite Schulter. Er fühlte unter seiner Hand die harten Muskelstränge und dachte: Mein Gott, ist der Kerl stark.

»Wir sollten das Problem ganz sachlich besprechen, Paul. Ich werde in den nächsten Tagen zu den anderen Inseln fahren und dir eine Frau suchen. Einverstanden?«

Er sah, wie Paul das Blut ins Gesicht schoß und daß er das Kinn auf den Axtstiel preßte. Es war eine Situation zum Weglaufen. Die geheimsten Sehnsüchte wurden in der Sonne ausgebreitet wie zum Trocknen.

»Du ... du kannst doch nicht einfach ein Mädchen hierherholen, Vater«, sagte er gepreßt. »Und welches Mädchen käme schon auf eine Toteninsel?«

»Dann mußt du wieder nach Hiva Oa oder Papeete gehen, Paul.«

»Nein! Ich gehe nicht wieder von hier weg, Vater!« Es klang endgültig. Bäcker ließ das Thema fallen. Worte darüber waren jetzt Verschwendung.

»Wie soll es aussehen?« fragte er statt dessen.

»Wer?«

»Das Mädchen.«

Paul schluckte. »Wie ... wie Mutter —«, sagte er dann ganz leise.

»Natürlich.« Bäcker lächelte still. »Sah Tara auch so aus?«

»Nein, ganz anders. Genau das Gegenteil.«

»Es gibt sehr schöne Mädchen in der Südsee, Paul.«

»Unmöglich, Vater.« Paul erhob sich abrupt. »Das Leben geht auch so weiter.«

»Das ist eine Selbsttäuschung, mein Junge.« Bäcker hielt seinen Sohn am Gürtel fest und zog ihn wieder zu sich heran. »Was wäre ich gewesen ohne deine Mutter? Sie ist mein halbes Leben.«

»Meines auch, Vater.«

»Und die andere Hälfte? Nein, Paul, so geht es nicht. Wer den Kopf in den Sand steckt, wölbt den Hintern heraus, und in den tritt man dann hinein. Wir beide sollten dein Problem ganz leidenschaftslos von Mann zu Mann überlegen. Es ist gar kein so großes Problem. Glaube mir: Essen, Trinken und Schlafen gehören zum

Leben . . . und die Liebe auch. Komm, Junge, wir gehen spazieren, beim Gehen redet es sich leichter — man läuft sich die Sorgen locker. Es ist alles viel einfacher, als du denkst.«

Zum Mittagessen erwartete sie Anne mit düsterer Miene. Sie benahm sich, als stünde sie einer Verschwörung gegenüber, die nur ihr galt. Stumm saßen alle vor ihren Tellern, sahen sich nicht an, und jeder wartete darauf, daß der andere zuerst das befreiende Wort sprach. Schließlich war es Anne, die das Gespräch begann.

»Paul —«, sagte sie mit spröder Stimme, »findest du nicht auch, daß dein Vater verrückte Einfälle hat?«

»Nein, Mutter.« Paul schielte hilfesuchend zu Bäcker.

»Er will dir ein Mädchen auf die Insel holen.«

»Hast du einen besseren Einfall, Mutter?«

Anne schwieg betroffen. Es war eine Frage, auf die sie nicht vorbereitet war. Um aus dem Netz herauszukommen, das diese Frage über sie geworfen hatte, ging sie zum Angriff über. »Brauchst du eine Frau?« fragte sie zurück. Darauf wird er nie antworten, dachte sie. Aber sie täuschte sich.

Paul sagte ganz klar: »Ja, Mutter. Die Liebe ist schön. Das ist eine ganz einfache Formel. Ein Leben ohne Liebe ist umsonst gelebt.«

»Das plapperst du deinem Vater nach!«

»Nein!« Bäcker hob sein Glas. Nach dem Essen trank er immer ein Glas Kokosmilch. »Es sind die Worte einer Anne Perkins, gesprochen vor zwanzig Jahren, an einem Abend im August. Ich habe sie nie vergessen . . .«

Über den Glasrand sah er Anne an. Sie erwiderte seinen Blick und lächelte plötzlich. »Ich erinnere mich an jedes Wort«, sagte sie leise. »Jedes Wort. – Wann willst du fahren, Werner?«

»Übermorgen.« Bäcker nickte Paul zu. Sieg, mein Junge.

Paul lächelte verstohlen zurück. »Es ist ja nur ein Versuch ... vielleicht mißlingt er ...«

An diesem Abend lief über das Funkgerät eine offizielle Erklärung des Gouverneurs von Papeete. Sie lautete:

»Die französische Republik sieht sich nicht mehr in der Lage, ihre Rechte und Pflichten als Schutzmacht der Insel Viktoria-Eiland wahrzunehmen. Die Bewohner von Viktoria-Eiland haben keinerlei Anspruch mehr auf Hilfe und Unterstützung von seiten der französischen Republik. Die Insel Viktoria-Eiland wird zum Sperrgebiet erklärt.«

Bäcker stellte das Funkgerät ab. Er reichte Anne die mitgeschriebene Mitteilung hinüber und lehnte sich zufrieden zurück. »Mehr wollte ich ja gar nicht«, sagte er. »Sie glauben, sie könnten uns hier austrocknen. Wir haben es hier zwanzig Jahre ohne ihre Hilfe ausgehalten, und wir werden es auch weiterhin aushalten! Ich brauche keine Schutzmacht! Mein Schutz ergibt sich aus Freundschaft und Menschlichkeit ... und die versteht jeder.«

»Und wenn die Kriegskanus wiederkommen?« fragte Anne verstört.

»Sie kommen nicht mehr.« Paul legte beide Hände über seinen Malaiendolch. »Nein, fragt mich nicht. Ich habe ein Versprechen gegeben. Aber ich weiß, daß sie uns nicht wieder angreifen werden.« Er wandte sich ab und verließ die Funkkabine der Jacht. Bäcker und Anne sahen ihm verblüfft nach.

»Der Junge ist drei Nummern aus seinen Schuhen hinausgewachsen, Anne«, sagte Bäcker bedächtig. »Ich glaube, wir werden noch viel mit ihm erleben.«

Zwei Tage später fuhr Bäcker mit leichtem Gepäck bei Flut über die Korallenriffe aus der Lagune hinaus ins offene Meer. Er hatte am Mast der Jacht eine weiße und eine rote Fahne gehißt und winkte fröhlich zurück. Anne und Paul standen am Strand und schwenkten zwei große Handtücher.

»Zuerst besuche ich unsere Leichenlieferanten«, hatte Bäcker mit fröhlichem Spott gesagt. »Wenn sie soviel für die Toten tun, können sie jetzt auch den Lebenden einen kleinen Dienst erweisen.«

Er hatte einen Sack voll Glasperlen, einige Werkzeugkästen, Verbandsstoff, Mullbinden, schmerzstillende Tabletten und Medikamente gegen Tuberkulose mitgenommen. Es waren wertvolle Gastgeschenke. Für sie eine Frau einzutauschen würde leicht sein ... Es gab nur eine Schranke: der Durchbruch durch den Geisterglauben, der Viktoria-Eiland zu einer verbotenen Insel gemacht hatte. Aber Bäcker hoffte, auch diesen veralteten Götzenglauben zu überwinden. Er selbst war ja der Beweis, daß die alten Götter tot waren.

Als er das freie Meer erreicht hatte und die Insel in der Ferne wieder wie eine große bemooste Schildkröte aussah, ließ er die Motoren mit Vollgas laufen, beugte sich über seine neue Seekarte und nahm Kurs auf die Insel Vahua Oa.

Es war die Insel, für deren Bewohner Viktoria-Eiland der große Totenplatz war.

VIII

Am Abend funkte Werner Bäcker seine Position nach Viktoria-Eiland. Im Haus war ein kleiner Morsesender zurückgeblieben, und Paul und Anne saßen seit einer Stunde davor, warteten ungeduldig und fielen sich jubelnd um den Hals, als es plötzlich zu ticken begann.

»Hier Anne I . . . hier Anne I . . .« Das war der Name von Bäckers Jacht. »Habe Anker vor Vahua Oa geworfen. Alles ruhig. Kein Mensch zu sehen. Gehe morgen früh an Land. Macht euch keine Sorgen. Alle Kriegskanus liegen still in der Lagune. Ende.«

Dann war Stille. Und es blieb still. Niemand hörte oder sah mehr etwas von Werner Bäcker.

Während des ganzen nächsten Tages versuchte Paul, mit dem Morsegerät seinen Vater zu erreichen. Aber Werner Bäcker gab keine Antwort. Auch am Abend blieb es still, und Anne begann langsam, aber mit erschreckender Deutlichkeit zu erstarren.

»Es ist etwas geschehen«, sagte sie tonlos, als Paul gegen Mitternacht seine Morserufe einstellte. »Ich fühle es, Paul. Es ist etwas Schreckliches geschehen . . .«

»Ausgeschlossen, Mutter!« Paul lief aufgeregt hin und her. »Man hat mir das Versprechen gegeben, daß uns nichts mehr geschieht.«

»Wer kann ein solches Versprechen geben?«

»Ich darf es nicht sagen.«

»Es geht um deinen Vater!« schrie Anne plötzlich. Sie war aufgesprungen, hatte die Hand gehoben, und zum erstenmal in seinem Leben wurde Paul von seiner Mutter ins Gesicht geschlagen. Er war darüber so erstarrt, daß er sich nicht rührte, auch als sie zum zweitenmal zuschlug.

»Dein Vater! Was ist dir mehr wert: dein Vater oder dein Versprechen? Also rede: Wem hast du dein Wort gegeben?«

»Dem Dritten Kopf der Großen Sechs...«, sagte Paul gepreßt.

Anne sah ihn verständnislos an. »Wer ist denn das?«

»Ein Geheimbund gegen die Weißen.«

»Bist du verrückt geworden, Paul?« stammelte Anne.

»Sie haben mir geholfen. Sie haben mir ein Boot gegeben, als ich nach Viktoria-Eiland zurückkommen wollte. Sie haben mich auf Tahuata beschützt. Ich habe zweimal mit dem Dritten Kopf gesprochen. Ich glaube ihm...«

»Und warum antwortet Vater nicht?«

Anne starrte auf das kleine Morsegerät. Zum erstenmal seit zwanzig Jahren war sie ohne Werner, empfand sie diese ungeheuerliche Leere, die sein Wegsein erzeugte. Zum erstenmal aber auch hatte sie das Gefühl, daß diese Leere bleiben würde. Das war so furchtbar, daß alles in ihr zu glühen begann.

Wenn Werner nicht mehr zurückkam – das war ein Gedanke, den sie nicht zu Ende denken konnte. Ein Leben ohne ihn war unmöglich. Sie starrte ihren Sohn an. Er blieb ihr, aber jetzt, in dieser plötzlichen Angst und in dem furchtbaren Gefühl, alles verloren zu haben, wußte sie, daß ein Kind für eine Mutter die ganze Welt bedeutet, daß aber ein Mann über dieser Welt wie die Sonne war, die ihr Kraft und Leben gab.

»Ich versuche es noch einmal«, sagte Paul heiser. »Die ganze Nacht, Mutter. Vielleicht ist er immer noch an Land und verhandelt ... oder er ist weitergefahren zur nächsten Insel.«

»Das hätte er uns mitgeteilt«, sagte Anne tonlos. »Dieser wahnsinnige Plan, dieser total wahnsinnige Plan, eine Frau zu suchen ...«

Sie hockten bis zum Morgengrauen vor dem Morsegerät und funkten in Abständen von fünfzehn Minuten ihren verzweifelten Ruf: »Anne I melden ... Anne I melden ...« Aber Bäcker gab keine Antwort mehr.

Als die Sonne am nächsten Morgen glutrot aus dem Meer stieg, einer jener flammenden Morgen, da die Südsee aussieht wie am Tag der Schöpfung, fiel Anne ohnmächtig vom Hocker. Paul trug sie in ihr Bett, deckte sie zu, rannte dann zurück zum Morsegerät und begann wieder mit seinem Ruf.

Auch er war verzweifelt, aber er suchte nach einer Erklärung für das Schweigen seines Vaters. Die Furcht seiner Mutter, er sei auf Vahua Oa getötet worden, teilte er nicht. Er dachte an den Dritten Kopf der Großen Sechs und an die Macht dieses Geheimbundes. Und er dachte daran, daß sein Vater als Freund zu den Inseln gekommen war, mit einer weißen Flagge am Mast und mit Säcken voll Geschenken. Warum sollten sie ihn getötet haben? Gibt es etwas Erhabeneres unter den Menschen als Freundschaft?

Er saß bis zum Mittag vor dem Morsegerät. Als Anne plötzlich hinter ihm stand und ihm beide Hände auf die Schultern legte, zuckte er zusammen. Ihr Gesicht glich einer verwitterten Marmorbüste.

»Nichts, Mutter —«, sagte Paul. Er war dem Weinen nahe. »Ich verstehe das nicht.«

»Wir ... wir werden das nie begreifen«, sagte Anne. In ihrer Stimme lag etwas Endgültiges, eine verzweifelte Traurigkeit.

Paul begriff es und schlug die Hände vor sein zuckendes Gesicht. »Sag so etwas nicht, Mutter«, stammelte er. »Mein Gott, sprich es nicht aus. Das gibt es nicht, Mutter, das darf einfach nicht wahr sein!« Er sprang auf, rannte hinaus, stellte sich an den Rand der Böschung und blickte über das sonnenglänzende Meer.

Der Wind seufzte in den gebogenen Palmen, an den Klippen sprang die Dünung hoch. Außerhalb der Lagune schnellten die Delphine aus dem Wasser, ein Schwarm fliegender Fische flatterte dicht über den Wellen hinweg. Ein Paradies, das einen Mann und sein Schiff verschluckte ...

»Ich suche dich!« schrie Paul über das Meer. »Vater, ich suche dich! Und wenn sie dich getötet haben, rotte ich Insel um Insel aus. Vater, das verspreche ich dir ...«

»Womit?« fragte Anne hinter ihm. Er fuhr herum, er hatte sie nicht kommen hören. »Wir haben nichts mehr.«

»Ich habe noch das Beiboot, Mutter. Ich habe ein Maschinengewehr. Und ich habe in mir das heiße Gefühl der Rache! Das genügt!«

Anne legte ihren Kopf auf Pauls Schulter. Ihr Zittern übertrug sich auf ihn ... Er preßte die Zähne aufeinander, faltete die Hände, und dann rannen ihm die Tränen aus den Augen, und es war unmöglich, sie zurückzuhalten.

»Wann fahren wir?« fragte Anne.

»Du? Ich suche Vater allein!«

»Ohne dich bleibe ich nicht eine Minute auf dieser Insel.«

»Das geht nicht, Mutter!« Er drückte Anne an sich und streichelte ihr Haar, aber es war ein so zaghafter Trost, daß er nicht einmal für ihn selbst reichte. »Mutter, ich flehe dich an ... bleib hier! Wenn ich wegfahre, dann ist das eine Fahrt, um zu töten!«

»Ich helfe dir —«, sagte Anne tonlos. »Mein Junge, ich helfe dir. Wann fahren wir?«

»Morgen, Mutter, laß uns noch einen Tag warten ...«

Und sie warteten. Sie funkten ihren Ruf immer wieder in die Weite der blauen, hitzeflirrenden Luft. Aber Werner Bäcker antwortete nicht.

Am Abend stellte Paul eine andere Frequenz ein ... die Polizeistation auf Hiva Oa.

Um Mitternacht landeten zwei Flugboote aus Papeete in der Lagune. Capitaine Brissier kam zuerst an Land. Er drückte Anne stumm die Hand. Sie sagte nichts, aber ihre schreckliche Erstarrung, ihr versteinertes Schweigen war lauter als jeder Schrei. Kein Wort fiel darüber, daß Bäcker jeden Schutz abgelehnt und sich mit Frankreich »im Kriegszustand« befunden hatte. Jetzt waren sie wieder Freunde ... ein Offizier und eine verzweifelte Frau, die Trost und Hilfe brauchte.

»Der Gouverneur hat sofort Alarm gegeben«, sagte Brissier. »Wir haben die in Frage kommenden Inseln abgeflogen und haben vor Vahua Oa und Konuha gewassert. Von Bäckers Schiff keine Spur. Morgen früh fliegen wir noch einmal alles ab ... Wenn sie die Jacht versenkt haben, müßte man sie in dem klaren Wasser aus der Höhe sehen. Das Meer um die Inseln herum ist nicht sehr tief. Außerdem werden wir alle Eingeborenen verhören und strenge Maßnahmen ankünden. Madame . . .«, er führte Anne zum Haus. Sie war apathisch und ging neben ihm wie eine aufgezogene Puppe. »Fassen Sie Mut, Madame! Ich glaube noch immer, daß Ihr Mann irgendwo zwischen den Atollen herumschwimmt und einen Defekt in seiner Funkanlage hat. Warum ist er überhaupt allein losgefahren?«

»Er wollte eine Frau für seinen Sohn suchen —«, sagte Anne mit völlig fremder Stimme. Und als sie Brissiers Staunen bemerkte, nickte sie. »Ja, eine Frau. Das kann nur der begreifen, der zwanzig Jahre hier gelebt hat.«

»Diese verfluchte Insel!« knurrte Brissier. »Ich hätte Sie damals doch mit Gewalt fortschaffen sollen!«

»Jetzt ist es zu spät.« Anne blieb stehen. Ihre großen braunen Augen bekamen einen merkwürdigen Glanz. »Für immer zu spät, Capitaine. Jetzt werde ich unter diesen Palmen sterben, und keiner wird mich mehr daran hindern.«

Zwei Tage lang suchten die Flugboote die umliegenden Inseln und Atolle ab. Im flachen Meer lag kein Wrack, und da, wo es Tausende von Metern tief war, verschluckte die Dunkelheit jede Sicht. Auch ein Ölfleck oder ähnliches war nicht zu entdecken.

Brissier und seine Soldaten verhörten systematisch die Eingeborenen. Sie nahmen die Häuptlinge in die Zange, die schwiegen. Sie unterwarfen die Medizinmänner einem gnadenlosen Verhör, zwei Tage und zwei

Nächte ohne Pause — vergeblich. Brissier drohte, die Dörfer anzuzünden — die Eingeborenen nahmen es zur Kenntnis, nahmen Kinder und Greise bei der Hand und führten sie weg. Sie trieben die Hühner und Schweine davon und überließen das Dorf dem Militär.

Brissier stand mit verkniffenem Gesicht in den verlassenen Siedlungen, bebend vor Zorn, aber er ließ die Dörfer nicht in Flammen aufgehen. Es hätte auch keinen Sinn gehabt, nur eine billige Rache wäre es gewesen, und Feindschaft mit den Papuas wieder über ein Jahrhundert hinaus wäre ausgesät worden.

Ein Mann war verschwunden und mit ihm ein kleines Schiff — war das einen grausamen Krieg zwischen Weißen und Eingeborenen wert?

Nach drei Tagen kehrten die Flugboote nach Viktoria-Eiland zurück. Anne saß wie eine Statue vor dem Haus. Sie sprach nicht, nur ihre Augen fragten.

»Nichts —«, sagte Brissier tief atmend. Er fühlte sich elend und ohnmächtig. »Nicht die geringste Spur. Als ob ihn die Sonne einfach aufgesaugt hätte. Ich begreife das nicht!«

»Es ist hier alles möglich, Brissier —«, sagte Anne mit fürchterlicher Ruhe. »Sie sehen es doch! Werner kommt nie wieder . . .«

»Das ist ein Gedanke, den ich gar nicht denken will, Madame.«

»Für mich ist es eine Tatsache.«

»Was hält Sie dann noch hier, Madame?«

»Sein Werk! Begreifen Sie doch, Capitaine. Diese Insel ist seine Welt. Er hat sie für uns aufgebaut. Sie ist sein Traum von Glück, Freiheit, Frieden, Menschenwürde.«

»Ein Traum, der ihn das Leben gekostet hat?«

»Ja, Brissier, und gerade deshalb fühle ich mich diesem Traum verpflichtet. Bis an mein Lebensende.«

Anne blickte über das schillernde Meer. Dort irgendwo ist er jetzt, dachte sie. Und wo er auch sein mag, er bleibt mir so nah, als spürte ich ihn neben mir.

»Ich danke Ihnen, Brissier«, sagte sie steif. »Sie haben getan, was Sie konnten. Paul und ich werden jetzt tun, was wir tun müssen: in seinem Geist weiterleben.«

»Das sind alles heroische, aber schrecklich leere Worte, Madame!« schrie Brissier. »Sie können hier nicht allein leben!«

»Ich wußte, daß Sie mich nicht verstehen.« Anne stand auf, legte Brissier die Hand auf die Schulter, wandte sich dann ab und ging ins Haus.

Brissier blieb zurück mit einem Druck auf dem Herzen, der unerträglich wurde. Er suchte Paul, der unten zwischen den Klippen das kleine Beiboot seeklar machte. Mißtrauisch betrachtete Brissier diese Bemühungen.

»Jetzt spielen Sie nicht auch noch verrückt!« sagte er scharf. »Reden Sie Ihrer Mutter zu, daß sie die Insel verläßt.«

»Ich will es versuchen.« Paul band das Boot an einem eisernen Pfahl fest. »Aber ich bin nicht sicher, ob sie mich überhaupt hört.«

In der Nacht flogen die Flugboote wieder zurück nach Papeete. In der Nacht aber verließ auch Paul mit seinem kleinen Boot Viktoria-Eiland. Auf die vordere Sitzbank hatte er das Maschinengewehr montiert. Es war mit einem Gurt durchgeladen, die anderen Gurte lagen griffbereit daneben. Er blickte nicht zurück, als Viktoria-Eiland im milchigen Mondschein versank und ihn das leichtbewegte, stille Meer aufnahm.

Am Morgen lief Anne über den Strand. Sie sah, daß das Boot fehlte, und sie entdeckte die Schleifspuren, die zum Wasser führten.

»Paul!« schrie sie. »Paul! Nein! Das ist doch Wahnsinn! Paul! Mein Gott! Mein Gott! Hilf mir doch!«

Sie warf die Arme hoch, starrte in den sich vom Morgengold zum unendlichen Blau verwandelnden Himmel und sank ohnmächtig in den Korallensand.

IX

Die Morgendämmerung hatte ihr Farbenspiel über dem Meer ausgelöscht, als Paul Bäcker sich langsam, mit gedrosseltem Motor, der Insel Vahua Oa näherte. In Hörweite stellte er den Außenbordmotor ganz ab und paddelte dann vorsichtig durch den Einschnitt der Korallenriffe ins Innere des Atolls. Hier, im seichten Wasser der Lagune, lagen die Kriegsboote nebeneinander, ausgerichtet, als habe der Stamm einen weißen militärischen Ausbilder gehabt. Das Dorf schlief. Wachen stellte man hier nicht auf ... in der Nacht kommt kein Feind, die Götter würden ihn sonst furchtbar strafen.

Lautlos glitt Paul mit seinem Boot die Reihe der Kriegskanus entlang. Er suchte einen Platz, von dem aus er das Dorf, vor allem aber die Hütten des Häuptlings und des Medizinmannes mit seinem Maschinengewehr gut erreichen konnte, der aber doch so nahe am Ausgang der Lagune lag, daß er mit voller Motorkraft das Atoll schnell wieder verlassen konnte.

Dann wartete er, bis die Sonne aufging, entsicherte das Maschinengewehr und feuerte eine Garbe mitten zwischen die Kriegskanus.

Die Wirkung war enorm.

Aus den Hütten stürzten die Krieger, aber eine neue Salve hielt sie zurück und legte eine tödliche Sperre zwischen sie und die Boote. Wie braune Wiesel verschwanden die Eingeborenen wieder in den Hütten, der Palaverplatz vor dem großen Häuptlingshaus blieb leer, aber Paul wußte, daß hinter den Flechtwänden der Hütten die Männer lauerten, Giftpfeile auf gespannten Bogensehnen, Speere in den geballten Fäusten.

Es war eine aussichtslose Situation für Vahua Oa. Für die Pfeile lag Pauls Boot zu weit in der Lagune, und den Weg zu den Kanus konnte Paul durch eine Salve aus seinem Maschinengewehr versperren. Auch ein Massenangriff war sinnlos — der Tod aus dem Maschinengewehr war immer schneller als viele Menschen. Die Papuas wußten es und blieben unsichtbar.

Paul wartete. Er saß hinter dem MG, den Finger am Abzug, die Gurte griffbereit neben sich. Von der Stelle, wo sein Boot schaukelte, überblickte er das ganze Dorf. Da es auf dem schmalen Landstreifen zwischen Meer und Lagune gebaut war, auf einem von Buschwerk und Palmen gerodeten freien Platz, gab es für die Leute von Vahua Oa keine Möglichkeit auszubrechen. Wo auch immer ein Mensch sich zeigen würde, Pauls MG hätte ihn sofort erreicht.

Sie werden kommen, dachte er grimmig. Sie werden versuchen zu verhandeln. Und sie werden lügen. Es wird ein kurzes Palaver werden, ein paar Worte nur, dann werde ich ihnen meinen Geheimbunddolch zeigen, und sie werden wissen, daß die Strafe der Großen Sechs fürchterlicher sein wird als alle Salven, die ich über hir Dorf abfeuern könnte.

Aus der Häuptlingshütte trat plötzlich eine federgeschmückte Gestalt. Sie hob beide Hände zur Sonne, verneigte sich und ging dann langsam durch das stille Dorf hinunter zu den Kriegskanus. Dort blieb sie stehen und zeigte beide Handflächen. Das Zeichen der Wehrlosigkeit, der Unterwerfung.

Paul verhielt sich still. Er hatte den Finger am Abzug und wartete.

Der Häuptling stieg in eines der Kanus, löste den Palmstrick vom Pflock und nahm das Paddel in die Hand. Als er es ins Wasser tauchte, jagte Paul einen kurzen Feuerstoß in die Lagune. Das Wasser spritzte auf — eine Linie, die Halt bedeutete. Der einsame Mann im Kanu hörte sofort auf zu paddeln und straffte sich. Wieder zeigte er Paul seine leeren Handflächen.

»Komm her!« schrie Paul in dem Eingeborenendialekt, der hier gesprochen wurde. »Sage deinen Leuten, daß ich auf jeden schieße, der sich blicken läßt. Ich habe genug Kugeln, um ganz Vahua Oa zu töten!«

Der Häuptling wandte sich zurück. Er stieß ein paar schrille, unterschiedlich hohe Schreie aus, die mehr nach einem Vogel als nach einem Menschen klangen. Sie zitterten über das stille Dorf, und es war, als sterbe es noch mehr. Die Stille war vollkommen, selbst der Wind ließ nach, als hätten ihn die Schreie verjagt.

Paul ließ den federgeschmückten, alten Mann an sich herankommen. Dann hob er die Hand und schwenkte den Lauf des MGs genau auf dessen Körper. Der Häuptling legte das Paddel ins Boot und richtete sich auf. Langsam trieb das Kanu auf dem unbewegten Wasser, bis es stillstand, zehn Schritte von Paul Bäcker entfernt.

»Kennst du das?« fragte Paul. Er war hinter dem MG sitzen geblieben. An seiner linken Seite lag die Reißleine für den Motor. Während er sprach, hob er den

Malaiendolch über den Lauf des MGs. Der alte, mit weißen und roten Streifen im Gesicht bemalte Mann nickte. Sein Kopfputz wippte in der noch bleichen Morgensonne.

»Wir wußten es nicht«, sagte er mit gutturaler Stimme.

»Du lügst!« schrie Paul. »Auf allen Inseln wissen sie es! Wo ist mein Vater?«

Der alte Mann nahm seinen prächtigen Federschmuck ab, warf ihn ins Meer und beugte den Nacken. »Laß meinen Stamm leben«, sagte er dabei. »Mann gegen Mann — das ist gerecht.«

Paul hielt den Atem an. Ein wahnsinniger Schmerz durchjagte ihn. Vater, dachte er. O Vater. Sie haben dich kaltblütig umgebracht. Du bist hier gelandet, um für mich ein Mädchen zu suchen, und sie haben dich empfangen wie einen Freund und dann getötet wie ein Opfertier. Was heißt hier Mann gegen Mann? Ein Häuptling opfert sich für ein Verbrechen ... aber kann man Tod gegen Tod aufrechnen? Sie haben mehr getötet als nur meinen Vater ... sie haben in mir den Glauben an das Gute, an die Freundschaft, an die Brüderlichkeit aller Menschen vernichtet.

»Wo ist mein Vater?« fragte Paul wieder. Seine Stimme zerbrach fast. Er blickte über die stille Insel und wußte nicht, was er tun sollte. Er konnte das ganze Dorf vernichten, mit allen Männern, Greisen, Frauen und Kindern. Und was dann? Dann war es so, wie es ihm sein Vater erzählt hatte: Ein Heer von Unschuldigen stirbt für einen einzigen Schuldigen. Das ist der Wahnsinn der Menschheit, den sie bisher nicht überwunden hat. Soll er hier weitergehen?

»Die Götter haben es gewollt«, sagte der alte Mann. Er kniete in seinem Kanu, bereit zu sterben. Es lag soviel demütige Unterwerfung in seiner Haltung, daß Paul den Lauf des MGs wieder hinüber zu den Hütten schwenkte.

»Die Götter!« brüllte er. »Eure Götter haben uns zwanzig Jahre ertragen, sie haben mit uns gelebt ... aber ihr, die Menschen, kennt nur die Vernichtung. Heraus mit der Wahrheit: Wie habt ihr meinen Vater umgebracht?«

»Er ging zum Gott des Meeres«, sagte der alte Mann.

In Paul glühte eine Flamme auf. Er umklammerte das MG und drückte die Stirn gegen das Schloß und den eingezogenen Gurt. Mein Gott, dachte er. Mein Gott, halte mich zurück. Laß nicht die Hölle los in mir. Sie haben ihn den Haien vorgeworfen ... sie haben Vater hinaus aufs Meer gebracht und dann ins Wasser gestoßen. O mein Gott, wer kann das ertragen? Was heißt jetzt noch: Liebe deinen Nächsten!? Vergib deinen Schuldigern! Liebe deine Feinde!

Begreifst du, Gott, was das bedeutet: Sie haben ihn den Haien vorgeworfen!? Nenn mir einen grausameren Tod ...

»Und das Schiff?« fragte er heiser. »Wo ist das Schiff?«

Der alte Mann zeigte hinaus in die Weite des Meeres.

»Versenkt?« schrie Paul.

»Ja. Zu den Göttern der Tiefe!«

»Götter! Götter! Immer nur Götter! Wie sprechen sie denn zu euch? Wie geben sie euch die Befehle? Warst du es, der meinen Vater ins Meer geworfen hat?«

Der alte Mann schüttelte den Kopf. Er wandte sich um zu seinem Dorf, stieß wieder die hellen Vogelschreie aus und wartete. Paul ging hinter seinem MG in Deckung. Alles in ihm war in Aufruhr. Der Schmerz, der ihn durchzuckte, war nicht mehr einzudämmen, und er schrie auf, als habe man ihn aufs Feuer gelegt, als aus der Hütte neben dem Haupthaus ein anderer Mann trat, bizarr bemalt, mit gefärbten Palmstrohbündeln behangen, eine riesige glotzäugige Maske aus Holz vor dem Gesicht: der Medizinmann.

»*Er?*« fragte Paul. Er zitterte vor Erregung. »Natürlich! Nur er! Der Idiot, der mit den Göttern spricht! Die Großen Sechs werden euch vernichten, daß nichts mehr von euch übrigbleibt, nicht einmal Staub!«

»Gib mir den Dolch —«, sagte der alte Mann. Seine Stimme klang traurig. »Ich bringe ihn dir zurück.«

Paul zögerte, aber dann warf er den gebogenen Dolch hinüber ins Kanu. Der Häuptling bückte sich, tauchte das Paddel ins Meer, drehte das Boot und stieß es zum Ufer zurück.

Atemlos verfolgte Paul, wie der alte Mann an Land stieg und auf beiden Händen den Dolch ins Dorf trug. Vor dem regungslos verharrenden Medizinmann blieb er stehen, hob den Dolch an die geschnitzte Maske und schlug mit ihm gegen die Fratze. Der hohle Klang des Schlages war der einzige Laut in dieser vollkommenen Stille.

Der Medizinmann setzte sich in Bewegung, als sei er selbst nur eine hölzerne Statue mit beweglichen Gliedern. Er stieg in das Kanu der Häuptlinge, der alte Mann stieß wieder vom Ufer ab, und langsam glitt das

Boot an Paul vorbei durch die Korallenklippen hinaus aufs offene Meer. Paul warf seinen Motor an und folgte ihnen.

Sie entfernten sich ungefähr eine Meile von Vahua Oa, dann hörte der alte Mann auf zu paddeln und sah sich nach Paul Bäcker um. Der Medizinmann, unkenntlich unter seiner Riesenmaske und dem Strohkleid, stand regungslos im Kanu.

»Hier —?« keuchte Paul. Er verstand die stumme Geste. »Hier habt ihr meinen Vater umgebracht?«

Er blickte ins Meer. Im klaren Wasser sah er tief unter sich die schnellen, grauen Körper hin- und herschnellen. Dann tauchten plötzlich vier Dreiecksflossen auf und schossen um die beiden Boote herum. Paul packte das Maschinengewehr fester. Grauen schüttelte ihn.

»Vater ...«, stammelte er. »O Vater. Ich bin da!« Er fiel in die Knie und umklammerte das MG, starrte ins Meer und sah die kalten, grausamen Augen der Haie auf sich gerichtet. »Vater, ich schwöre dir ... ich werde Mutter nie verlassen! Ich will so sein wie du ... ich will ...«

Die Stimme versagte ihm. Er drückte die Stirn auf das MG und weinte.

Eine Bewegung vor ihm ließ ihn hochzucken. Im Kanu standen sich der alte Häuptling und der Medizinmann gegenüber. Der Alte hatte den Dolch aus der verzierten Lederscheide gezogen und hielt ihn jetzt der Sonne entgegen. Der Medizinmann hatte seine Arme ausgebreitet und betete laut alles an, was zwischen Meer und Himmel lag ... die Unendlichkeit, die Unbegreifbarkeit des Todes.

Dann geschah es so plötzlich, daß Pauls Aufschrei zu spät kam. Mit größter Wucht stieß der alte Mann den Dolch in die zur Sonne gewölbte Brust des Medizinmannes, zog ihn wieder heraus und zeigte Paul die blutige Schneide.

Als sei er nicht zu Tode getroffen, blieb der Medizinmann stehen, ein unheimlicher, unbegreiflicher Anblick. Dann kippte er plötzlich um, wie ein Baum, den man gefällt hat. Er fiel über die Kante des Kanus ins Meer, die Maske löste sich beim Aufprall auf die Wasseroberfläche, das Gesicht wurde frei ... ein junges, glattes, schönes, im Tode ruhiges, ja seliges Gesicht tauchte in die See.

Von drei Seiten schossen die Haie heran.

Paul warf sich herum, schlug beide Hände vor die Augen und kroch in sich zusammen. Es gibt ein Grauen, das jedes Rachegefühl erstickt.

Er hatte noch immer das Gesicht in seine Hände vergraben, als er neben sich einen Gegenstand ins Boot fallen hörte. Er brauchte nicht hinzusehen, er wußte, was es war.

»Verschone mein Volk —«, sagte der alte Mann. Dann hörte Paul nur noch das Einstechen des Paddels in das Meer, ein Geräusch, das sich schnell entfernte und eine entsetzliche Stille zurückließ.

Eine ganze Zeit blieb Paul regungslos sitzen, ehe er die Hände von den Augen nahm.

Der Körper des Medizinmannes war verschwunden. Nur seine hölzerne Maske mit den riesigen Glotzaugen schwamm in der flachen Dünung. Mit zitternden Händen warf Paul den Motor an. Vor seinen Füßen lag der

Malaiendolch. Er stak wieder in der Scheide, aber Paul wußte, daß die Schneide nicht abgewischt worden war und das Blut des Geopferten wie eine Quittung an ihr klebte.

Er gab Vollgas und raste zurück nach Viktoria-Eiland. Das Grauen lag noch immer wie Eis in ihm, aber je näher er seiner Insel kam – und sie war jetzt seine Insel, denn sein Vater würde durch ihn weiterleben –, um so mehr wuchs die Angst, seiner Mutter die Wahrheit zu sagen.

Er landete in der Todesbucht von Viktoria-Eiland, unbemerkt, lautlos. Es war Nacht. Der Mondschein lag auf dem großen Götzen, die blutroten Riesenaugen und der aufgerissene Rachen schienen voller Leben zu sein.

Paul Bäcker stapfte durch die Gerippe, das Maschinengewehr trug er auf der Schulter. Fünf Meter vor dem Totem blieb er stehen, setzte das MG ab und starrte das Götterbild an.

»Ich vernichte dich!« sagte Paul kalt. »Ja, ich vernichte dich. Mein Vater hat dich zwanzig Jahre lang geduldet, und er ist doch an dir zugrunde gegangen. Ich aber nehme den Kampf auf und dulde dich nicht länger! Wer ist nun stärker, du oder ich? Wir werden es sehen.«

Er kniete sich hinter das MG, zog den Abzug durch und schoß Garbe um Garbe in die grinsende, hölzerne Fratze. Er hörte erst auf, als er Anne durch die Palisadentür kommen sah. Wie ein Geist schritt sie durch den Mondschein, starr, blutleer, im fahlen Licht schwebend.

»Mutter –«, stammelte Paul.

Anne blieb stehen. Sie hob den rechten Arm. In der Hand hielt sie eine lange Axt.

»Ich helfe dir, mein Junge«, sagte sie ruhig.

Beim Morgengrauen war der Götze zerstört. Umgestürzt, zerhackt lag er zwischen den bleichen Skeletten. Ein unbarmherziger Kampf hatte begonnen.

X

Zunächst aber blieb es still. Es war, als warteten die entsetzten Papuas auf die Rache der Götter. Gleich am nächsten Tag hatten sie einen Toten auf die Insel gebracht, und Paul, der am Rande des Begräbnisplatzes oben in einer Palmenkrone saß, hatte beobachtet, wie die Eingeborenen sprachlos vor ihrem zerstörten Totem standen. Für sie mußte in diesem Augenblick die gesamte Götterwelt in Trümmer zerfallen sein. Sie blickten um sich, als könnten sie es nicht fassen, daß die Insel dem Fluch der Götter noch nicht zum Opfer gefallen war.

Die sechs Männer, die den Toten abgeladen hatten, richteten den umgestürzten Götzen wieder auf. Es war nur noch ein Torso, ein Holzklotz ohne Kopf, und selbst dieser armselige Rumpf war kreuz und quer zerhackt. Mit einer Kraft, die etwas Unnatürliches hatte, war Anne mit der Axt über dieses Stück hergefallen und hatte wieder und wieder zugeschlagen, mit jedem Hieb Bäckers Namen schreiend, bis Paul ihr die Axt mit Gewalt aus den Händen wand und sagte:

»Es ist genug, Mutter. Ruh dich aus.«

Später saß sie auf der Bank am Hang, starrte über das sonnenglänzende Meer und den flimmernden Glast der Hitze, hatte die Hände im Schoß gefaltet und wartete darauf, daß Paul berichtete, was er auf Vahua Oa gesehen hatte. Aber Paul sagte nichts ... es war unmöglich, Anne vom Tod seines Vaters zu berichten.

Den ganzen Tag sprach Anne kein Wort, saß nur auf der Bank und blickte übers Meer. Paul schoß eine Ente für das Abendessen, füllte den reparierten Wassertank mit dem aufgefangenen Regenwasser nach und vermied es, in die Nähe Annes zu kommen. Am Abend aber ließ es sich nicht mehr vermeiden. Nach dem stummen Essen sah Anne ihren Sohn mit entsetzlich leeren Augen an.

»Es hat keinen Sinn, vor mir wegzulaufen, Paul«, sagte sie.

Paul senkte den Kopf. »Mutter, bitte, frag mich nicht . . .«, antwortete er. »Bitte . . .«

»Du hast seine Mörder gefunden?«

»Ja, Mutter.«

»Sie leben noch?«

»Nein, Mutter.«

»Und das Schiff?«

»Wir haben nur noch das Beiboot und den kleinen Funkapparat. Zehn Tonnen mit Lebensmitteln und zwanzig Kanister Benzin.«

»Hast du die Stelle gesehen, wo . . . wo . . .«

Sie konnte nicht weitersprechen. Paul nickte.

»Ja, Mutter.«

»Fahr mich hin. Ich möchte sie auch sehen.«

»Unmöglich, Mutter!«

»Bei deinem Vater gab es kein Unmöglich! Und bei mir gibt es dieses Wort auch nicht. Wann fahren wir? Morgen früh?«

»Überhaupt nicht, Mutter. Wir haben den Götzen zerstört . . . die ganze Südsee ist in Aufruhr. Von Vahua Oa werden sie es von Insel zu Insel melden, und es wird keinen Menschen mehr im Umkreis von Hunderten von Meilen geben, der nicht aufgerufen ist, an uns die Götter zu rächen.«

Anne schwieg wieder, aber Paul ahnte, was sie dachte. Bevor er sich schlafen legte, traf er seine Vorsichtsmaßnahmen. Er brachte das Beiboot hinaus zwischen die Klippen der dunklen Felsen, dorthin, wo Anne es nicht wegholen konnte. Selbst Paul vollführte gefährliche Kletterkunststücke über schroffe, glatte Felsvorsprünge und gischtumsprühte Steinplatten, um wieder an Land zu kommen. Wie unbeschreiblich muß sie Vater geliebt haben, um jetzt diese Kraft des Hasses und der Rache zu haben, dachte er. Wenn sie könnte, würde sie alle Inseln um uns herum ausrotten. Aber hätte das einen Sinn? Wäre es in Vaters Sinn? Er hat die Menschen geliebt, auch die, die ihn dann den Haien vorwarfen.

In der Nacht wachte er auf. Ein unerklärliches Gefühl ließ ihn hochfahren. Anne saß an seinem Bett.

»Du hast das Boot versteckt –«, sagte sie ruhig.

»Ja, Mutter.« Er setzte sich auf. »Ich wußte, daß du es suchen würdest.« Er griff nach ihren Händen, sie waren eiskalt, wie durchfrosteter Stein. »Morgen rufe ich mit dem Funkgerät Papeete. Wir erklären uns bereit, Viktoria-Eiland zu räumen.«

»Nie, Paul, nie!«

»Wir haben keine Chance mehr, Mutter. Ohne Vater ...«

»Du bist da, Paul. Und du bist ein Mann geworden.« Anne starrte geradeaus gegen die Hüttenwand. Sie wirkte wie eine Statue, aus der wie auf geheimnisvollen Wegen menschliche Worte drangen. »Wenn Vater hier gestorben wäre ... wir hätten die Insel verlassen und ihn mitgenommen. Aber jetzt, mein Junge, jetzt bringt mich niemand von hier weg. Niemand!«

»Wir haben viel Zeit, uns das zu überlegen«, sagte Paul. »Schlaf jetzt, Mutter.«

»Hast du Angst, Paul?« fragte sie und stand auf.

»Nein. Aber es war ein Fehler, den Götzen zu zerstören.«

»Wir wurden durch etwas in uns gezwungen, es zu tun. Verstehst du das?«

»Ja, Mutter.«

Er streckte sich aus und schloß die Augen. Lautlos wie ein Geist verließ Anne die Hütte. Paul stieg leise aus dem Bett und schlich ihr nach. Sie ging hinunter zum Meer und stand dort in der kalten Dunkelheit, unbeweglich, mit geballten Fäusten.

Sie kann Vaters Tod nie verwinden, dachte Paul. Sie hat mit dem Leben abgeschlossen. Daß sie noch atmet, ist ein rein biologischer Vorgang.

Mein Gott, wir müssen alles versuchen, um sie von dieser Insel zu schaffen. Die vergangenen zwanzig Jahre müssen wir irgendwie ausradieren. Sie kommt um in ihrem Schmerz. Sie verhärtet hier zu Stein.

Fünf Tage später landete ein altes Motorboot in der Lagune. Ein Mann mit einem weißen Bart und in einer bodenlangen, weißen Soutane kletterte an den Strand und schwenkte einen breiten aus Palmstroh geflochtenen Hut. In seiner Begleitung war ein junger, schlanker, dunkelhäutiger Papua gekommen, der aber an Bord blieb.

Anne, die oben auf der Terrasse saß und eine Ente

rupfte, streckte die Hand aus und zog an dem Glockenseil. Die Schiffsglocke aus dickem Messing, die neben der Haustür hing, hallte weit über die stille Insel. Paul, der auf einem der neuangelegten Felder arbeitete, lief zum Hang, das Gewehr schußbereit in den Händen.

»Das ist die richtige Begrüßung für einen Gottesmann!« rief es vom Strand herauf. »Man läutet die Glocken! Wer hätte das hier vermutet? Darf ich näher kommen, Madame Bäcker?«

Anne stieg die in den Hang gehauenen Stufen hinab zum Strand. Der Mann in der weißen Soutane setzte seinen breiten Hut auf und stapfte durch den Korallensand. Er schielte dabei hinauf zur Böschung, wo Paul vor einer der drei gebogenen, hohen stolzen Palmen stand, dem Wahrzeichen von Viktoria-Eiland.

»Er sieht aus wie Tarzan«, sagte der Mann. »Sie haben einen prachtvollen Sohn, Madame.«

Anne blieb stehen. Ihre großen dunklen Augen bekamen einen abweisenden Blick, aber der Mann schien auch keine Freudenausbrüche über sein Erscheinen erwartet zu haben.

»Pater Pierre — nehme ich an«, sagte Anne kühl. »Ich habe schon viel von Ihnen gehört. Hat Paul Sie gebeten, herzukommen?«

»Die Bäckers haben keinen Priester nötig ... das hat Ihr Mann einmal zu mir gesagt.« Pater Pierre gab Anne die Hand, aber als sie ihm die Finger wieder entziehen wollte, hielt er sie fest. »Wir leben mit Gott unter einem Dach, hat er gesagt. Ich habe einen vorzüglichen Kontakt zu ihm. — Das war vor drei Jahren, Madame. Ich bin seitdem des öfteren um Ihre Insel herumgefahren, aber nie gelandet.«

»Und warum landen Sie jetzt, Pater Pierre?«

Es klang mehr als abweisend.

»Wissen Sie, ich lebe jetzt seit fünfzehn Jahren auf dem Atoll Katatoki. Gegen die Bäckers bin ich zwar ein Neubürger, aber ich habe in diesen fünfzehn von Gott gesegneten Jahren eine kleine Christengemeinde aufgebaut, achthundertzweiundfünfzig Seelen, im Vergleich zu zwei Milliarden Heiden nur ein Staubkorn unter den Menschen, aber ich bin glücklich. Wir haben eine Bambuskirche, eine kleine Glocke, ein Harmonium, ein Kreuz.«

»Und warum erzählen Sie mir das alles, Pater?«

Sie gingen die Treppe hinauf. Paul hatte sein Gewehr an die Palme gelehnt und streckte Pater Pierre die Hand entgegen. Er hatte ihn zum erstenmal gesehen, als er neun Jahre alt war. Damals baute der Pater mit den ersten vier bekehrten Papuas seine kleine Kirche auf Katatoki.

»Er ist ein Riese geworden«, sagte Pater Pierre anerkennend und rieb sich die Hand. Pauls Händedruck war wie eine Presse. Dann fächelte er sich mit dem Strohhut Luft zu und setzte sich an den Tisch vor das Haus.

»Ja, warum bin ich hier? Eigentlich ohne Grund, Madame. Ich wollte einfach mal nach Ihnen sehen.«

»Seit wann dürfen Priester lügen?« fragte Anne. »Schickt Brissier Sie? Oder der Gouverneur? Bevor Sie anfangen zu predigen, Pater: Ich verlasse diese Insel nie mehr!«

»Darüber wollen wir auch gar nicht reden, Madame.« Pater Pierre griff in die Tasche seiner Soutane und zögerte. »Vor drei Tagen kam ein Papua zu mir, ein neuer Christ. Er betete und gab mir etwas. Ich habe mir den

Weg zu Ihnen lange überlegt, aber dann glaubte ich, daß es gut sei, nach Viktoria-Eiland zu fahren. Kennen Sie das?«

Er legte einen schmalen Goldring auf den Tisch. Anne zuckte zusammen, dann saß sie wieder wie versteinert.

»Werners Ehering . . .«, sagte sie tonlos.

»Ich dachte es mir. In die Innenseite ist das Wort ANNE eingraviert. Weiter nichts.«

»Für Werner war das alles –«, sagte Anne leise. Sie nahm den Ring, streifte ihn über ihren rechten Ringfinger, und da er viel zu groß war, legte sie die andere Hand darüber. »Ich danke Ihnen, Pater.« Sie senkte den Kopf und holte tief Atem. Es war ungeheuer schwer, alles, was jetzt in ihr aufbrach, zu unterdrücken. »Ist . . . ist das alles, was von Werner übriggeblieben ist? Wie ist er gestorben? Sie wissen es, Pater. Sagen Sie es mir. Mein Sohn weigert sich, darüber zu sprechen. Aber ich bin stark genug, alles zu ertragen . . .«

Pater Pierre warf Paul einen schnellen Blick zu. Der schüttelte unmerklich den Kopf.

»Darüber schweigen die Eingeborenen«, sagte Pater Pierre und hoffte, daß Gott ihm die Flut von Lügen verzeihen möge, denn es waren gute, gnädige Lügen. »Sie brachten mir nur den Ring.« Er trank einen tiefen Zug aus dem Glas mit Kokosmilch, das ihm Paul hingestellt hatte, wischte sich den Mund ab und zeigte hinunter zur Lagune. »Mein Boot kann gut vier Menschen transportieren . . .«

»Pater –«, sagte Anne leise. »Wir wollten nicht davon sprechen . . .«

»Ich habe erfahren, daß sie auf Botao Oa einen neuen, riesigen Götzen schnitzen und ihn hier aufstellen wollen. Über hundert Kriegskanus werden ihn begleiten. Es soll das größte Götterfest der letzten hundert Jahre werden. Die ganze Inselwelt rund um Viktoria-Eiland lebt in Angst vor der Rache der Geister. Anne, Sie haben den Götzen umgehackt wie damals Bonifazius die Donareiche. Bonifazius ist das nicht gut bekommen, man hat ihn später erschlagen, aber immerhin ist er heiliggesprochen worden. Ich möchte verhindern, daß auch Sie eine Märtyrerin werden, Anne ... In unserer Zeit brauchen wir so etwas nicht.«

»Ist das alles, was Sie mir sagen können, Pater?«

»Ja, Madame.«

»Ich danke Ihnen.« Sie erhob sich.

Mit der linken Hand hielt sie noch immer Werners Ring an ihrer Rechten fest. Auch Pater Pierre sprang auf. Er wollte noch etwas sagen, aber er sah ein, daß Worte hier keine Überzeugungskraft mehr hatten.

»Paul wird die Glocke wieder läuten, wenn Sie abfahren, Pater. Es hat Ihnen ja so gut gefallen. Und kommen Sie wieder, wenn Sie wollen ...« In ihren großen braunen Augen lag unendliche Traurigkeit ... »Und dann erzählen Sie mir, was Sie über die letzten Stunden meines Mannes erfahren haben ...«

Als Pater Pierre langsam aus der Lagune ins freie Meer tuckerte, läutete Paul wirklich die alte Schiffsglocke. Pater Pierre blickte zurück zu der flachen Insel, und er war versucht, die Arme zu heben und den Segen zu sprechen. Dann aber schüttelte er den Kopf und kümmerte sich um die Korallenbänke, durch die er sein Boot hindurchmanövrieren mußte.

Auch er wußte keinen Rat mehr, wie man Anne und Paul von dieser verfluchten Insel holen konnte.

Drei Tage später landeten zwei Boote an der Rückseite von Viktoria-Eiland in der Todesbucht. Paul hockte wieder in der hohen Palmkrone und beobachtete sie.

Die Eingeborenen holten ihren zerhackten Gott ab.

Feierlich trugen sie den Torso zum Meer, hoben ihn in das größte Boot, legten Ketten aus Tiara-Blüten über den zerstörten Leib und fuhren dann wieder hinaus in die Weite des Pazifiks.

Es war klar, daß sie in den nächsten Tagen die neue, größere Statue bringen würden, aber dann würden es hundert Kriegskanus sein, die sie begleiteten.

Paul kletterte von seiner Palme und lief zum Haus zurück. Anne war im Garten und hackte die Gemüsebeete durch.

»Wir müssen die Waffen ölen, Mutter –«, sagte Paul bedrückt. »Wir müssen alles zur Verteidigung herrichten. Ich glaube, es bleibt uns nicht mehr viel Zeit!«

Später versuchte er, mit dem kleinen Funkgerät Papeete oder Nuku Hiwa zu erreichen, aber niemand meldete sich.

XI

In den nächsten Tagen hatten sie alle Hände voll zu tun, das Haus wie eine kleine Festung auszubauen. Paul fällte und schleppte Bäume heran und errichtete eine Holzwand mit Schießscharten, die mit den Waffen der Papuas nicht zu erobern war. Anne sorgte für Wasser- und Essenvorrat, falls die Eingeborenen auf den Gedanken kommen sollten, sie auszuhungern. Auch stellten sie in leeren Benzinfässern Meerwasser bereit, um genug Löschwasser zu haben, wenn die Papuas mit Feuerpfeilen das Haus in Brand steckten.

Sie schufteten vom Morgengrauen bis zur Abenddämmerung, und es war unerklärlich, woher Anne die Kraft nahm, das alles durchzustehen.

Zweimal in diesen Tagen durchlitt Paul eine Hölle. Das war, wenn Anne am frühen Morgen, bevor die Arbeit begann, nackt hinunter zum Meer lief und in der Brandung badete.

Früher waren sie alle drei jauchzend ins Meer gerannt und hatten sich gegenseitig mit Wasser bespritzt, aber dann — Paul wußte nicht genau, wann es angefangen hatte — waren nur noch die Eltern allein zum Baden gegangen, und er war vor oder nach ihnen durch die Lagune geschwommen. Und noch später, der Kindheit entwachsen, hatte er immer so lange gewartet, bis sie wieder im Haus waren, um dann allein irgendwo zwischen den Klippen zu baden.

Nach seinem Erlebnis mit Tara Makarou aber war alles anders geworden. Er hatte begonnen, eine Frau anders anzusehen, und er hatte erfahren, wozu eine Frau geschaffen worden war. Das ließ ihn nicht mehr los, er träumte davon, es machte ihn unruhig und erschreckend unsicher.

Jetzt lag er oben am Hang auf dem Bauch, verborgen im Bambus, und sah seiner Mutter zu, wie sie nackt im Meer stand, ihre Brüste, den Leib und die Schenkel wusch, ein paarmal hin und her schwamm, dann aus dem Wasser stieg, schlank und ergreifend schön durch den weißen Sand am Ufer lief, sich der Sonne entgegenreckte, und dann zum Haus zurückkam, umweht von den langen, seidigen Haaren ... eine Nacktheit voll solch heißer Ausstrahlung, daß Paul beschämt, sich verfluchend, sich einen Schuft nennend, das Gesicht in den Boden drückte, die Fäuste ballte und die Hitze, die in ihm zu wüten begann, bekämpfte. Es war ein kläglicher Kampf, und er verlor ihn immer.

Er blieb dann im Bambus liegen, bis er sich völlig beruhigt hatte, sein Atem wieder glatt ging und er den Schock überwunden hatte, seine eigene Mutter nicht als Mutter, sondern als Frau angesehen zu haben, die man heimlich begehren durfte. Das war für ihn so ungeheuerlich, daß er Anne beim Frühstück nicht anzublicken wagte, sondern sein Essen hinunterschlang und dann schnell wieder im Wald verschwand, um Bäume zu fällen. An ihnen ließ er seine Wut über sich selbst aus ... und träumte dabei von Tara und sah seine Mutter vor sich, und beide verschmolzen miteinander zu jener Frau, nach der er sich in Sehnsucht verzehrte. Es war ein Zustand, von dem Paul nicht wußte, wie er ihn jemals überwinden sollte.

Am zehnten Tag nach dem Besuch von Pater Pierre auf Viktoria-Eiland färbte sich das Meer zuerst grün, dann grauviolett und wurde unruhig, obgleich es fast windstill war. Weiße Schaumkronen tanzten auf den merkwürdig spitzen Wellen, der Himmel verwandelte sich in einen riesigen fahlgelben Fleck, der die Sonne aufsaugte, als sei er ein ausgespanntes, unendliches Löschblatt.

Die Luft blieb stehen. Das Atmen wurde plötzlich zur Qual. Das himmlische Löschblatt saugte auch den Sauerstoff auf.

Anne und Paul standen vor dem Haus und starrten über das Meer. Sie hatten schon viele Stürme erlebt, hatten Taifune überstanden, die haushohe Wellen bis an den Hang trieben, hatten die Welt in Wasser und Wind untergehen und sie wiederauferstehen sehen in strahlendem Sonnenschein. Aber was heute mit dem Meer geschah, mit dem Himmel, der kein Himmel mehr war, mit der Sonne, die auseinanderfloß, mit der Luft, die so dünn wurde, daß die Lungen sich schmerzvoll blähten, das hatten sie noch nicht erlebt und es wurde ihnen unheimlich.

»So muß es aussehen, wenn die Welt untergeht«, sagte Anne.

»Vielleicht geht sie unter«, erwiderte Paul. Er sah sich um. Alles sah plötzlich anders aus, fremd, unbekannt.

»Verdammt, sieh dir das an, Mutter. Alle Farben sind wie verwaschen. Die Bäume sind nicht mehr grün, der Sand nicht mehr gelb . . .«

Er legte den Arm um die Schulter seiner Mutter und wartete. Mehr konnte er nicht tun. Sie atmeten mühsam und sehnten den ersten Windstoß herbei, der den

Sturm einleitete und neuen Sauerstoff brachte. Der Sturm, gegen den man kämpfen konnte. Alles war besser als diese drückende, dumpfe Schwüle.

Und dann traf es sie wie mit einem riesigen Hammer. Aus dem Nichts, aus dieser gelbgrauen Kuppel, die einmal der Himmel war, schlug der Sturm mit einem wilden Aufbrüllen auf sie ein. Die Palmen bogen sich, der Bambuswald wurde zerfetzt, das Dach von Pauls Hütte wirbelte hoch, der Wasserturm knickte zusammen, und das Meer türmte sich auf, rollte heran wie eine riesige Wand und begrub die Felsenriffe unter sich. Ein anhaltendes, unerklärliches, aus der Tiefe hervorquellendes Grollen begleitete die Sintflut.

»Mein Gott ...«, stammelte Anne. »Paul, mein Gott ... wir werden ertrinken! Das Meer verschlingt die ganze Insel!«

»Halt dich fest, Mutter!« brüllte Paul. Er riß Anne mit sich, schleppte sich hinters Haus zu der großen starken Palme, der stolzesten von Viktoria-Eiland, zu der damals vor zwanzig Jahren Werner Bäcker vom Strand hinaufgeblickt hatte, hilflos mit seinem zerschmetterten Bein, und gesagt hatte: »Ich komme zu dir, du stolzes Aas da oben! Warte nur! Ich werde deinen Stamm umarmen! Ich sterbe nicht unter dir, du stolze Palme ...«

Jetzt war sie das Festeste, was die Insel zu bieten hatte, und Paul band seine Mutter mit dicken Schiffstauen an dem Stamm fest.

Der Sturm prallte gegen ihn und trommelte auf seinen Körper, er konnte sich kaum aufrecht halten, aber es gelang ihm doch, das Seil wieder und wieder um den Körper seiner Mutter zu schlingen. Dann warf er sich hin, umklammerte einen Baumstumpf und zuckte zusammen, als die erste Flutwelle gegen den Hang donnerte.

Die Insel schien zu schwanken. Als sei sie ein Schiff und hänge nur an einer Kette, so knarrte und knirschte es in ihrem Inneren.

»Das Meer reißt uns los!« schrie Anne. Und dann, überwältigt von Angst, begann sie zu schreien. Sie stand an dem Baum gefesselt, vom Wind geschlagen, vom strömenden Regen ausgepeitscht, ihr langes Haar schlang sich um den rissigen Stamm und fesselte nun auch ihren Kopf. Paul lag drei Meter von ihr entfernt. Er konnte ihr nicht mehr helfen. Unter ihm, in der Tiefe der Erde, knirschte es, als würden Meer und Wind die Insel aus ihrer Verankerung reißen.

Das Haus brach zusammen, als sei es aus Papier. Die Felder ertranken. Was in zwanzig Jahren mühsam geschaffen worden war, zerstampfte der Sturm, begruben entwurzelte Bäume, schwemmte die Flut hinweg.

Das Meer hatte sich wirklich gehoben. Es gab keinen Strand mehr, keine Buchten, keine Lagune ... das Meer rollte brüllend gegen die Böschung und fraß sich mit jedem Schlag tiefer ins Land hinein.

Der Himmel hatte sich wieder verändert ... er war jetzt schwefelgelb, streifig, ein riesiges Maul, das das Meer aufsaugen wollte.

Einen Augenblick war Stille, nur das Meer dröhnte, aber der Wind schien den Atem anzuhalten. Anne wandte den Kopf zu ihrem Sohn. Er lag hinter dem Baumstumpf, umarmte ihn und preßte sich gegen die Erde.

»Paul!« schrie Anne gegen das Meer an. »Paul ...«

»Ja, Mutter?«

»Wenn wir es überleben, ich schwöre es dir ... verlassen wir die Insel!«

»Wir werden es überleben, Mutter! Bis zu uns kommt das Meer nicht ...«, schrie er zurück.

Die Antwort gab der Sturm, nicht das Meer. Nach diesem letzten Atemholen war es, als löse sich alles, was noch Form besaß, auf ... mit einem einzigen gewaltigen Schlag zerdrückte der Taifun die Insel Viktoria-Eiland. Was von dem Palmenwald noch übriggeblieben war, knickte um wie ein Strohhalm. Die Stämme wurden abgedreht; mit einem grellen Kreischen schleuderte der Sturmkreisel die Palmen nach allen Richtungen.

Paul, an die Erde gedrückt, von der Faust des Sturmes niedergehalten, begriff erst nach mehrmaligem Hochducken des Kopfes, daß die Palme neben ihm, an die er seine Mutter gebunden hatte, aus dem Boden gerissen worden war. Der stärkste Baum der Insel trieb aufrecht, mit zerfetzter Krone, dem Meer zu.

Es war ein grauenhaftes, unbegreifliches, durch seine wilde Schrecklichkeit lähmendes Bild.

Anne hing noch an dem Stamm, unrettbar festgebunden. Ihre nassen Haare waren die zweite Fessel, die sie mit dem Baum verband, ihr Kleid hatte der Wind weggerissen, nackt klebte sie an der Palme, und eine Riesenhand trug sie über die Trümmer der Insel zur Böschung und zu dem schäumenden, brüllenden, entfesselten Meer.

Paul wollte aufspringen, aber ein herumwirbelnder Ast schlug ihn zurück. »Mutter!« heulte er. »Mutter!« Er kroch dem Meer zu und sah mit vor Grauen geweiteten Augen, wie der Sturm die Palme ins Meer schleuderte. Der Stamm tauchte ins Wasser, drehte sich, hob den kleinen, hilflosen, nackten Menschen noch einmal nach oben, die Wellen schlugen auf Anne ein, zerhieben den zarten Körper, dann riß der Stamm sie in donnernde Abgründe und schleuderte sie hinaus in die tobende Unendlichkeit.

Schreiend vor Schmerz und Grauen, kroch Paul Bäcker vorwärts, und es gelang ihm, bis an den Rand der Böschung zu kommen. Das Meer sprühte über ihn, er krallte sich in die Erde und wartete darauf, daß eine Woge ihn in die Tiefe riß. Aber weder Sturm noch Meer wollten ihn — sie hatten Anne, und das war ihnen genug.

Noch einmal sah Paul den großen Palmenstamm ... er wurde von einer breiten schäumenden Welle fast bis in den gelben Himmel geworfen, und ein weißer Fleck hing an ihm, der aufzuleuchten schien, bevor er wieder — und dieses Mal für immer — in einem Wellental versank. Die Insel bebte, als sich der Wasserrachen schloß.

»Mutter!« brüllte Paul noch einmal. »Mutter! Mutter!« Dann lag er auf der Erde, weinte in den schwammigen Boden, hieb mit den Fäusten in sinnloser Verzweiflung um sich und begriff nicht, warum ein Mensch, der einen solchen Schmerz erleidet, nicht an diesem Schmerz auseinanderbricht. Er wartete darauf, daß sein Herz zerplatzte. Aber ein Mensch kann mehr aushalten, als er will.

Das bohrende, knirschende Geräusch war wieder unter ihm, tief in der Erde. Das Meer schäumte auf, als koche es. In der Tiefe schienen Vulkane auszubrechen. Die Insel schwankte. Wo das Haus gestanden hatte, brach der Boden auseinander, und eine breite Spalte entstand. Die Felsbarriere knickte ein ...

Die Welt geht unter, dachte Paul. Mutter, du hattest recht. Wir werden vernichtet. Warte Mutter ... ich folge dir ... unter mir bricht die Insel zusammen.

Irgend etwas mußte Paul Bäcker getroffen haben, ein Stein, ein Ast, ein herumwirbelndes Stück seiner zerstörten Welt ... er erwachte aus einer tiefen Ohnmacht mit großen Schmerzen, die seinen Kopf wie eiserne Klammern überzogen.

Aber er lebte. Das erschien ihm so unbegreiflich, daß er zunächst auf der Erde liegenblieb und voller Staunen die Wahrnehmungen seiner Sinne erprobte: Er atmete wirklich. Er roch den Duft der Erde. Er hörte das Donnern des Meeres. Er fühlte den Wind auf seiner Haut. Er lebte ...

Die Sonne schien wieder. Der Sturm war einem lauen Wind gewichen, nur das Meer grollte noch. Aber es war zurückgewichen und hatte die Böschung wieder freigegeben. Nur die Lagune war weggerissen, und die Felsenbarriere war an vier Stellen durchbrochen worden. Die Insel war kahl – das Bambusdickicht und die Palmenwälder waren verschwunden. Ein Fleck Erde, von einer Riesenhand kahlrasiert.

Paul Bäcker stemmte sich mühsam auf die Knie und sah sich um, schwankte und umklammerte seinen schmerzenden Kopf.

Die Welt hatte sich verändert. Mitten auf der Insel war eine Schlucht entstanden. Die Stelle, wo das Haus gestanden hatte, war nach oben gedrückt worden. Es gab die Bucht mit der Totenstätte nicht mehr, kein einziger Vogel schien überlebt zu haben. Alles Leben war ausgelöscht worden.

»Warum lebe ich noch?« schrie Paul zum Meer hinüber. Er kroch bis zum Rand der Böschung, starrte hinunter und sah dann im Geiste wieder die große, auf den Wellen tanzende Palme, an die er seine Mutter gebunden hatte, um sie vor dem Meer und dem Sturm zu retten.

»Du Mörder!« brüllte Paul hinunter zum Meer. »Du Mörder! Ich will dich hassen wie mein Vater! Ich werde gegen dich kämpfen, und es wird keine Stunde geben, in der ich dich nicht verfluche, du verdammtes Meer!«

Er lag noch eine Zeitlang herum, völlig erschöpft, mit brummendem Schädel, und dachte: Was soll das alles? Ich lebe, um mein Sterben in allen Einzelheiten zu verfolgen. Ein paar Tage kann man durchhalten, dann habt ihr es geschafft, Sonne, Meer und Wind.

Kein Baum ist mehr da, keine Wurzel, keine Blume, kein Vogel. Nur noch Sand. Das ist die Rache des Meeres. Weil es vor zwanzig Jahren meinen Vater nicht bekommen hatte, holt es jetzt mich, den Sohn.

Der Gedanke erregte ihn nicht, flößte ihm keine Angst ein. Nach allem, was er erlebt hatte, dachte er an den Tod wie an einen stillen, sanften Freund.

Aber da war noch eine Erinnerung: Als Werner Bäcker vor zwanzig Jahren an dieser Insel angeschwemmt worden war, hatte er ein zerschlagenes Bein und außer seinen beiden Händen nichts als den unbesiegbaren Willen zu überleben.

Paul Bäcker wälzte sich auf den Rücken und starrte in den weiten, blauen, wolkenlosen Himmel. »Nein!« sagte er laut. »Ich bin sein Sohn! Versteht ihr das? Ich weiß nicht, ob sich alles wiederholt, aber ich weiß bestimmt, daß ihr mich nicht kleinkriegt. Laßt mich noch eine Stunde liegen ... aber wenn ich dann aufstehe, bleibe ich auch stehen, das verspreche ich euch.«

Er legte die Hände über die Augen, um sich vor der grellen Sonne zu schützen, und dachte darüber nach, was er als erstes tun müßte. Dem Stand der Sonne nach mußte es bald Abend sein ... er würde also erst einmal die Insel abgehen, ihre Veränderungen untersuchen, für Wasser und Essen sorgen und zusammensuchen, was von dem alten Viktoria-Eiland übriggeblieben war.

Wenn auch das Haus zerstört war und nichts mehr, nicht einmal ein Pfahl, daran erinnerte ... der Keller mußte geblieben sein, und im Keller lagen alte Töpfe, Tonnen, Werkzeuge, Kisten, Säcke ... Abfälle eines schon ziemlich luxuriös gewordenen Lebens, die jetzt wieder zur Grundlage eines neuen Lebens wurden. Aus jeder Ruine wächst einmal Gras ... das hatte Werner Bäcker oft gesagt. Wenn wir so zäh und genügsam sind wie Gras, wer kann da unseren Lebenswillen noch aufhalten?

Paul Bäcker erhob sich, als sich die Hitze merklich in die abendliche Kühle auflöste. Das Meer hatte sich noch mehr beruhigt ... es war Ebbe, der Strand reichte weiter ins Land hinein als sonst. Im Sand lagen dicke Krebse, einige Schildkröten und ein paar Riesenkrabben.

»Nein!« sagte Paul laut. »Nein, du Mistmeer, ich lasse mich nicht bestechen. Und wenn du mir einen Tisch deckst mit allen Köstlichkeiten ... ich hasse dich auf ewig!«

Er wandte sich ab, blickte nach Osten und erstarrte.

Ein Wunder hatte sich ereignet. Er verlor vor dem, was er sah, die Sprache.

Da, wo Viktoria-Eiland früher wie ein Schildkrötenpanzer im Meer gelegen hatte, buchtenlos, sanft abfallend, war die Insel nun wie ein abgerissenes Brot, zernagt, als hätten sich Riesenzähne hineingegraben.

Dahinter aber, nur durch eine schmale Wasserstraße getrennt, lag eine neue Insel im Meer ... weißglänzend, felsig, mit einer weiten Bucht wie ein Hafen und höher als Viktoria-Eiland. Eine Insel in der Form eines Hufeisens, von urweltlichen Kräften aus der Meerestiefe ans Licht gehoben. Ein Stück Land mit einem Sandstrand, mit bizarren Korallenbänken, trocken und blankgeputzt, als habe Gott ein besonders schönes Sandkorn gewaschen und auf ein Tuch aus blauer Seide gelegt.

Fassungslos stand Paul Bäcker vor diesem Wunder. Und dann begriff er: Ein Seebeben hatte ihm die Mutter genommen und ihm dafür eine neue Insel geschenkt, es hatte Viktoria-Eiland vernichtet und gleichzeitig Neuland geschaffen. Der Taifun hatte ihn zum Sterben verurteilt, aber gleichzeitig seinen Lebensraum erweitert. Die Natur folterte ihn, indem sie ihm zeigte, wie ungeheuerlich eine Geburt sein kann.

»Ihr irrt euch!« schrie Paul Bäcker plötzlich. Er machte den ersten Schritt vorwärts über sein vernichtetes Land, aber schon der zweite und der dritte Schritt waren die Eroberung des Neuen. »Ich gehe nicht mehr in die Knie! Du da drüben, du Insel ... bevor ich dich betrete, sollst du schon deinen Namen haben. Ich taufe dich ›Anne-Eiland‹! So, wie mein Vater seiner Insel den Namen seiner toten Frau gegeben hat, gebe ich dir den

Namen meiner toten Mutter. Sieh mich an, Insel ... ich habe keine Angst. Und wenn ich Angst hätte, ich fräße sie auf und würde mich von ihr ernähren!«

Er ging über das völlig zerklüftete Viktoria-Eiland und stellte fest, daß die entfesselte Natur doch nicht stark genug gewesen war, alles zu vernichten. Baumstümpfe waren übriggeblieben, einige Bambusstangen, Ansätze von Büschen, einige Gemüsepflanzen in den umgewühlten Beeten ... einsame Überlebende wie der Mensch auf dieser Insel.

»Das ist genug!« sagte Paul Bäcker und hob die Faust gegen das Meer. »In einem Jahr werden hier wieder Blumen blühen, neue Palmen wachsen, wird der Bambus sprießen, werden neue Vogelscharen nisten. Schildkröten werden hier ihre Eier vergraben und Fischschwärme im seichten Wasser spielen. Vor allem eins, Meer, sollst du wissen: Ich bleibe hier! Wir Bäckers sind ein verdammt sturer Menschenschlag.«

Im Keller des Hauses fand Paul genug Werkzeug und alte Gefäße. Noch in der Nacht machte er sich daran, aus leeren Benzintonnen ein kleines Floß zu bauen. Er band sie aneinander, legte zwei Kistenbretter darüber und ließ das Floß beim Morgengrauen in den kleinen Meeresarm gleiten. Mit zusammengeflochtenen Palmblättern, die er überall am Ufer fand, paddelte er hinüber zu der neuen Insel. Er lag auf den Benzintonnen, balancierte das Gleichgewicht aus und hoffte während der mühsamen Überfahrt, daß gerade jetzt, in der Dämmerung, keine Haie auftauchten.

Er brauchte fast eine halbe Stunde, um über die schmale Wasserstraße zu kommen. Eine starke Strömung trieb ihn weitab, und er landete am äußersten

Ende der weiten Bucht zwischen zwei bizarren Korallenbänken.

Als er das Neuland betrat, war ihm durchaus nicht feierlich zumute. Er kletterte über die Riffe, sprang in den Sand, der einmal Meeresboden gewesen war und sank bis zu den Knöcheln ein. Dann stapfte er den sanft ansteigenden Hügel hinauf und wunderte sich, wie uralt diese Insel aussah, obgleich sie gerade einen Tag alt war.

Als er die höchste Stelle erreicht hatte und hinüberblickte nach Viktoria-Eiland, krampfte sich sein Herz zusammen. Das Ausmaß der Zerstörung war erst von hier zu übersehen. Die Natur hatte Viktoria-Eiland zerrissen, um aus diesem Material Anne-Eiland zu schaffen.

»Du gehörst mir!« sagte Paul Bäcker mit der gleichen Entschlossenheit, wie sein Vater vor zwanzig Jahren seine unbekannte Insel in Besitz genommen hatte. »Ich gehe dich jetzt ab, und jeder Schritt heißt: Kampf! Kampf! Kampf! Ihr habt euch alle verrechnet — Meer, Sonne und Wind!«

In der Mitte der neuen Insel, zwischen zwei merkwürdigen, säulenähnlichen Felsgebilden, fand Paul das Wunder des Überlebens: Wasser! Reines, klares, süßes Wasser.

Sprudelnd quoll es aus der Tiefe, rieselte zwei Meter über einen felsigen Grund und versickerte dann wieder in dem sandigen Boden.

Unentwegt, ein herrlich glitzernder Strom.

Wasser!

Leben!

Paul Bäcker kniete neben der Quelle, schöpfte mit beiden Händen das Wasser und trank es, wusch sein Gesicht damit, legte seinen ganzen Kopf in das Rinnsal, ließ die köstliche Kühle über sich fließen, zog sich dann aus, warf sich in das Wasser und staute es mit seinem Körper, bis es ihn völlig überflutete und über seine Füße hinweg wieder im Sand versickerte.

»Das wird ein Paradies werden«, sagte er, zitternd vor Ergriffenheit. »Mutter, aus deiner Insel mache ich den schönsten Platz dieser Erde.«

Am Abend paddelte er auf seinem Benzintonnenfloß wieder hinüber nach Viktoria-Eiland.

XII

In den nächsten Tagen sammelte er die Trümmer von Viktoria-Eiland, die ihm noch nützlich waren. Er fand mehr, als er erwartet hatte. Es gab noch eine Axt, die Motorsäge und das kleine Funkgerät. Da aber das Stromaggregat zerstört war, konnte er im Augenblick nicht funken.

Mit der Flut schwemmten auch neun ausgerissene Bäume zurück zur Insel, Paul holte sie mit der Axt aus den Wellen und bei jedem Stamm bebte er vor Angst, es könne der Stamm sein, an dem seine Mutter festgebunden war. Aber die große, stolze Palme kam nicht zurück.

Am vierten Tag nach dem Seebeben überflog ein Flugboot die Insel in großer Höhe. Dann kehrte es zurück, ging tiefer, umkreiste die alte und die neue Insel und schien Fotos zu machen. Paul Bäcker duckte sich in den Keller des weggeblasenen Hauses und rührte sich nicht.

Es ist besser so, dachte er. Sehen sie mich, kommt Brissier wieder und will mich zwingen, die Insel zu verlassen. Der alte Streit geht wieder los. So aber glauben sie, hier sei nichts mehr übriggeblieben und der Zustand des Paradieses wiederhergestellt.

Aus den angeschwemmten Stämmen zimmerte sich Paul als erstes ein stabiles Floß. Aus dem Keller machte er eine behelfsmäßige Unterkunft und deckte sie mit Rindenschwarten und Palmblättern ab. Jeden Tag fuhr er jetzt hinüber zu Anne-Eiland ... zuerst mit seinen Benzintonnen, dann mit seinem Holzfloß, holte in Kanistern das herrliche reine Wasser und begoß täglich dreimal seinen kleinen, neuangelegten Garten und die Bambussprößlinge, die sich durch die Erde wieder ans Licht bohrten.

Auch Fische stach er wieder mit einem zugespitzten Holz aus dem Meer und verbrachte vier mühsame Stunden damit, Funken aus den Steinen zu schlagen und ein Feuer zu entfachen. Als es aufflammte, hielt er beide Hände darüber und sagte: »Jetzt habt ihr alle verloren ... Natur, du solltest dich mit mir verbünden.«

Am zehnten Tag nach der Geburt der neuen Insel sah Paul Bäcker die Kriegskanus. In breiter Front schwammen sie heran, vorne drei große Häuptlingsboote mit rot gefärbten, geflochtenen Segeln.

Paul hockte in seinem Keller. Ein Gewehr, das er zwischen den Trümmern gefunden hatte, brachte er auf dem Grubenrand in Anschlag. Neben ihm, Patrone neben Patrone, lagen neunzehn Schuß Munition. Mehr hatte er nicht ausgegraben, er hatte auch nicht danach gesucht. Die neue Insel und der Floßbau hatten ihm keine Zeit mehr gelassen.

Langsam, fast weihevoll näherten sich die Kanus. Der rhythmische Gesang der Krieger flog ihnen voraus.

Die drei großen Häuptlingsboote schwenkten plötzlich die Segel, als sie in die Nähe der zerstörten Lagune von Viktoria-Eiland kamen, drehten ab und umfuhren den von dem Seebeben mehrfach zerrissenen Felsen mit seinen noch bizarrer gewordenen Klippen. Majestätisch, hinter sich die breite Kette der Kriegskanus herziehend, fuhren sie an der Insel vorbei, ließen sie unbeachtet liegen und nahmen Kurs auf das neu aus der Tiefe des Meeres geborene Land.

Paul Bäcker kroch aus seinem schützenden Keller heraus und robbte von Baumstumpf zu Baumstumpf bis zum Gipfel des Hügels, wo er Anne-Eiland mühelos überblicken konnte. Er erreichte seinen Aussichtsplatz gerade in dem Augenblick, als die drei Häuptlingsboote mit heruntergelassenen Segeln, nur von Paddeln getrieben, langsam, scheu, ehrfurchtsvoll in die weitgeschwungene Bucht einliefen. Die Masse der Kriegskanus blieb zurück, eine Barriere gegen die enge Wasserstraße und gegen die zerstörte Toteninsel.

»Das gibt neuen Streit«, sagte Paul leise. Er lag flach hinter einem ausgerissenen Busch und verfolgte das Anlegemanöver der drei großen Boote. »Ihr denkt, die Götter haben euch diese neue Insel geschenkt und uns vernichtet. Aber ich bin noch da! Ich habe Anne-Eiland zuerst betreten! Es gehört mir! Wir werden darüber noch verhandeln . . .«

Die Häuptlingsboote hatten den flachen Strand erreicht, die Paddler sprangen heraus, zogen sie an Land und fielen dann mit dem Gesicht auf die Erde nieder. Gleichzeitig, wie auf ein Kommando, erhoben sich die drei Häuptlinge, ihr ausladender Kopfschmuck aus grell buntgefärbten Federn wippte in der Sonne. Sie breiteten die Arme aus, als wollten sie das neue Land, das Meer, das es umspülte, und die Sonne, die ihm Leben spendete, umarmen, betraten dann den Strand und begannen zu beten.

Den Häuptlingen folgten Medizinmänner, deren Gesichter von hölzernen Fratzenmasken verdeckt waren. Sie stießen lange, bemalte Holzpflöcke in den Sand und zündeten sie an. Heller, dünner Rauch stieg kerzengerade in die Höhe. Der Wind schien eingeschlafen zu sein, die Rauchsäulen — es waren jetzt schon dreißig — standen wie Geisterfinger zitternd über der neuen Insel.

Die Götter nahmen das Opfer an.

Die rhythmischen Schreie der Medizinmänner tönten bis zu Paul hinüber. Es waren auf- und abschwellende, kreischende Töne, und nach dieser Musik, in die sich jetzt ein rasendes Trommeln aus den Kriegskanus mischte, begannen die großen, hölzernen Masken zu tanzen, hüpften in wilden Sprüngen über den Strand und um die rauchenden Holzpfähle herum. Sie sanken in die Knie, schnellten empor, warfen die Arme hoch und stießen schrille Schreie aus, die mit nichts zu vergleichen waren. Ihre nackten schwarzbraunen Füße stampften den Sand, wirbelten ihn hoch, Staubwolken vermischten sich mit den Rauchfahnen, dazwischen leuchteten die riesigen Federn der Häuptlinge, bunte, wogende Wellen, ein Rausch sich immer mehr steigernder Ekstase.

Zögernd glitten nun auch die anderen Kanus in die Bucht, ratschten auf den Strand. Die Krieger stiegen aus und warteten, bis zu den Knien im Meer stehend, auf den Befehl, die neue, von den Göttern geschenkte Insel betreten zu dürfen.

Lange Blumenketten aus Frangipani-, Tiare- und Hibiskus-Blüten wurden aus den Booten gehoben. Große bemalte Holztafeln wurden in den Sand gestellt, phantasievolle Bambusgerüste mit Blumen und Muschelketten behängt.

Nach einer Stunde glich der Strand von Anne-Eiland einer bunten Festwiese. Die Bucht leuchtete in hellen

Farben ... und noch immer tanzten die Medizinmänner, beteten mit hochgestreckten Armen die drei Häuptlinge, hallten die ekstatischen Schreie der hüpfenden Holzfratzen zu Paul Bäcker hinüber.

Als die Sonne ihren höchsten Stand erreicht hatte, war auch das Opferfest auf seinem Höhepunkt angelangt. Die braunen Körper drehten sich, wirbelten durch den Sand, bogen und wanden sich in unglaublichen Verrenkungen. Plötzlich, nach einem vielstimmigen Aufschrei, fiel über die schweißglänzenden Menschen eine starre Lähmung. Sie lagen im Sand zwischen den Bambusgerüsten und Holztafeln, den ausgespannten Blütenketten und den immer wieder erneuerten dicken Räucherpfählen, das Gesicht nach unten und verharrten in völliger Demut und Ergebenheit. Die Medizinmänner und die drei Häuptlinge gingen weihevoll zu dem vordersten großen Boot und hoben eine große geschnitzte Götzenfigur heraus. Sie bestand aus drei Teilen: den säulenförmigen Beinen, dem breiten Rumpf und dem hohen, glotzäugigen Kopf. Als die Teile aufeinandergesetzt waren, mußte der Götze über vier Meter hoch sein.

Dort, wo der Strand aufhörte und der Hang sanft anstieg, auf dessen Kuppe die herrliche Süßwasserquelle entsprang, stellten sie das Götzenbild auf und bekränzten es mit Blumen. Dann holten sie zehn lebende Hühner aus den Booten. Mit schnellen Dolchhieben schlugen die Medizinmänner den Tieren die Köpfe ab und spritzten das Blut über die schreckliche Statue. Die geschlachteten Hühner legten sie im Kreis um den Götzen ... es waren die ersten Leichen auf der neuen Toteninsel.

Jetzt konnten die Geister der Ahnen aus der Unendlichkeit erscheinen. Sie hatten eine neue Heimat.

»Das wird Ärger geben!« sagte Paul Bäcker wieder zu sich. »Ich schenke euch Viktoria-Eiland. Eure Toten brauchen kein Wasser, aber ich!«

Er beschloß, in den nächsten Tagen erneut in den Willen der Götter einzugreifen und den dreiteiligen Götzen auf seinem Floß nach Viktoria-Eiland zu bringen und hier, an einem neuen schönen Platz, wiederaufzubauen. Wenn dann die ersten Toten gebracht wurden, würden die Eingeborenen vor einem Wunder stehen. Ihr Totem war von selbst auf die alte Insel zurückgewandert ... ein so unbegreifliches Wunder, daß alle Inseln im weiten Umkreis vor Ehrfurcht erstarren würden.

Ein Gott wandert zurück ... Viktoria-Eiland würde zum größten Heiligtum der Südsee werden.

Die Hühner waren geopfert, der Götze mit Blut überspritzt, der Rauch gerade in den Himmel gestiegen und von ihm aufgesaugt worden ... es blieb jetzt nur noch der Abschied von der neuen Toteninsel.

Auf Anne-Eiland fielen die Häuptlinge vor dem Götzen in den Sand, die Medizinmänner kreischten, die Schar der Krieger kroch rückwärts zu den Kriegskanus zurück und sprang dann hinein, als würde sie verfolgt. Zurück blieb eine einsame Gestalt am Strand. Sie war voll mit Blütenketten behangen, daß man ihre Umrisse kaum wahrnehmen konnte. Ein Medizinmann packte sie, schob sie vor sich her, ließ sie vor dem Götzen stehen und rannte dann zurück zu dem letzten großen Boot. Mit einem hellen Schrei sprang er hinein und trommelte mit den Fäusten gegen seine kunstvoll geschnitzte, schrecklich und grauenerregend aussehende Maske.

Dann legten die Boote ab ... die blutroten Flechtsegel wurden an den Masten der Häuptlingsboote aufgezogen, ein leichter Wind blähte sie, und majestätisch und still, wie sie gekommen waren, in breiter Reihe, ein einziger, faszinierender Paddelschlag, glitten sie an Viktoria-Eiland vorbei und verschwanden in dem heißen, flirrenden Dunst zwischen Himmel und Meer.

Zurück blieb die einsame, in Blüten eingeflochtene Gestalt. Sie ging langsam zu dem Götzen, hockte sich zu seinen Säulenfüßen, schien zusammenzuschrumpfen und wurde ein Teil der bemalten Holztafeln, Räucherpfähle und Blumenketten.

Paul Bäcker lag hinter seinem Baumstumpf und wartete, bis die Boote weit genug entfernt waren und selbst das schärfste Papua-Auge ihn nicht mehr sehen konnte, wenn er jetzt aufstand.

Die Sonne brannte unbarmherzig auf seinen ungeschützten Körper ... er zog ein paar herumliegende Palmzweige über sich und starrte hinüber zu der einsamen Gestalt.

Sie rührte sich nicht. Zusammengekauert hockte sie im Schatten des riesigen Götzen.

Man hat ein lebendes Opfer zurückgelassen, dachte Paul Bäcker, und plötzlich wurde ihm kalt unter der Haut. Sie haben diesen Menschen dort drüben dem Gott geopfert, und er sitzt nun geduldig da und wartet auf seinen Tod. Es wird drei, vier oder noch mehr Tage dauern, bis er verdurstet ist. Aber er wird sich nicht rühren, er wird von Tag zu Tag mehr erstarren und die Qualen des Verdurstens stumm ertragen, und wie die

Blumen, die ihn über und über bedecken, wird er vertrocknen und dahinsterben.

Paul Bäcker kroch nach einer Zeit, die ihm ausreichend schien, für die gegen den Horizont wie eine dünne braune Linie weggleitenden Boote unsichtbar zu sein, weiter nach vorn an den Rand seiner zerrissenen Insel und stand dann auf. Groß, breit, gegen den blauen Himmel deutlich sichtbar, war er jetzt das einzige Aufrechtstehende auf Viktoria-Eiland. Die abgedrehten Baumstämme, die zerfetzten Büsche waren niedriger als er. Die Natur hatte sich zwar selbst vernichtet, aber den Menschen hatte sie bloß umwerfen können.

Die einsame Blütengestalt jenseits des Meeresarmes rührte sich nicht. Paul Bäcker wußte nicht, ob sie ihn überhaupt sah, und einen Moment hatte er den schrecklichen Verdacht, daß man ihr die Augen ausgestochen habe, um den Gott in solcher Nähe nicht ansehen zu können, was nur der Medizinmann darf.

Er kletterte den schroffen Hang hinunter bis zu dem Versteck seines Holzfloßes, einer vom Meer ausgewaschenen, von überhängenden Felsen geschützten Grotte, beobachtete von dort die reglose Gestalt und überlegte.

Rufe ich sie an, überlegte er, oder fahre ich einfach hinüber und sehe sie mir an?

Er entschloß sich, über den Meeresarm zu paddeln, warf das Gewehr an dem Riemen um seine Schulter, schob das Floß aus der Grotte und sprang auf die zusammengebundenen Stämme.

Spätestens jetzt muß er mich sehen, dachte Bäcker, als er vom Ufer abstieß. Wenn dieser Mensch noch Augen hat, wird er gleich ein Zeichen geben.

Aber die Gestalt unter den Blüten blieb unbeweglich

sitzen. Sie hatte sich an das linke dicke Bein des Götzen gelehnt, die Knie angezogen und den Kopf auf die Hände gestützt. Nichts, was um sie herum vorging, schien sie noch zu interessieren. Sie war den Göttern geopfert, ihre Seele gehörte ihr nicht mehr ... daß sie noch atmete, war ohne Bedeutung. Bald würde auch das aufhören ...

Paul Bäcker legte genau an der Stelle an, wo die Häuptlingskanus gelandet waren. Er warf sein Gewehr nach vorn, entsicherte es und ging durch die verlöschenden Räucherpfähle und unter den aufgespannten Blütenketten hindurch auf das riesige Götterbild zu. Das Hühnerblut war eingetrocknet und begann bereits zu verbleichen ... nur die grellen Farben der Fratze leuchteten drohend in der Sonne.

Fünf Schritte vor dem Götzen blieb Bäcker stehen und brachte sein Gewehr in Anschlag. Die Gestalt rührte sich noch immer nicht. Aber es war ihm, als habe sie den Kopf etwas gehoben.

»Hallo!« sagte Bäcker. Seine Stimme klang fremd, heiser vor Aufregung. Er sprach jetzt in dem hier üblichen Eingeborenendialekt weiter. Zwischen ihm und der Blumengestalt lagen wie eine Barriere die zehn geköpften, ausgebluteten Hühner. »Ich bin gekommen, dir dein Leben wiederzugeben.«

Die Gestalt verharrte regungslos.

»Götter, die lebende Menschen als Opfer annehmen, sind schlechte Götter«, sagte Paul laut. »Steh auf und komm mit. Ich werde dir beweisen, daß die Götter nicht so grausam sind wie die Menschen ...«

Die Gestalt rührte sich nicht.

Paul Bäcker zögerte noch einen Augenblick. Dann

machte er einen weiten Schritt über die Hühnerleiber, trat damit in den Bannkreis der Götzen, aber kein Blitzstrahl zuckte aus dem Himmel und erschlug ihn, keine Geisterhand erwürgte ihn, keine Erdspalte öffnete sich und verschlang ihn.

Die Gestalt streckte sich. Sie sprang plötzlich auf, als Bäcker vor ihr stand, zwei nackte, schmale, braune Arme zuckten aus dem Blütenpanzer, die Handflächen schnellten nach vorn, als wollten sie ihn wegdrücken ... aber da hatte er schon zugegriffen. Mit einem Ruck riß er die Blütenketten entzwei und prallte im gleichen Augenblick zurück.

Langes, schwarzes, glänzendes Haar quoll hervor, ein schmales, junges, ergreifend schönes Gesicht, mit großen dunklen Mandelaugen und einem weichen vollen Mund, der wie zu einem Schrei geöffnet war, tauchte auf. Die Blütenketten sanken langsam zu Boden und gaben einen nackten kindlichen Körper frei: schmale Schultern, feste, runde Brüste, einen flachen Leib und lange, schlanke Beine.

Mit hängenden Armen stand sie da, das Blumenkleid noch um die Knie. Sie war starr wie der riesige Götze hinter ihr, aber ihre schwarzen Augen sprühten Feuer.

Paul Bäcker warf das Gewehr in den Sand. Er war wie betäubt.

XIII

Sie standen sich stumm gegenüber und starrten sich an. Und je länger sie sich ansahen, um so mehr wuchsen sie unbewußt zusammen, wurden sie unlösbar aneinandergekettet und merkten es nicht.

»Dich wollten sie opfern ...«, sagte Paul endlich. Seine Stimme schwankte vor Ergriffenheit. »Du solltest sterben! Diese Teufel! Diese Mörder! Und du läßt dich hier aussetzen und wartest geduldig auf deinen Tod? Welch ein Wahnsinn! Wie heißt du?«

Das Mädchen schwieg. Es senkte nur den Kopf und hockte sich dann wieder an das Bein des Götzen.

»Nein!« sagte Paul laut. »Das ist vorbei! Komm her!« Er beugte sich vor, packte ihre Arme und riß sie hoch. Wie eine Katze begann sie zu fauchen, schnellte vor, sprang ihn an, zerkratzte ihm Gesicht und Brust, und fiel, als er sie losließ, wieder zu Füßen des Götzen. Sie hockte sich nieder und erstarrte in seltsame Versunkenheit.

»Ich bin stärker als du«, sagte Paul keuchend. Die Kratzwunden brannten, Blut sickerte aus ihnen hervor. Sie hat Krallen wie eine Katze, dachte er. Aber auch wenn sie mich völlig zerkratzt, wenn sie mir die Haut in Fetzen herunterreißt, ich hole sie hier weg! Sie haben das schönste Mädchen der Inseln dem Gott vorgeworfen ... aber das hier ist meine Insel, und ich werde es nicht zulassen, daß der schönste Mensch, den ich je gesehen habe, diesem finsteren Aberglauben geopfert wird.

Er packte sie wieder, dieses Mal an den Schultern, und wieder fauchte sie, schlug nach ihm, krümmte die Finger wie Raubtierkrallen und sprang ihn an.

Er fing sie mit ausgebreiteten Armen auf und drückte sie an sich. Die Berührung ihres glatten Körpers mit seiner Haut, der Druck ihrer Brüste gegen seine Brust, die Wärme ihrer Schenkel an seinen Hüften – es war ein Gefühl nie gekannter Seligkeit. Es durchströmte ihn so mächtig, daß er kaum spürte, wie sie seinen Rücken mit ihren Nägeln zerkratzte und das rohe Fleisch unter ihren zupackenden Händen hervorquoll.

Er hielt sie fest, preßte sie mit dem linken Arm an sich, genoß ihren bebenden nackten Körper und streifte mit der rechten Hand das lange schwarze Haar aus ihrem wilden Gesicht. Zwei dunkle Augen funkelten ihn an, Augen, in denen die Weite des Meeres und das Staunen vor etwas Unbegreiflichem lagen. Ihr weicher roter Mund war dem seinen ganz nah. Er beugte sich über sie, zog den Kopf an den Haaren zu sich und küßte sie.

Sie biß in seine Lippen, denn es war sicherlich der erste Kuß, den sie empfing, etwas völlig Fremdes und Erschreckendes, denn ein Papua kennt keinen Kuß. Er ertrug ihren Biß, drückte seine Lippen noch fester auf die ihren und spürte, wie sie plötzlich erschlaffte, ihr Mund sich öffnete und den Kuß hinnahm wie ein unbekanntes Wunder.

Das ewig Rätselhafte im Menschen, das man Liebe nennt, hatte auch sie besiegt. Sie schien es nicht zu begreifen, hatte das Gefühl, wie gelähmt zu sein, und ihre

Hand, die noch wie eine Kralle gebogen war, öffnete sich und legte sich auf seinen Rücken.

»Wie schön du bist...«, sagte Paul leise. »Wie schön... Wie kann es so etwas Schönes geben? Ich liebe dich... weißt du, was das ist? Ich liebe dich... Auf dich habe ich gewartet, von dir habe ich immer geträumt... und der Gott, der dich und mich vernichten sollte, hat dich mir geschenkt! Ich werde ihn anbeten vor Dankbarkeit, wenn du es willst... ich liebe dich... Verstehst du das?«

Er küßte sie wieder, strich über ihre Brüste und glaubte, neu geboren zu werden.

Sie hielt still, machte sich steif, und in ihren weiten Augen lagen das Rätsel und die Angst vor dem Unbekannten, Herrlichen im eigenen Körper.

Als Paul sie losließ, taumelte sie gegen die Götzenfigur, warf sich dann herum und drückte ihr Gesicht gegen den blutverschmierten Leib der Statue.

»Ich heiße Paul —«, sagte Bäcker. Der Anblick ihres schlanken, blanken Körpers versetzte ihn in eine betäubende Seligkeit. »Wie heißt du?«

»Rainu —«, sagte sie. Es war das erste Wort, das sie sprach. Sie hatte eine helle, singende Stimme.

»Rainu«, wiederholte er. »Das ist wie der Wind, der die Palmenblätter zur Sonne treibt. Rainu...«

Er stand hinter ihr, legte die Hände auf ihre Schulter, streichelte ihren Nacken und ihr langes schwarzglänzendes Haar. Sie begann unter seinen Händen zu zittern und preßte sich — wie Schutz suchend — gegen den Götzen.

»Hast du Angst vor mir?« fragte er.

»Nein.«

»Dreh dich um, Rainu . . .«

»Nein . . .«

»Du gehörst nicht mehr dem Gott, du gehörst mir.«

»Ich gehöre dem Tod«, sagte sie und preßte sich noch enger an den Götzen. Er packte sie wieder, riß sie von der Holzfigur weg und legte beide Arme um sie.

»Du lebst«, sagte er. »Und es ist herrlich zu leben. Du und ich, wir werden die glücklichsten Menschen auf der Welt sein. Wir werden aus dieser Insel ein Paradies machen. Rainu, ich liebe dich.«

Er stockte. Sie fiel aus seinen Armen in den Sand und kroch von ihm weg wie ein Krebs unter einen Stein.

Er ahnte, was sie so entsetzte, und stieg über sie hinweg, blieb dicht vor dem glotzäugigen Götzen stehen und starrte den hölzernen Riesen an.

»Er ist nicht stärker als wir!« schrie er. »Ich werde es dir beweisen. Sie her, Rainu . . .«

Er reckte sich und schlug mit der Faust gegen den Leib des Götzen, immer und immer wieder. Das Holz des hohlen Körpers dröhnte wie eine Pauke, speicherte den Klang und gab ihn erst Sekunden später wieder frei.

Rainu hielt sich die Ohren zu und kroch in sich zusammen. Nach ihrem Glauben brüllte der Gott jetzt auf, schrie nach Rache, und sie wartete demütig auf die Vernichtung.

Aber nichts geschah. Willenlos ließ sich Rainu von Bäcker aufheben, schwankte dann auf zitternden Beinen vor dem Götzen und begriff nicht, daß die Welt noch bestand.

»Siehst du, daß ich stärker bin?« schrie Bäcker. »Er ist nichts als ein Stück Holz. Sie haben dich alle belogen, sie haben dich töten wollen für ihren Aberglauben. Aber das begreifst du noch nicht, wie könntest du das auch verstehen? Rainu, ich weiß selbst nicht, was aus mir geworden ist... aber die Welt sieht plötzlich anders aus.«

Es folgte dann eine lange Zeit des Schweigens. Sie saßen stumm am Strand. Paul hatte den Arm um Rainus Schulter gelegt, sie hatte seine Kratzwunden mit Blüten bedeckt, sie kühlten köstlich und löschten das Brennen aus... und so saßen sie stumm nebeneinander, ein jeder rang mit seinen Gefühlen, und eine unbestimmbare Angst vor dem Kommenden durchzog ihre Herzen.

Es war, als erlebten sie nicht nur ein Wunder, sondern würden selbst ein Teil von ihm. Vor zwanzig Jahren hatte das tobende Meer Anne an Land geworfen und Werner Bäcker eine Frau geschenkt. Sie hatte Paul geboren, und das tobende Meer hatte sie wieder genommen. Jetzt brachte das gleiche unbegreifliche Meer dem Sohn ebenfalls eine Frau... und die Schöpfungsgeschichte ging weiter, war nie unterbrochen worden.

Als die Schatten der Dämmerung aus dem Meer stiegen, erhob sich Bäcker und zog Rainu an den Händen hoch.

»Komm«, sagte er. Weiter nichts. Und Rainu nickte, sah nicht mehr zurück zu dem Gott, dem sie eigentlich gehörte, sondern folgte ihm an der Hand hinunter zum Strand, kletterte auf das Floß und half ihm sogar, es vom Ufer von Anne-Eiland abzustoßen.

Gemeinsam paddelten sie zurück auf die alte Toteninsel.

Paul führte Rainu in den Keller des Hauses, holte

kalten gebratenen Fisch aus einer Kiste und bot ihn ihr auf der flachen Hand an.

Sie zögerte ... er wußte warum, er biß zuerst hinein und lachte.

»Ich werde doch nicht das schönste Mädchen der Welt vergiften«, sagte er. »Rainu, wenn du willst, werden wir von jetzt an immer zusammenbleiben.«

Sie aß den Fisch, kauerte sich dann auf eine Kiste, starrte in den sich verdunkelnden Himmel und begann plötzlich wieder zu zittern.

Die Stunden der Geister begannen.

»Alle Angst ist vorbei, Rainu«, sagte Bäcker und setzte sich neben sie. Er zog sie an sich, und so saßen sie, Körper an Körper, bis die Sterne am Himmel glitzerten und die Kühle der Nacht in Rainus nacktem Leib zitterte.

Da nahm er sie auf seine Arme, trug sie zu dem Lager, das er sich aus Palmzweigen errichtet hatte, legte sie nieder, deckte sie mit der alten Decke zu, der gleichen Decke, die sein Vater damals mit der Rettungsinsel auf diese Insel gebracht hatte, setzte sich neben sie und hielt ihre Hände fest.

»Sie werden kommen«, sagte Rainu plötzlich.

»Wer?«

»Die Geister der Ahnen.«

»Nicht hierher, Rainu.«

»Sie suchen mich.«

»Ich werde sie verjagen. Ab heute werde ich alles verjagen, was unser Glück zerstören will. Du brauchst keine Angst mehr zu haben, Rainu ...«

Er hielt ihre Hände fest, bis sie eingeschlafen war. Dann hob er vorsichtig die Decke hoch, kroch langsam neben sie, streckte sich neben Rainu aus, umfaßte ihren warmen weichen Körper und hatte das Gefühl, vor Glück sterben zu müssen. Er hielt den Atem an, und sein Herz hämmerte, als wenn es ihm die Brust sprengen wollte. Dann legte er seine Hände vorsichtig über Rainus Brüste, drückte seinen Kopf an ihren Nacken und schlief mit diesem unsagbaren Gefühl der Seligkeit ein.

Am nächsten Morgen weckte ihn das Brummen eines Flugzeuges. Er hob schlaftrunken den Kopf, wollte Rainu an sich ziehen und griff ins Leere.

Mit einem Satz sprang er auf, schleuderte die Decke von sich und sah sich in dem dreigeteilten Kellerraum um. Er war allein. Rainu war verschwunden, und er hatte in seinem Glück so tief geschlafen, daß er nicht einen Laut gehört, nicht eine Bewegung gespürt hatte, als sie ihn verließ.

Er rannte hinaus, sah das Flugzeug in großer Höhe über die Inseln ziehen und dann im Morgendunst verschwinden, kletterte den Hang hinab zum Meer und lief am Strand entlang bis zu den zerstörten Klippen.

»Rainu!« schrie er. »Rainu! Komm zurück! Versteck dich nicht! Rainu! Ich liebe dich! Bleib bei mir!«

Er rannte die ganze Insel ab, suchte in den ausgewaschenen Höhlungen an der Böschung, zwischen den Felsen, in den neu entstandenen Erdspalten, aber er fand sie nicht. Je länger er suchte, um so wilder klopfte sein Herz und um so größer wurde die Angst, daß etwas Schreckliches geschehen sein mußte.

Schließlich blieb er unten am Meer stehen, legte den

Kopf in den Nacken, blickte hinauf in den unendlich blauen Himmel und breitete die Arme aus, so wie die Papuas ihre Götter anflehen.

»Mein Gott da oben!« schrie er. »Hilf mir doch! Du hast mir Rainu geschenkt... warum läßt du zu, daß man sie mir wieder nimmt? Wo ist sie, mein Gott? Hilf mir doch!«

Aber nur das Meer antwortete, und der Wind sprach mit ihm. Es war ihm, als lachten sie über ihn und seine weggelaufene Liebe.

Er kletterte zurück auf die höchste Erhebung von Viktoria-Eiland und starrte hinüber zu Anne-Eiland.

Die Blütenketten zwischen den Holztafeln hatte der Wind weggerissen. Der Riesengötze glänzte furchterregend in der Morgensonne... und ihm zu Füßen hockte Rainu, klein, in sich zusammengesunken, ein Haufen armseliger Opferbereitschaft. Sie hatte das verwelkte Blütenkleid wieder übergezogen und wartete geduldig auf ein Zeichen des Himmels.

Taumelnd vor Freude, aber gleichzeitig entsetzt von Rainus rätselhaftem Willen, sich zu opfern, rannte er den Abhang hinunter und sah, daß Rainu sein Floß nicht benutzt hatte. Es lag in der Grotte, so, wie er es festgebunden hatte.

Sie ist über den Meeresarm geschwommen, durchfuhr es ihn. Sie ist hinübergeschwommen und hat gewußt, daß die Haie auf sie lauern würden. Sie hat sich ins Meer geworfen, bereit, auf irgendeine Weise zu sterben, weil man es ihr befohlen hatte.

Ein kalter Schauer durchrann ihn. Er band das Floß los, paddelte wie wild hinüber zur Insel, stürmte den Strand hinauf und riß Rainu von dem Götzen weg.

Sie sah ihn mit großen, leuchtenden Augen an, und plötzlich weinte sie. Das war für ihn ein so erschütternder Anblick, war so ungeheuerlich und beruhigend zugleich, daß er sie an sich preßte und dann ihren Kopf zwischen seine Hände nahm.

Sie weint, dachte er. Und er wußte, daß sie um ihn weinte, um ihre zum Unglück verurteilte Liebe, um die Hoffnungslosigkeit eines Lebens zwischen Gottheit und Mensch.

»Du gehörst zu mir, Rainu«, sagte er und küßte ihr die Tränen von den schwarzen Augen. »Nur zu mir, Rainu! Wenn wir uns lieben, sind wir stärker als die Götter!«

Er führte sie an der Hand wieder hinunter zum Floß, und sie folgte ihm ohne Widerstand. Sie paddelte mit, als sie die Meerenge überwanden. Auf Viktoria-Eiland half sie ihm, das Floß zu vertäuen, folgte ihm wie eine demütige Frau auf die Insel und setzte sich dann auf den Rand des Kellers. Als er sie wieder küßte, warf sie die Arme um ihn und schmiegte sich an ihn.

Um die Mittagszeit segelten zwei Katamarane auf Anne-Eiland zu. Sie brachten den ersten Toten. Ein Medizinmann begleitete den Leichentransport. Er wollte sehen, ob der Gott das Menschenopfer schon angenommen hatte.

Die Riesenfratze stand einsam auf der Insel. Zwischen den Säulenbeinen lag nur noch zerrissen und verwelkt das Kleid aus Tiare- und Frangipaniblüten.

XIV

Rainu und Paul Bäcker lagen auf der Erde, geschützt durch aufgeschichtete Palmblätter und die von dem Taifun abgedrehten Baumstümpfe, und sahen hinüber nach Anne-Eiland. Der Medizinmann lief unruhig um den Götzen herum, rannte zum Meer, schrie den Totenträgern etwas zu und stürzte dann zum Opferplatz zurück. Die Träger ließen die Leiche in den Sand fallen, sanken auf die Knie und drückten die Stirnen in den Boden. Für sie war das Verschwinden Rainus ein überirdisches Wunder, das sie mit demütiger Angst erfüllte: Die Geister hatten Rainu zu sich geholt ... spurlos.

Für den Medizinmann war es allerdings kein göttliches Rätsel ... er kletterte die höchste Erhebung von Anne-Eiland hinauf und begann zu suchen. Dann legte er beide Hände wie einen Schirm über die Augen und starrte hinüber zu der alten zerstörten Toteninsel.

Paul Bäcker und Rainu drückten sich an die Erde und rührten sich nicht unter den getrockneten, abgerissenen Palmblättern. Von Anne-Eiland aus mußten sie unsichtbar sein, auch für ein so scharfes Auge, wie es die Eingeborenen besaßen.

Wenn sie herüberkommen, dachte Bäcker, werde ich sie alle töten müssen. Auch der Freundschaftsdolch der Großen Sechs hilft mir jetzt nichts mehr ... ich habe gegen ihre Götter gekämpft, habe ihnen ihr größtes und schönstes Opfer weggenommen ... das ist nicht mehr zu verzeihen. Für Rainu aber könnte ich gegen eine ganze Welt kämpfen und sie vernichten. Sie ist das Wertvollste, was mir diese Erde geschenkt hat.

Er schauderte vor seinen zerstörerischen Gedanken und begriff plötzlich das alles beherrschende Wunder, das damals seinen Vater überfallen haben mußte, als er Anne zum erstenmal sah.

»Bleib ruhig liegen, Rainu«, flüsterte er und griff nach ihrer zitternden Hand. »Ganz ruhig, niemand kann uns sehen.«

Die Sonne glühte auf die schutzlosen, nackten Inseln, das Meer schien zu verdampfen. Zwischen Viktoria-Eiland und Anne-Eiland stand über der Meerenge ein flimmernder, dunstiger Vorhang aus heißer Luft. Alle Konturen verschwammen.

Nach langem Zögern kletterte der Medizinmann zurück zum Opferplatz, die Träger trugen die Leiche zu dem Riesengötzen, legten sie zu seinen Füßen nieder und liefen dann, von abergläubischer Furcht gejagt, mit gesenktem Kopf vor der schrecklichen, alles auffressenden Gottheit zurück zu den Booten. Nur der Medizinmann blieb zögernd stehen, raffte Rainus verwelktes Blütenkleid vom Boden, legte es über seine Arme und trug es feierlich zum Meer. Dort stieg er in sein Boot und blieb hochaufgerichtet stehen, als es vom Ufer abstieß. Selbst er war jetzt — entgegen seiner sehr kritischen Vernunft — davon überzeugt, daß hier ein Wunder geschehen sein mußte.

Erst als die Boote außer Sichtweite und am Horizont verschwunden waren, erhoben sich Rainu und Paul. Er legte den Arm um ihre schmalen Schultern und zog sie an sich. Sie bebte am ganzen Körper. Ihre dunklen Augen blickten durch ihn hindurch, in eine Ferne, die ihm unerreichbar war. Er schüttelte Rainu in der plötzlich ausbrechenden Angst, daß ihr Götterglaube doch noch stärker sein könnte als ihre Liebe, daß er sie verlieren könnte, obgleich er sie in seinen Armen hielt.

»Rainu!« sagte er laut. »Himmel noch mal, Rainu ... wach auf! Du und ich, das ist eine neue Welt für sich. Begreifst du das? Wir sind stärker als alles andere. Stärker! An unserer Liebe wird alles zerschellen: Stürme, Erdbeben, Wolkenbrüche, glühende Sommer und das verdammte Meer! Rainu, wach endlich auf!«

Er schüttelte sie wieder, sie hing in seinen Händen, ihr Kopf flog hin und her, die langen schwarzen Haare peitschten sein Gesicht, und dann spürte er, wie sie in sich zusammensank. Er fing sie auf und trug sie in den Keller des zerstörten Hauses.

»Wir werden alle sterben«, sagte sie später nach langem Schweigen. Sie saßen zusammen am Abhang und schnitzten aus angeschwemmten Bambusstangen Speere mit langen Spitzen und Widerhaken, um größere Fische aus dem Meer stechen zu können. »Ich weiß es. Alles«, sie machte eine weite Armbewegung, »wird uns vernichten!«

»Weil wir das wissen, werden wir uns darauf einstellen!« Paul hob seinen halbfertigen Speer hoch in die heiße Luft. »Ich habe keine Angst. Wenn du bei mir bist, Rainu, kann ich Felsen mit den Fäusten zertrümmern.« Er nahm ihren schmalen Kopf zwischen seine Hände und küßte ihre Augen, diesen offenen Eingang zu ihrer ängstlichen traurigen Seele. »Hast du Angst, Rainu?«

»Ja —«

»Mein Gott, wie soll ich dir nur beweisen, daß sie

umsonst ist?« Er sprang auf. »Soll ich den neuen Gott zerschlagen wie den alten?«

»Dann geht die Welt unter, Herr.«

»Nenn mich nicht Herr. Ich bin dein Mann, Rainu.«

Sie senkte den Kopf und schnitzte eine neue Speerspitze. »Ja, Herr«, sagte sie leise.

Am Abend war die Gefahr, daß noch einmal Boote von Vahua Oa herüberkamen, vorbei. Rainu ging hinunter zum Meer und probierte den Speer aus. Bis zu den Hüften stand sie im Wasser, völlig nackt, nur von ihren hüftlangen, schwarzen glänzenden Haaren umhüllt, und wartete. Unbeweglich, wie eine herrliche Versteinerung, den Speer stoßbereit in beiden Händen, beobachtete sie die Fischschwärme, die zunächst in großen Kreisen um sie herumschwammen. Seitdem sie mit den Menschen zusammen lebten, waren sie vorsichtiger geworden. Als Werner Bäcker vor zwanzig Jahren hier angeschwemmt wurde, konnte er noch mitten unter ihnen stehen; sie stießen an seine Beine, er brauchte nur ins Wasser zu greifen und hatte seine Nahrung. Das änderte sich schnell. Die Fische hatten gelernt, daß die Gegenwart eines Menschen Tod bedeutete.

Paul sah Rainu von der Böschung aus zu. Er saß am Hang, und sein Herz klopfte wie verrückt. Die Schönheit ihres nackten, braunen, von der Abendsonne vergoldeten Körpers raubte ihm den Atem. Er träumte mit offenen Augen, wie es sein würde, wenn sie ihm ganz gehörte. Dieses Bild war so übermächtig, daß er sich nach hinten fallen ließ, die Fäuste ballte und auf den Boden schlug.

Ich will sie nicht überrumpeln, dachte er. Ich will sie nicht zwingen, mir ganz zu gehören. Ich will nicht ihr

Herr sein, dem sie gehorcht. Sie soll von selbst zu mir kommen. Wenn ich sie an mich reiße, wird sie nachgeben, aber es wird eine Unterwerfung sein, einen Sklavenhandlung, keine wirkliche, alles überdauernde Liebe.

Er richtete sich wieder auf. Rainu stand noch immer im Meer, die Fischschwärme quirlten jetzt um sie herum, ohne Furcht vor diesem starren, anscheinend leblosen Gebilde im Wasser. Schöne, große Fische waren es ... Paul konnte sie von der Höhe aus in der glasklaren Lagune deutlich erkennen. Das schimmernde Gold der Abendsonne übergoß das Meer, die Insel und Rainu. Der Wind war eingeschlafen, die See war glatt wie ein Tisch.

Plötzlich, so schnell, daß man es kaum erkennen konnte, zuckte der Speer vor und tauchte ins Wasser. Als sie ihn wieder zurückzog, zappelte ein Fisch an dem Widerhaken. Der Schwarm stob sternförmig auseinander, eine Flut goldschimmernder Leiber.

»Wir haben kein Feuer«, sagte Paul später, als Rainu den Fisch ausgenommen hatte. Das Feuer, das er vor Tagen mühsam aus Steinen geschlagen hatte, war erloschen. »Ich weiß nicht, ob es mir noch einmal gelingt, aus Steinen oder Hölzern Feuer zu reiben.«

»Morgen —«, sagte sie. »Morgen haben wir Feuer, Herr.«

Sie aßen den Fisch roh, aber vorher zerstieß Rainu eine Wurzel zu Pulver und rieb es tief in das weiße Fischfleisch. Es schmeckte herrlich, herbwürzig, nach einem Hauch von Thymian. Dann tranken sie reines, süßes Quellwasser von Anne-Eiland und saßen Hand in Hand auf dem Rand des Kellers, warteten auf die Nacht, sahen die Sonne als roten Ball versinken und spürten in ihren Händen das Klopfen des Blutes. Sie sahen sich nicht an, nur Paul wagte es, heimlich zu ihr zu schielen. Rainu starrte geradeaus, das Profil ihres schmalen Gesichtes stand gegen die rote Sonne wie ein zarter Scherenschnitt.

Ich gebe sie nie wieder her, dachte Paul Bäcker. Nie! Schon jetzt weiß ich, daß es ohne Rainu für mich kein Leben mehr gibt.

Als es dunkel war, stiegen sie in den Keller. Bäcker hielt Rainu an den Schultern fest.

»Versprich mir, daß du nicht wieder hinüber zur Insel schwimmst«, sagte er heiser vor Angst.

»Ich verspreche es, Herr«, sagte Rainu.

»Ich brauche dich nicht festzubinden?«

»Nein, Herr.«

»Küß mich, Rainu!«

Sie legte die Arme um seinen Nacken und küßte ihn. Aber es war ein kalter Kuß. Paul spürte das Fremde, Drohende, Trennende, das zwischen ihnen lag. Es wird viel Liebe, viel Geduld und Mühe kosten, bis Rainu begriffen hat, daß sie kein Götteropfer, sondern ein Mensch ist, dachte er.

In der Nacht schliefen sie wieder nebeneinander unter einer Decke. Er hatte von hinten ihre Brüste umfaßt, ihr gewölbter Rücken schmiegte sich gegen seine Brust, sie waren vereint und doch unüberbrückbar voneinander getrennt. Ihre Sehnsucht war wie glühender Strom, der von einem zum anderen floß. Lange starrten sie mit brennenden Augen zum bestirnten Himmel hinauf, jeder wartete auf den anderen, und darüber schliefen sie ein.

Am frühen Morgen war Bäcker wieder allein. Mit

einem Fluch schnellte er hoch, lief über die Insel zu der Meeresenge und blickte hinüber nach Anne-Eiland. Aber der Platz zwischen den Säulenbeinen des Götzen war leer. Nur der gestern abgelegte Tote lag da, und Schwärme von Kampfmöwen stießen auf ihn herab und zerhackten die Leiche. Die Müllabfuhr der Südsee war gekommen. Sonne und Wind würden ihr helfen.

Paul rannte wieder zurück. »Rainu!« schrie er. »Rainu! Mein Gott, warum tust du mir das an? Rainu!«

Dann sah er sie, und das Blut schoß ihm zum Herzen.

Sie stand auf der vom Seebeben zerrissenen schwarzen Felsenbarriere, oben auf der Spitze einer Klippe und starrte in das hochschäumende Meer. Hier ging es steil in die Tiefe, Strudel wirbelten über Abgründe. Wer hier herunterstürzte, war verloren ... er zerschellte erst an den schroffen Felsen und wurde dann von dem höllischen Kreisel ins Meer gezogen.

»Rainu!« brüllte Bäcker und warf beide Arme hoch. »Tu es nicht! Warte auf mich! Rainu!«

Er rannte über den Strand, kletterte die glitschigen Felsen hinauf, riß sich an den spitzen Steinen die Hände blutig, aber er spürte keinerlei Schmerzen, er sah nur Rainu hoch oben auf der Klippe, bereit, ins Meer zu springen. Er wußte, daß ein gütiges Geschick ihn im richtigen Augenblick hatte erwachen lassen ... Noch war die Sonne nicht voll aus dem Meer gestiegen, der Morgenhimmel war streifig und das Licht kämpfte mit der Nacht ... aber wenn der erste Sonnenstrahl über den Horizont glühte, würde sich Rainu hinabfallen lassen. Es gab für sie keinen anderen Ausweg mehr: Ihre Liebe zu Bäcker war stärker als ihr Götterglaube geworden, und das entsetzte sie. Es war eine Wandlung in ihr geschehen, mit der sie nicht fertig wurde.

Erschöpft erreichte Paul die Felsenspitze. Sie war so schmal, daß er Mühe hatte, neben Rainu zu stehen. Er schlang beide Arme um sie, ihr Kopf fiel nach hinten auf seine Schulter. Entsetzt spürte Paul, daß er das Gleichgewicht verlieren würde, wenn sie sich jetzt mit einem kleinen Druck gegen ihn stemmen würde.

»Wir werden es zusammen tun, Rainu«, sagte er und versuchte, seine Beine zu spreizen und das Gleichgewicht zu behalten. »Wenn es sein muß, komme ich mit! Ohne dich ist das Leben für mich ohne Sinn ...«

Eine Weile standen sie aneinandergeklammert auf der Felsenspitze und blickten hinunter in das schäumende, strudelnde Meer. Dann hob Rainu den Kopf, drehte sich langsam herum und legte Pauls Hände auf ihre Brüste.

»Ich liebe dich, Paulo ...«, sagte sie mit ernster feierlicher Stimme. »Ich will deine Frau sein. Ich habe keine Angst mehr. Komm, ich werde Feuer machen.«

Als die Sonne voll am Himmel stand, lagen sie am Strand, das Meer überspülte sie von Welle zu Welle mehr, die Flut kam, und sie blieben liegen und ließen sich von der Kühle des Meeres überfluten.

Gegen Mittag hockten sie wieder in ihrem Keller ... Auf der Meerenge waren vier Flugboote gelandet.

Französische Geologen aus Papeete und einige Fotoreporter begannen die aus dem Meer geborene Insel zu besichtigen, zu vermessen und zu fotografieren.

Von dem vernichteten Viktoria-Eiland nahm niemand mehr Notiz.

Die Geologen blieben drei Tage. Sie maßen und rechneten, legten eine Karte an und sammelten in Plastiksäcken Bodenproben. Die Reporter knipsten schöne und schaurige Fotos. Vor allem der riesige Holzgötze und die halbverwesten Leichen waren ein begehrtes Motiv.

In zwei oder drei Wochen würde das Wunder einer aus der Meerestiefe geborenen Insel in allen Illustrierten zu sehen sein, und Millionen Menschen würden mit einem wohligen Gruseln lesen, wieviel Aberglauben es in unserer aufgeklärten Welt noch gibt.

Von einem würden sie jedoch nichts wissen: von dem jungen Mann und dem schönen braunen Mädchen, die sich in die Erde verkrochen hatten und die Expedition mit gespannter Aufmerksamkeit beobachteten. Zwei Menschen, die die ganze Schöpfungsgeschichte noch einmal erlebten.

Solange die Geologen auf Anne-Eiland wie Ameisen herumkrochen, war es Rainu unmöglich, Feuer zu machen. Der Rauch hätte sie verraten. So mußten sie Trockenfisch mit Wasser essen, Paul erntete in der Nacht aus den Trümmern des Gemüsegartens Salate und sammelte Wurzeln. Auf diesen Gängen begleitete ihn Rainu nicht. Denn ihre Angst vor der Nacht, den Stunden der Geister, hatte sie noch nicht verloren. Tagsüber saßen sie Hand in Hand im Keller, oder sie lagen sich in den Armen und vergaßen die Welt und die Gefahr, in der sie sich befanden.

Ab und zu kroch Paul auf den Hügel und überzeugte sich, wieweit die Vermessungsarbeiten gediehen waren. Er sah, daß man auf der höchsten Stelle, oberhalb der Quelle, einen Mast mit der französischen Fahne in den Boden gerammt hatte. Damit war Anne-Eiland französisches Territorium geworden und würde jetzt für die Atlanten einen Namen bekommen. Paul kümmerte das wenig.

»Für mich bleibt es Anne-Eiland!« sagte er zu Rainu, als er die französische Fahne im Wind wehen sah. »Wir werden darauf leben. Es wird unser Paradies sein.«

Am Morgen des vierten Tages hoben die Flugboote vom Meer ab und kreisten noch einmal über beiden Inseln. Die Fotografen schossen die letzten Bilder: zwei elende, karge, vom Meer umrauschte Sandflecken, der eine vom Beben zerstört, der andere aus dem Meeresboden emporgestiegen. Körner aus der Urwelt, weiter nichts. Für die Menschheit eine Fotoserie, für die Geologen ein nicht sehr ergiebiges Forschungsobjekt. Es gab nichts Neues an ihnen zu entdecken. Man würde sie in Kürze wieder vergessen haben. Nur ein Punkt mehr war auf der Landkarte eingezeichnet worden. Und selbst er so unbedeutend, daß er nur auf Spezialkarten zu erkennen sein würde.

Langsam entfernten sich dann die Flugboote. Nur das dunkle Brummen ihrer Motoren blieb noch eine Zeitlang zurück, ein Nachhall der Zivilisation, aber auch er verwehte, und das Paradies kehrte zurück.

Paul und Rainu hatten gewartet, bis der letzte Ton im Rauschen des Meeres ertrunken war, dann stiegen sie aus ihrem Keller. Er faßte sie an der Hand und ging mit ihr langsam zu jener Felsengrotte, wo er das Floß versteckt hatte. Ihnen gegenüber, erschreckend schön in ihrer jungfräulichen Unberührtheit, lag die neue Insel.

»Wir werden jetzt von ihr Besitz nehmen«, sagte Paul fast feierlich. »Wir werden für immer auf Anne-Eiland übersiedeln, Rainu. Wir haben Wasser, Sonne,

Wind und Regen und die Samen der Bäume und Blumen und Kräuter. Mehr brauchen wir nicht, um uns unsere eigene Welt zu schaffen.« Er blickte hinüber zur Insel, und vor seinem inneren Auge sah er sie blühen: ein Garten, wie ihn Gott nicht schöner schaffen konnte.

Der Glanz der Sonne lag voll auf dem hohen Totempfahl am Strand.

»Den werden wir wegschaffen!« sagte Paul. Er zeigte mit ausgestreckter Hand auf den Götzen. »Wir quartieren ihn um auf Viktoria-Eiland.«

»Nein, Paulo!« Rainu klammerte sich an ihm fest. »Rühr ihn nicht an! Bitte, rühr ihn nicht an!«

»Er gehört hierher. Viktoria-Eiland ist die Toteninsel ... Anne-Eiland wird eine Insel des Lebens sein!«

Er wollte hinuntergehen zum Floß, aber Rainu warf sich gegen ihn und stemmte die Beine gegen den Boden.

»Bleib stehen!« rief sie. »Er wird sich furchtbar rächen. Er wird uns vernichten!«

»Das eben möchte ich sehen. Und auch du sollst es sehen! Die Gestalt, die da drüben steht, ist Holz, Rainu. Bemaltes Holz, weiter nichts. Ich will es dir beweisen.«

»Rühr ihn nicht an, Paulo!« schrie Rainu wieder. Sie klammerte sich an ihn, aber er trug sie fort zum Floß und setzte sie dort auf die Erde.

»Bleib hier«, sagte er. »Ich schaffe es auch allein. Schau mir nur zu, Rainu — und bete, wenn du willst, aber laufe nicht davon. Du mußt lernen, daß ich stärker bin als diese Holzfratze!«

Er band das Floß los, stieß es ins Wasser, sprang auf die zusammengebundenen Stämme und fuhr herum, als er hinter sich eine Erschütterung spürte. Das Floß schwankte gefährlich. Rainu war hinterhergesprungen.

Sie kauerte auf den Stämmen, und ihre langen Haare wehten wie ein Vorhang über ihr Gesicht.

»Du bleibst hier!« sagte Bäcker hart.

»Nein, Paulo.«

»Du hältst das nicht aus, Rainu!«

»Ich gehöre zu dir, Paulo.«

Er sah sie lange an, wandte sich dann ab, stieß das Paddel ins Wasser und trieb das Floß über die Meerenge. Welch ein Mädchen, dachte er überglücklich. Welch eine Liebe! Vater hatte Mutter, und sie waren eine Einheit, die später nur Mord und eine völlig entfesselte Natur zersprengen konnten. Ich habe Rainu, und ich möchte die Macht sehen, die uns jetzt noch trennen könnte!

Es war ein herrliches Gefühl. Er holte tief Atem und stieß einen Schrei aus, wie ihn vor ihm noch kein Mensch ausgestoßen hatte. Rainu verstand ihn. Unter ihrem Haarvorhang starrte sie Paul an. In ihren Augen lag das Wunder einer vollkommenen Liebe.

Später standen sie dann eng umschlungen vor dem riesigen Holzgötzen. Hinter ihnen, im Halbkreis, lagen vier halbverweste, von den Möwen zerhackte Leichen. Der süßliche Gestank war widerlich, machte das Atmen zur Qual, legte sich wie ekliges Fett auf die Schleimhäute.

»Fangen wir an, Rainu«, sagte Paul heiser. »Bis zum Abend muß das Scheusal umgezogen sein ... Ich rechne damit, daß morgen wieder Boote aus Vahua Oa kommen.«

Er kletterte an dem riesigen Götzen hoch, benutzte die klobigen Beine, die vorgestreckten rotbemalten Hände und die Schultern als Stufen und erreichte den hohen Kopf mit den schrecklichen Glotzaugen. Ein paarmal rüttelte er an dem Schädel und merkte, daß es große Mühe kosten würde, die drei Teile zu bewegen und umzustürzen. Es war ein hartes, schweres Holz, das der Witterung trotzen sollte, unbeugsam wie der Gott, den es darstellte.

»Geh zur Seite, Rainu!« rief Bäcker. Er stand auf der Schulter des Götzen und stemmte sich gegen den Kopfteil. »Er erschlägt dich sonst!« Sie winkte ihm zu, legte das Hüfttuch ab und kletterte nackt an den säulenartigen Beinen hoch.

»Wir werden es gemeinsam tun, Paulo«, sagte sie, als sie neben ihm auf der Schulter des Götterstandbildes angekommen war. »Wenn er dich erschlägt, dann soll er auch mich erschlagen.«

Paul Bäcker atmete tief und blickte hinauf in den Himmel. »Ich danke dir, mein Gott«, sagte er feierlich, »du hast mir eine herrliche Frau gegeben.«

Gemeinsam stemmten sie sich gegen den Götzenkopf, schoben ihn von der Schulter, drückten und keuchten, bewegten ihn Zentimeter um Zentimeter vorwärts, bis er das Gleichgewicht verlor und hinunter in den Sand kippte. Es gab einen dumpfen Laut, als er aufschlug, und da er sich beim Fallen gedreht hatte, lag er mit dem Gesicht nach oben. Die gräßlichen Glotzaugen starrten Paul und Rainu strafend an. Rainu warf sich herum und drückte ihr Gesicht gegen Bäckers Brust. Das göttliche Strafgericht mußte sie treffen.

»Jetzt –«, stammelte sie. »Paulo, jetzt wird er uns vernichten!«

Auch Bäcker hielt unbewußt den Atem an ... aber nichts geschah. Was da im gelben Sand lag, war wirklich nur ein großer geschnitzter und bemalter Holzklotz, nichts weiter.

»Er wird glücklich sein, auf seine alte Insel zurückzukommen«, sagte Bäcker mit belegter Stimme. »Du mußt das anders sehen, Rainu. Die Natur hat uns die neue Insel geschenkt, damit deine Götter auf ihrer alten wieder ungestört sind. Was wir tun, ist ein gutes Werk.«

In mühevoller Arbeit zerlegten sie das Götzenbild wieder in drei Teile. Sie rollten und schleppten den Kopf, den Körper und die Beine zum Meer, luden alles auf das Floß, paddelten dreimal über die Meerenge und bauten den Gott dann wieder dort auf, wo der alte Leichenplatz gewesen war.

Der Platz hatte sich nach dem Seebeben verändert. Die kleine Bucht war zerklüftet, aber das Meer hatte dafür mit seiner ungeheuren Gewalt ein neues Plateau aus dem Boden gefressen, ein blankgefegtes Feld, das wie eine offene Hand dem Himmel zugekehrt war. Es war der beste, schönste und der Allmacht am nächsten gelegene Platz, ein Ort, wo die Toten nichts mehr über sich hatten als die Unendlichkeit.

Hier stellten Paul und Rainu das Götzenbild wieder zusammen, wuchteten die drei Teile aufeinander, und als die blutbemalte, scheußliche Fratze stand, blieb Rainu vor ihr stehen und betete mit all der Innigkeit, mit der sie auch Paul lieben konnte.

Bäcker kehrte noch zweimal nach Anne-Eiland zurück und brachte jedesmal eine entsetzliche Fracht mit: die halbzerfallenen und zerfressenen Toten. Er legte sie im Halbkreis, wie es die Riten verlangen, um das Standbild und wusch sich dann mit Sand und Wasser die Hände und den ganzen Körper, schabte mit porösen Steinen den letzten süßlichen Geruch aus seinen Poren und ließ sich von Rainu mit einem Brei aus zerquetschten Wurzeln einreiben, die streng nach Kampfer rochen.

»Da steht er«, sagte er nachher und drückte Rainu an sich. »Hier wird er glücklich sein. Komm, wir ziehen auf unsere neue Insel . . .«

Bis zur Abenddämmerung packten sie alles auf das Floß, was der Taifun und das Beben vom zwanzigjährigen Leben Werner Bäckers und Annes übriggelassen hatten. Es war mehr, als Paul geglaubt hatte. Zwei Flöße voll brachte er hinüber auf Anne-Eiland und stapelte alles neben der sprudelnden, Leben verheißenden Quelle. Zwischen den bizarren Felsen, die das Beben aus dem Meeresgrund emporgehoben hatte, bestimmte Paul einen nach allen Seiten geschützten Platz und sagte: »Hier wird unser neues Haus stehen.«

Rainu nickte. Sie bückte sich, hob zwei Hände voll Erde auf, stellte sich auf die Zehenspitzen und streute die Erde über Pauls Kopf.

Er hielt ganz still. Er wußte, daß es eine heilige Handlung war, vielleicht die heiligste in ihrer beider Leben: Rainu weihte den Platz, auf dem sie leben und sterben, auf dem sie ihre Kinder bekommen würden.

Rainu war noch nackt, so wie sie den ganzen Tag über gearbeitet hatte. Ihr schmaler Körper glänzte in der Abendsonne, und der Wind trieb ihr Haar wie eine schwarze Fahne zum Meer. Über ihnen, auf der Spitze des Felsens, wehte die französische Flagge. Wo hatte es jemals eine feierlichere Weihe eines Landes gegeben?

Später hockte Rainu im Windschatten einer Felsausbuchtung in der typischen Eingeborenenhaltung, hatte einen kleinen Haufen pulvertrockenen Palmstrohs vor sich aufgehäuft und rieb zwei Hölzchen mit unendlicher Geduld gegeneinander. Paul Bäcker, der die Reste ihrer Habe ordnete und eine primitive Hütte aus einigen Holzstangen und zwei ausgespannten Decken aufbaute, blickte ein paarmal zu ihr hinüber. Das Reiben der Hölzchen hatte Erfolg ... ein dünner Qualm stieg zwischen ihnen auf, Rainu blies vorsichtig mit gespitzten Lippen zwischen ihre Hände, und unaufhörlich bewegten sich ihre Finger und rieben und drehten die Hölzchen.

Der Schrei kam so plötzlich, daß Paul zusammenzuckte. Rainu stieß einen hellen Laut aus, einen Ton, wie wenn ein Vogel lacht.

Aus dem Palmstroh züngelte eine dünne Flamme, wurde schnell größer, blähte sich auf.

»Wir haben Feuer, Paulo«, sagte sie glücklich und legte drei Holzstücke in die Flammen. »Jetzt sind wir stark. Mit Feuer und Wasser beginnt das Leben ...«

Paul wußte darauf keine Antwort. Das Herz schlug ihm bis zum Hals, und das Glücksgefühl erstickte ihn fast. Er hob Rainu vom Boden auf, trug sie mit ausgestreckten Armen an den Rand des Wohnplatzes, zeigte sie der untergehenden Sonne, dem rauschenden Meer und dem unendlichen Himmel und schrie: »Seht sie euch an! Mit ihr besiege ich euch! Ich bin der glücklichste Mensch auf der Welt.«

Er wußte nicht, daß ihn sein Vater vor neunzehn Jahren auch der Sonne, dem Meer, dem Wind und dem Himmel gezeigt hatte mit dem gleichen Überschwang des Glücks — und wie damals antwortete das Meer mit dumpfem Grollen und begann der Wind über die Felsen zu wehen.

In dieser ersten Nacht auf Anne-Eiland schliefen Paul und Rainu nicht. Sie saßen auf ihrem Felsenplatz und sahen hinüber zu der alten Toteninsel. Der Mond hing darüber wie ein großer gelber Lampion, und der Götze, übergossen vom bleichen Licht, glotzte zu ihnen herüber.

»Starr mich nur an!« sagte Paul Bäcker laut. »Du machst uns keine Angst mehr, du Scheusal. Jetzt hast du alles, was du wolltest. Du hast deine Insel wieder. Wir werden gut nebeneinander leben können ... keiner wird mehr den anderen stören ...«

XV

Am nächsten Tag, als die Sonne am höchsten stand, sah Paul seine heimliche Furcht heranschwimmen.

Zehn Boote aus Vahua Oa.

Sie paddelten an Viktoria-Eiland vorbei, aber plötzlich blieben die Paddel im Wasser, und ein vielstimmiger Schrei schallte über das Meer. Sie hatten den weithin sichtbaren Götzen bemerkt.

Das Wunder, das völlig Unbegreifliche, von dem noch nach Jahrhunderten die Menschen in der Südsee sprechen würden, war geschehen:

Der Götze war von selbst auf seine alte Insel zurückgekehrt.

Die Boote drehten ab und schwammen in breiter Front auf die kleine Bucht von Viktoria-Eiland zu.

Die Papuas luden einen Toten aus, einen alten, weißhaarigen Mann. Sie legten ihn dem Götzen unmittelbar zu Füßen, deckten ihn dann mit Federn zu und stellten bunte Schilde um ihn herum auf.

»Häuptling Batana«, sagte Rainu leise, »er ist tot.«

»Ist das der Häuptling, mit dem ich damals gesprochen habe?« fragte Paul.

»Ja.«

»Der den Medizinmann erstach?«

»Ja.«

»Er war schon alt, nicht wahr?«

»Sehr alt. Er war schon ein alter Mann, als dein Vater auf unsere Toteninsel kam. Er wollte keinen Krieg, aber dann wurde er zu müde und zu schwach, immer um den Frieden zu kämpfen. Die Jungen überstimmten ihn.«

Sie beobachteten die Eingeborenen, die einen Kreis um den Toten gebildet hatten. Ein Medizinmann, wie immer bis zur Unkenntlichkeit mit Federn, Ketten und bemalten Hölzern behängt und hinter einer großen Holzmaske versteckt, begann seinen Totentanz. Die anderen Papuas sangen und klatschten dazu, zuckten wild mit ihren Körpern und fielen dann wie vom Blitz gefällt in den Sand.

Es war eine kurze Feier. Als jage ihnen das Wunder der Götterwanderschaft Grauen ein, liefen sie fluchtartig zu den Booten und paddelten schnell davon.

»Werden sie wiederkommen?« fragte Paul.

Rainu nickte. »Alle Stämme werden kommen und den Gott anbeten, der über das Meer gewandert ist«, sagte sie. »Und wenn sie entdecken, wer ihn herübergeschafft hat, werden sie über uns herfallen.«

Paul war der gleichen Meinung.

Vorerst galt es, sie an das Wunder zu gewöhnen, ihr Mißtrauen zu besänftigen. Solange die Papuas noch zweifelten, mußten er und Rainu sich verbergen. Deshalb deckten sie jedesmal, wenn sie von weitem ein Boot sahen, das Feuer ab. Erst später, wenn das Unfaßbare, Neue zur Gewohnheit geworden war, durfte sich Leben auf Anne-Eiland zeigen. Wann das sein würde, war noch nicht abzusehen ... Vielleicht mußte erst ein Bambuswald gewachsen sein, um sich darin zu verbergen.

»Wir haben Zeit, Rainu«, sagte Paul leise. Er stand hinter ihr. Sie hockte vor dem Feuer und briet zwei Fische an einem Stecken. »Vielleicht sind sie uns sogar dankbar, daß wir ihnen die Insel zurückgegeben haben.«

»Das werden sie nie.« Rainu beugte sich zurück und lehnte sich in der Hocke gegen Pauls Beine. »Du hast den Gott entweiht und ihm sein Opfer gestohlen ... das ist ein Frevel, der nur mit Blut gesühnt werden kann.«

Paul Bäcker wußte, daß dies die schreckliche und durch nichts zu ändernde Wahrheit war. Er beugte sich vor, küßte Rainu auf die Augen und sagte beklommen:

»Deine Liebe macht mich unbesiegbar. Auch mein Vater hat alle Gefahren überstanden, weil er meine Mutter hatte. Ich habe dich.«

»Und doch haben sie deinen Vater erschlagen ...«

»Ja.« Paul Bäcker legte beide Hände über Rainus Brüste. »Aber nur, weil er das erstemal ohne meine Mutter weggefahren war ... Er war allein. Ich werde niemals allein sein ...«

Zehn Tage lang mußten sie das Feuer abdecken.

Zehn Tage lang kamen ganze Flotten von Kriegskanus nach Viktoria-Eiland, huldigten dem wandernden Gott, brachten Berge von Hühneropfern, übergossen den Götzen mit Blutbächen und tanzten bis zum Umfallen.

Zehn Tage lang lagen Rainu und Paul nebeneinander hinter den Felsen und bangten, daß die Kriegskanus nach ihren Huldigungen abschwenkten und auf Anne-Eiland landeten. Dann gab es nur noch eins: Mit den in den Trümmern gefundenen zweihundertdreizehn Patronen und einem Gewehr das Leben so lange zu verteidigen, bis nur noch zwei Schuß übrigblieben.

Was dann getan werden mußte, verbannte Paul vorerst aus seinen Gedanken. Er wußte nur eins: er würde Rainu nie lebend in die Hände ihrer Leute fallen lassen. Er kannte den Tod, der ihr dann bevorstand: ein Opfer wie die zappelnden Hühner, denen die Papuas jetzt zehn Tage lang mit schnellen Schlägen den Kopf abhackten und deren Blut sie über den Götzen spritzten.

Nach zehn Tagen war plötzlich alles still und verlassen.

Das Wunder war angenommen worden, der Alltag war zurückgekehrt — was blieb, war das Märchen von dem Gott, der in einer Nacht von selbst über das Meer gegangen war, um auf seine alte Insel zurückzukehren.

Am zwölften Tag — nach einem Tag vorsichtigen Abwartens — begannen Paul und Rainu ihr neues Leben. Sie pflanzten Gemüse, das sie von Viktoria-Eiland herüberholten, Bambusstecklinge und Palmensprößlinge. Sie gruben Eßwurzeln aus, holten Schwemmholz vom Strand und bauten an ihrer Hütte weiter, suchten die neuen Vogelkolonien auf und fanden reiche Eiernester und eroberten so schrittweise ihre neue Welt.

Sie schufteten drei Wochen von früh bis spät. Nur zweimal wurden sie von den stillen Totenbooten gestört, die neue Leichen nach Viktoria-Eiland brachten. Den Rauch, der zwischen den Felsen der neuen Insel emporstieg, schien niemand zu beachten. Viktoria-Eiland war den Toten zurückgegeben. Was drüben geschah, war gleichgültig. Die Welt der Papuas war wieder in Ordnung.

»Wir haben gesiegt, Rainu«, sagte Paul Bäcker in der

vierten Woche. »Jetzt kann ich es dir gestehen: Ich habe nicht daran geglaubt.«

»Aber ich habe daran geglaubt, Paulo«, sagte sie leise und lächelte. Es war ein Lächeln, gegen das alles Schöne dieser Welt verblaßte.

»Ich weiß, Rainu.« Er atmete tief auf. »Du allein hast mir auch die Kraft dazu gegeben ...«

Wie immer wachten sie fast gleichzeitig am nächsten Morgen auf, lachten sich an und sagten zueinander:

»Ich liebe dich ...«

»Das ist der einzige Satz, den ich in fast allen Sprachen verstehe«, sagte eine Stimme hinter ihnen.

Sie fuhren auseinander, Paul riß sein Gewehr an sich, und Rainu griff nach der scharfen Axt. Da nur das Dach, von einigen Pfählen gestützt, über ihnen war, sahen sie sofort den Mann, der auf der Felsspitze neben der französischen Fahne saß. Er trug eine Fliegerkombination und eine blaue Offiziersmütze.

»Seien Sie nicht kriegerischer als Ihr Vater, Paul«, sagte der Mann. »Verdammt, Sie haben einen guten Schlaf. Nicht einmal der Lärm eines Flugzeuges konnte Sie wecken.«

»Capitaine Brissier!« Paul Bäcker warf das Gewehr weg und legte den Arm um Rainu. »An alles habe ich gedacht, nur nicht an Sie. Für die Welt ist diese Insel doch eine aus dem Meer gedrückte Einöde. Wie kommen Sie hierher?«

»Ganz privat.« Brissier kletterte hinunter auf Pauls Wohnplateau. Er schüttelte ihm die Hand, warf Rainu einen bewundernden Blick zu, die sich ihrer natürlichen

Nacktheit nicht schämte, und strich ihr dann über das seidige Haar. »Die schönste Blume der Südsee für Paul Bäcker«, lachte er. »Das hätte ich mir eigentlich denken können. Ihr Vater hat Ihnen, außer einigen anderen Dingen, auch seinen guten Geschmack vererbt. Anne, Ihre Mutter, war ein Wunder von Frau.«

»Rainu setzt dieses Wunder fort.«

»Ich zweifle nicht eine Sekunde daran. Rainu heißt sie also.« Brissier setzte sich neben das glimmende Feuer. Rainu ging in die typische Hocke, blies es an und hing einen Topf mit Wasser darüber. Brissier beobachtete sie, wie sie Holzstäbchen in die Glut schob und aus der grauen Asche eine helle Flamme zauberte.

»Tee oder Kaffee, Capitaine?« fragte Bäcker.

»Das hätte Ihr Vater auch gefragt, in demselben Tonfall.« Brissier lachte. »Woher haben Sie denn diese Schätze, Paul?«

»Ich habe aus den Trümmern unseres alten Hauses zwei Dosen ausgegraben.«

»Das allein ist schon ein kleines Wunder. Und daß Sie diesen entsetzlichen Taifun und das Seebeben überlebt haben, das ist ein großes Wunder! Amtlich sind Sie tot.«

»Mutter ist umgekommen.« Paul blickte zu Boden. »Ich hatte sie zum Schutz gegen die Flutwelle an die größte und stärkste Palme gebunden. Der Baum wurde mit den Wurzeln herausgerissen und ins Meer geschleudert.«

»Mein Gott!« Brissiers Stimme wurde rostig. »Wer stirbt schon gerne unter Palmen ... Wie schrecklich ist die Wahrheit geworden.« Er lehnte sich zurück, schwieg eine Weile, und beide dachten an Anne. Dann sagte Brissier:

»Paul, ich bin wirklich privat hier. Allein. Ein Routineflug galt als Vorwand. Ich fühle mich ein wenig wie ein Onkel Ihnen gegenüber. Ich kannte Sie als kleinen Jungen, ich habe Ihnen Ihren ersten Speer mit Stahlspitze gebracht. Ihre erste Holzeisenbahn bekamen Sie von mir. Eine Kindereisenbahn auf einer Toteninsel . . .«

»Ich weiß, Capitaine.« Paul Bäcker öffnete die Teebüchse. Er wußte, daß Brissier lieber Tee trank. »Aber — um ehrlich zu sein — ich begreife Ihre Gedankengänge noch immer nicht. Warum sind Sie hier? Privat meinetwegen?«

»Ich wollte Gewißheit haben, Paul. Die ganze Südsee ist in heller Aufregung. Von Insel zu Insel ist die Nachricht geflogen, und natürlich auch bis Papeete. Dort hat man es abgetan als einen neuen Blödsinn der Medizinmänner. Nur ich wurde hellhörig. Da taucht eine neue Insel auf . . . das stimmt, wir haben sie ja genau untersucht. Dann machen sie die Eingeborenen zu ihrer Toteninsel, weil die alte vernichtet wurde, eine Rache der Götter. Sollen sie, dachten wir. Tote richten keinen Schaden an, und besiedelt wird das neue Sandkorn ja doch nie. Aber dann geschehen plötzlich ganz erstaunliche Dinge. Ein Mädchen soll geopfert werden und verschwindet. Ein Riesengötze wird plötzlich von einer unstillbaren Wanderlust gepackt und marschiert über das Meer nach Viktoria-Eiland. Und mit ihm alle Toten, die zu seinen Füßen lagen. Ich bin kein Papua, Paul. Ich dachte mir: Da muß etwas im Busch sein. Wenn der alte Bäcker noch lebte, dann wäre das die Lösung aller Rätsel. Aber nach dieser Sintflut lebt keiner mehr. Oder doch? Sollte der Sohn, dieser so verflucht ähnliche Ableger Werner Bäckers, Taifun und Beben überstanden haben? Nur ein Bäcker ist fähig, in der Südsee noch Wunder zu vollbringen. Ich fliege also los, und was finde ich, friedlich Arm in Arm schlafend? Paul Bäcker und das hübsche Götteropfer.« Brissier lachte laut und schlug sich auf die Schenkel. »Es konnte gar nicht anders sein. Das alles hatte für mich eine zu deutliche Handschrift. Paul, Junge ... soll das alles noch einmal von neuem beginnen?«

»Ja«, sagte Paul. »Aber ich habe die bessere Ausgangsposition. Ich bin nicht verletzt, wie es mein Vater war. Und ich habe eine Insel, die mir keiner streitig macht.«

»Nachdem Sie die Götter evakuiert haben. Paul, wissen Sie eigentlich, daß Ihre so schnell aufgetauchte Insel ebenso schnell wieder versinken kann? Das ist ein Phänomen der Südsee, aber es ist nun einmal so. Die Geologen warten förmlich darauf, daß diese Insel hier wieder verschwindet. Wie haben Sie sie eigentlich getauft?«

»Anne-Eiland!«

»Dachte ich mir. Wie konnte ich so dämlich fragen?« Brissier nahm den Tee, den Rainu ihm kniend reichte. »Vor allem deshalb bin ich gekommen, Paul, um Sie zu warnen: Sie leben auf einer verteufelt unsicheren Insel. Auf einem Pulverfaß! Das nächste Frösteln der Erde, und die Insel ist weg. Das überleben Sie bestimmt nicht! Paul, Sie haben sich auf einem Vulkan angesiedelt: Unter Ihnen ist der verfluchteste Boden, den es auf dieser Erde gibt. Das können Sie den Geologen glauben.«

Rainu gab Paul ebenfalls eine Tasse Tee.

»Wir bleiben«, sagte sie plötzlich mit klarer, entschlossener Stimme. »Wir bleiben!«

»Als ob ich Anne höre!« rief Brissier und setzte seine Tasse ab. »Die Bäckers sind das Verrückteste, was man sich denken kann: Der Vater setzt sich auf einer Toteninsel fest und zeugt einen Sohn, und der Sohn bohrt sich in eine vulkanische Insel ein und ...«

»... und wird vielleicht auch einen Sohn bekommen ...«, sagte Rainu. »Das Leben ist so schön ...«

Sie lächelte, und vor diesem Lächeln hätte selbst Gott die Hände gefaltet.

XVI

Brissier blieb bis nach dem Mittagessen auf Anne-Eiland. Von der Höhe der Insel, geschützt durch die eigenartig geformten vulkanischen Felsen, die der Meeresboden freigegeben hatte, beobachteten sie, wie drei Katamarane drüben auf der alten Toteninsel landeten, und das Wunder des »wandernden Gottes« wieder durch Blütenketten, farbige Holzschilder und geschnitzte Masken gefeiert wurde. Auch zwei Tote legten die Papuas ab, dann stand der mitgekommene Medizinmann an der kleinen Bucht und starrte unbeweglich hinüber nach Anne-Eiland.

Für ihn war dieses Wunder nicht unerklärlich, aber da jede Macht auf dieser Erde ein Wunder braucht, um sich darauf zu stützen, hütete er sich, die Wahrheit zu sagen. Zwanzig Jahre lang hatte Werner Bäcker durch seine Anwesenheit auf der Toteninsel die Götter lächerlich gemacht ... jetzt kam sein Sohn und baute für die wundergläubigen Papuas eine neue Mystik auf. Man war ihm dankbar dafür, und man zeigte den Dank, indem man die Rauchsäule und das Leben auf der vom Meer geborenen neuen Insel einfach übersah.

Brissier aber sah das anders. Sehr nachdenklich beobachtete er die Abfahrt der Katamarane und sagte dann: »Paul, ich weiß, Sie sind ein so typischer Bäcker, daß ich mir die Worte sparen könnte, aber — Sie werden keine lange Freude haben mit Ihrer Insel. Abgesehen von den jederzeit möglichen geologischen Ereignissen, die ich Ihnen schon zu erklären versucht habe, werden die Eingeborenen Sie nicht in Ruhe lassen. Ich weiß, ich weiß ... Sie haben keine Angst. Das alte Heldenlied der Bäckers. Das fatale ist nur, daß niemand Sie schützen kann, weil niemand weiß, daß Sie und Rainu existieren.«

»Das ist gut so, Capitaine«, sagte Paul Bäcker.

Rainu war zum Meer gelaufen, um Fische zu stechen, Muscheln zu sammeln und eine Schildkröte zu fangen. Sie konnte wunderbar kochen. Es war, als sei der Zauber der Südsee in diesen Speisen eingefangen und man könne mit jedem Bissen einen Teil dieser Schönheit in sich aufnehmen. Brissier benutzte Rainus Abwesenheit, um noch einmal, und dieses Mal ganz unmißverständlich, mit Paul zu sprechen. »Wie gesagt: Dieses Mal bin ich privat hier. Aber ich fürchte, Paul: ich werde in dienstlicher Eigenschaft wiederkommen müssen.«

»Heute sind Sie mein Freund, Capitaine, warum wollen Sie unbedingt mein Feind werden?« fragte Bäcker.

»Um Sie schützen zu können, muß ich melden, daß Sie am Leben sind.«

»Ich brauche keinen Schutz.«

Brissier steckte sich eine Zigarette an. »Die Bäckers sind eine rätselhafte Familie. Wissen Sie eigentlich, Paul, daß Ihr Vater ein reicher Mann war? Er besitzt auf Hiva Oa ein dickes Bankkonto, und der Notar Dr. Chabois in Papeete verwaltet für Ihren Vater einige Aktienpakete und Beteiligungen an einer Goldmine und einer Holz-Export-Firma in Neuseeland. Ihr Vater hätte sich mit Ihnen und Ihrer Mutter an den schönsten Plätzen der Welt niederlassen können. Und was hat er getan? Er lebte auf einer Toteninsel.«

»Die Insel war der schönste Platz auf der Welt. Sie

war ein Paradies«, sagte Paul rauh. Die Erinnerung an seine Eltern tat weh. »Jetzt wird Anne-Eiland ein Paradies werden. Rainu und ich, wir sind jung, wir haben viel Zeit . . .«

»Paul, begreifen Sie nicht? Sie sind der Alleinerbe! Sie sind reich! Alles, was in Hiva Oa und Papeete auf den Banken liegt, gehört Ihnen. Sie haben für Ihr ganzes Leben ausgesorgt, wenn Sie vernünftig sind und so leben, wie es jeder andere normale Mensch tun würde. Das hier« — Brissier machte eine weitausholende Armbewegung — »ist eine Marotte! Kahle Felsen und eine Qualle! Einsamkeit und Meer.«

»Das genügt uns, Capitaine. Mein Vater hatte grünes Land und kein Wasser, das war schlimmer. Warum reden Sie eigentlich unentwegt vom Fortgehen? Warum sollen wir weg?«

»Das Leben auf einer aufgetauchten Insel ist doch anormal!«

»Was ist normal, Brissier?«

Brissier schwieg auf diese Frage. Sie brachte ihn aus dem Gleichgewicht. Ja, was ist normal? dachte er. Eigentlich hat er recht. Jeder Mensch sollte so leben, wie es ihm gefällt. Das ist die absolute Freiheit. — Aber gibt es die absolute Freiheit? Ist Vernunft nicht über Freiheit zu stellen? Eine alte, ewige Frage, die niemand beantworten kann.

»In einer Stunde fliege ich wieder ab«, sagte Brissier in sich gekehrt.

»Und was werden Sie tun, Capitaine? Meldung machen?«

»Nein! Verdammt nein! Die Bäckers haben eine Art, über die man nicht hinwegspringen kann. Aber ich habe

Sie gewarnt, Paul! Beim nächsten Seebeben — auch wenn es einige Jahre auf sich warten lassen sollte — kann die Insel wieder im Meer versinken.«

»Kann — aber sie muß nicht!«

»Richtig. Eine kleine Chance, zu überleben, haben Sie. Wenn Ihnen das genügt ...«

»Solange es diese Chance gibt, Brissier ...«

»Seien Sie still, Bäcker! Ich höre in jedem Ton Ihren Vater.«

Brissier sah Rainu entgegen. Sie kam schwerbeladen vom Meer zurück. Sie hatte tatsächlich eine Schildkröte gefangen und mit dem Speer einen prachtvollen, großen silberglänzenden Fisch aus den Wellen gestochen. Er stak noch an der Speerspitze.

»Ein schönes Mädchen«, sagte Brissier. »Ihre Mutter, Paul, auf polynesisch ...«

»Darum liebe ich sie auch«, sagte Paul leise. Er stand auf, um Rainu entgegenzugehen und ihr beim Tragen zu helfen. Brissier hielt ihn am Hosengürtel fest.

»Was wollen Sie mit Ihrem großen Erbe machen, Paul?«

»Ich hebe es für meine Kinder auf.«

»Die auch wieder Bäckers sein werden und einsame Inseln besiedeln. Es hört also nie auf?«

»Ich fürchte, ja.« Paul lächelte, als müsse er um Verzeihung bitten. »Wir sind dem Meer, der Sonne, dem weiten blauen Himmel und dem warmen Wind, der in den Palmen rauscht, verfallen. Rettunglos, Brissier.« Er befreite sich aus Brissiers Griff und atmete tief auf. »Kein Wort mehr darüber zu Rainu, versprechen Sie mir das, Capitaine?«

»Ja. Ich will doch Ihr Freund bleiben.«

Sie gaben sich die Hand wie zwei Männer, die eine Verschwörung besiegelten. Dann liefen sie gemeinsam den Hang hinunter, nahmen Rainu die Beute ab, und während Brissier Fisch, Schildkröte und Muscheln schleppte, trug Paul auf seinen Armen Rainu den Berg hinauf. In ihren großen schwarzen Augen lag eine bange Frage.

»Keine Angst —«, sagte er leise und küßte sie. »Es bleibt unsere Insel . . .«

Bis ein neues Beben sie wieder ins Meer reißt, dachte er. Mein Gott, ist das möglich?

Er drückte Rainus Kopf an sich, damit sie nicht seine nachdenklichen Augen sah, und auf dem Weg zur Hütte dachte er darüber nach, was Brissier ihm erzählt hatte. In Hiva Oa und Papeete lag ein Vermögen auf den Banken. Bis heute hatte er es nicht gewußt, und sein Vater hatte nie darüber gesprochen. Vielleicht hatte es nicht einmal seine Mutter gewußt, aber das erschien ihm ausgeschlossen, denn es hatte nichts gegeben, was Werner Bäcker und Anne nicht gemeinsam getan hätten. Ihn verwirrte es jetzt, reich zu sein, und er dachte: Es wäre besser gewesen, wenn Brissier geschwiegen hätte.

Nach dem Mittagessen verabschiedete sich Brissier von Rainu mit einem Kuß auf die Stirn. Sie machte darauf eine tiefe Verbeugung, und Brissier richtete sie erschrocken auf und drückte ihren schönen Kopf wieder hoch.

»Mädchen, du bist jetzt eine Bäcker«, sagte er verwirrt. »Die haben immer geradeaus geguckt, nie zu Boden!«

»Sie wird's noch lernen.« Paul Bäcker begleitete Brissier zum Flugboot, das im glatten Meer in der Bucht ankerte. Rainu blieb zurück; sie hockte sich vor dem Felseneinschnitt auf die Erde und beobachtete den Abflug.

Bevor Brissier über einen der Schwimmer auf das Flugzeug kletterte, klopfte er Paul auf die Schulter. »Sie sind plötzlich so still geworden, Paul. Was ist los?«

»Ich komme mit einigen Gedanken nicht zurecht, Brissier.«

»Kann ich Ihnen helfen?«

»Das Vermögen meines Vaters ...«

»Aha! Endlich wachen Sie auf, Paul!«

»Sie irren, Capitaine. Ich verlasse Anne-Eiland nie. Aber ich hätte gern ein bißchen mehr Sicherheit für Rainu und mich.«

»Mit allem Geld dieser Erde können Sie kein neues Seebeben verhindern. Das ist doch klar?«

»Aber ich kann ihm ausweichen. Reicht das Geld meines Vaters für ein neues Schiff?«

»Wenn Sie die Kontoauszüge kennten, würde sich diese Frage erübrigen. Ihr Vater hat in den letzten zwölf Jahren in aller Stille ein Vermögen zusammengesammelt, das dem von Jean-Luc Dubonnet nicht nachsteht.«

»Schweigen Sie von Dubonnet«, sagte Paul finster.

Brissier lachte. »Die Ohrfeige, die Sie ihm gegeben haben, hat der ganzen Inselwelt gutgetan. Übrigens — Dubonnet ist schwer krank.«

»Das ist seine Sache«, sagte Paul Bäcker grob.

»Nun werden Sie nicht gleich ein Stachelschwein, Paul. Seien Sie doch nicht so nachtragend. Dubonnet hatte einen Schlaganfall. Er ist rechtsseitig gelähmt, kann nicht mehr sprechen und wird im Rollstuhl herumgefahren. Trotz aller Energie, die anderen Apoplektikern hilft, die Krankheit zu überwinden, ist bei Dubonnet nichts mehr drin. Er hat sich zu den besten Ärzten nach Australien fliegen lassen, in zwei Wochen will er in die USA, nur um sich auch dort bestätigen zu lassen: keine Chancen mehr. Sein wüstes Leben zahlt sich jetzt schrecklich aus. Und nun stellen Sie mal Ihre Antenne hoch, Paul: Dubonnet hat keinen Erben. Seine Frau starb vor vierzehn Jahren an einer Infektion. Seine einzige Tochter ertrank mit vier Jahren im Swimmingpool. Andere Verwandte existieren nicht. Dubonnet wäre bereit, seine Firma zu verkaufen und mit dem Erlös und seinem ganzen Vermögen eine Stiftung zu gründen. Eine Stiftung zur Bekämpfung und Erforschung unheilbarer Krankheiten. Dazu gehören Krebs, multiple Sklerose, Leukämie, die Parkinsonsche Krankheit und einige mehr.«

»Ausgerechnet Dubonnet«, sagte Bäcker verblüfft.

»Der Schlaganfall hat ihn vollkommen verwandelt. Er war früher, ganz ehrlich gesagt, als Mensch und Brötchengeber ein Schwein. Heute ist er nur noch eine armselige beatmete Hülle, eine menschliche Ruine, die von Tag zu Tag mehr abbröckelt. Das weiß er genau, und deshalb macht er jetzt eine Kehrtwendung um 180 Grad. Er will den früheren Dubonnet vergessen lassen. Merken Sie was, Paul?«

»Nein.«

»Ihr Vater hätte es längst gemerkt.«

Paul Bäcker blickte über das Meer. Die Mittagssonne brütete, die Luft flimmerte vor Hitze. Der Himmel hatte jenes verwaschene Blau angenommen, als würde aus ihm jede Farbe weggekocht.

Ich weiß genau, was er meint, dachte Bäcker. Aber ich tue ihm nicht den Gefallen und reagiere darauf. Was soll ich mit Dubonnets Firma? Vaters Geld wird nicht reichen, um sie zu kaufen, aber ich könnte einer der Hauptgesellschafter werden. Doch was hätte ich davon? Noch mehr Geld ... totes Geld, denn auf Anne-Eiland spielen Bankkonten keine Rolle. Das Paradies kommt ohne Geldscheine aus.

»Mit einem schnellen, seetüchtigen, mit Stabilisatoren ausgestatteten Schiff könnten Sie unter Umständen einem neuen Seebeben davonschwimmen«, sagte Brissier leichthin.

»Sie sind ein Teufel, Capitaine«, sagte Bäcker leise. »Die berühmte ›Versuchung in der Wüste‹ ...«

»Überlegen Sie's sich, Paul.« Brissier watete durch das seichte Uferwasser und kletterte auf den linken Schwimmer seines Flugbootes. Er hielt sich an den Verstrebungen fest und winkte Bäcker zu. »Ich fliege Sie sofort nach Papeete!« rief er. »Sie brauchen sich nur zu melden. Ich lasse Ihnen ein kleines Funkgerät hier. Die Batterie reicht für vier Wochen ... bis dahin werden Sie mit sich wohl einig geworden sein ...«

»Fliegen Sie ab, Capitaine!« sagte Bäcker rauh. »Und halten Sie endlich den Mund!«

»Brauchen Sie sonst noch was? Kann ich Ihnen etwas hierlassen? Munition? Waffen? Sprit?«

»Ich habe kein Boot und keinen Motor mehr. Nur ein Floß aus Baumstämmen und leeren Benzintonnen.«

»Paul, Sie sind das größte Rindvieh unter der Sonne!«

»Vielleicht – aber ein glückliches Rindvieh ...«

»Ich komme wieder und bringe Ihnen einen Außenbordmotor und Benzin. Einverstanden?«

»Sie sind immer willkommen, Brissier ... Sie allein!«

Paul winkte mit beiden Armen. Brissier stieg in die Pilotenkanzel und schob dann die Tür zu. Langsam begannen sich die Propeller zu drehen, der Motor brummte dumpf, wurde lauter und heulte dann auf. Brissier grüßte durch die Scheibe der Kanzel, dann glitt das Flugboot sanft über das Wasser, drehte ab und fuhr hinaus auf das offene Meer.

Bäcker blieb am Strand, bis sich Brissier von den Wellen abgehoben hatte und das Flugboot als glitzernder Punkt am graublauen Horizont verschwand. Dann ging er zurück zu Rainu.

Sie hockte noch immer nach Eingeborenenart auf ihren Fersen und hatte die Hände auf den Knien liegen.

»Was hat er gesagt?« fragte sie. Der Wind wehte ihr das lange schwarze Haar über den nackten Oberkörper und die Stirn. Paul setzte sich neben Rainu.

»Er spielte den Versucher.«

»Versucher? Was ist das?«

»Ich will es dir erklären, Rainu. Wir haben einen Gott...«

»Er heißt Jesus«, sagte Rainu.

»Himmel noch mal, woher weißt du das denn?«

»Von Pater Pierre. Er war vier Wochen bei uns auf Vahua Oa. Er hat uns viel von diesem Jesus erzählt. Aber dann verjagten wir ihn...«

»Pater Pierre!« Paul Bäcker sah Rainu lange an. In seinem Kopf wirbelten die Gedanken. »Rainu —«, sagte er endlich, »das war ein guter Hinweis. Ich werde Pater Pierre fragen.«

Am nächsten Morgen baute er Brissiers kleines Funkgerät auf, stellte die angegebene Frequenz ein und begann zu funken. Ganz leise, kaum verständlich kam die Antwort.

»Militärflugbasis Papeete ... Militärflugbasis ...«

Es dauerte eine Stunde, bis Brissier endlich selbst am Morseapparat saß und schmunzelnd die Botschaft hörte, die ihm Paul durch den Äther sandte.

»Der Teufel hole Sie, Brissier! Ich brauche ein kleines Boot mit Motor, Benzin und eine Seekarte meines Gebietes. Ist das ohne Aufsehen möglich?«

Und Brissier antwortete: »In Ordnung, Paul. Ich bringe Ihnen alles in zwei Wochen. Was ist mit einem Flug nach Papeete?«

»Ende!« funkte Bäcker und schaltete ab. Aber er wußte, daß das keine Antwort war.

Als er hochblickte, stand Rainu hinter ihm. In ihren Augen lag tiefe Traurigkeit.

»Du willst weg?« fragte sie.

»Nein«, sagte er.

»Warum lügst du, Paulo?«

Sie wandte sich ab und ging hinunter zum Meer.

In der Nacht klammerte sie sich an ihn, und er erlebte zum erstenmal, daß Rainu laut und verzweifelt weinen konnte.

XVII

Paul Bäcker nahm seine täglichen Fahrten zwischen Viktoria-Eiland und Anne-Eiland wieder auf. Die Überquerung der Meerenge war jetzt schon eine Routinesache, er kannte genau die neue Strömung zwischen den beiden Inseln, und das erste Auftauchen eines Hais beantwortete er mit einer gnadenlosen Jagd. Er blieb so lange auf dem Floß liegen und ließ sich treiben, bis der Hai nahe genug herangekommen war, dann erschoß er ihn mit dem übriggebliebenen Gewehr. Er wartete genau den Moment ab, in dem der Kopf des Hais dicht unter der Wasseroberfläche dahinglitt und er die kalten, mordlustigen Augen deutlich erkennen konnte. Es war sicher, daß andere Haie nachkommen würden, aber Bäcker war froh, wenigstens diesen einen wieder getötet zu haben.

Auf Viktoria-Eiland war die Natur auf rätselhafte Weise wieder zum Leben erwacht. Was die Vernichtung übriggelassen hatte, regte sich mit unheimlicher Fruchtbarkeit. Bambus sproß aus dem Boden, und in Annes Gemüse- und Salatgarten wuchsen die Salatköpfe. Paul und Rainu ernteten frisches Gemüse, holten sich von allen Pflanzen Sprößlinge herüber und setzten sie auf Anne-Eiland ein.

Brissier und jeder andere, der von Bäckers Reichtum eine Ahnung gehabt hätte, würde diese Arbeit als völlig idiotisch bezeichnet haben. Da bauten ein junger Mann und ein Mädchen eine neue Welt auf, obgleich sie die

Möglichkeit hatten, sich die schönste, vollkommenste, fertige Welt zu kaufen.

Paul rührte das kleine Funkgerät nicht mehr an. Ein paarmal schlich er um den Kasten herum, aber dann dachte er an Rainus verzweifeltes Weinen und an ihre Angst, ihn zu verlieren, wenn er eintauchen würde in die Zivilisation. Aber er wartete. Er wartete mit einer nie gekannten Ungeduld auf Brissier und das versprochene Boot mit dem Außenbordmotor. Auch der gelähmte, sterbenskranke Dubonnet ging ihm nicht mehr aus dem Sinn ... Brissier hatte etwas in Paul Bäcker ausgesät, was gegen seinen Willen Wurzeln gefaßt hatte und nun ständig wuchs.

Rainu arbeitete still und ausdauernd, legte Gärten an, harkte die Erde, grub neue Beete um, pflanzte und half Paul beim Graben von Bewässerungskanälen und kleinen Steinschleusen, mit denen er das Wasser aus der Quelle zu den verschiedenen Feldern leiten konnte.

Sie schien nie zu ermüden, ihre Kraft war unerschöpflich. Paul mußte immer wieder an seine Mutter denken, auch ihr hatte die Liebe eine Kraft gegeben, die unbegreiflich war.

Nachts lag Rainu in seinen Armen, und jede Nacht schliefen sie Körper an Körper ein, ineinander verschlungen, als fürchte jeder vom anderen, er könne sich heimlich davonschleichen.

Nach drei Wochen endlich hörte Paul ein fernes Flugzeugbrummen. Er grub mit Rainu gerade einen neuen Kanal, warf die Hacke hin und legte beide Hände über die Augen. Noch war nichts gegen das strahlende Blau des Himmels und den Goldglanz der Sonne zu sehen, aber plötzlich würde ein Punkt erscheinen, glitzernd und blitzend, würde größer werden und Form annehmen ... der Bote aus einer Welt, an die Paul durch seine heimlichen Gedanken gefesselt war.

Er versuchte gleichgültig zu wirken, aber sein Herz klopfte bis zum Hals. Doch er konnte Rainu nicht täuschen – mit dem Instinkt eines Tieres für die nahe Gefahr erkannte sie genau, was in ihm vorging.

»Der Capitaine kommt. Gehst du fort?« sagte sie, bevor Paul noch etwas erkennen konnte. »Wann kommst du wieder, Paulo?«

»Was redest du für einen Unsinn, Rainu?« Er legte den Arm um sie und spürte, wie sie zitterte. »Brissier bringt nur ein Boot und einen Motor.«

»Wozu?«

»Wir brauchen es.«

»Für die Meerenge brauchen wir nur ein Floß. Genügt es nicht mehr?«

»Nein.«

»Wohin willst du, Paulo?«

»Vielleicht nach Vahua Oa ...«

Sie sah ihn mit ihren großen schwarzen Augen so traurig an, daß er schnell wegblickte. »Ich will nie mehr dahin zurück«, sagte sie. »Ich gehöre nur dir.«

»Wir werden nach Katatoki fahren. Zu Pater Pierre.«

»Warum?«

»Ich muß mit jemandem sprechen, der mir einen vernünftigen Rat geben kann.«

»Ich kann dir auch einen Rat geben, Paulo«, sagte sie leise. Sie legte den schmalen Kopf gegen seine Brust und drückte die Hände flach an ihre nackten Brüste. Das Flugboot war jetzt deutlich zu erkennen, die Glaskanzel blitzte, die gelben Schwimmer leuchteten. Es war, als fiele das Flugzeug wie ein Tropfen aus der Sonne. »Ich liebe dich.«

Paul legte seinen Arm um Rainus Schulter. »Und weiter?«

»Weiter nichts! Genügt das nicht?«

Paul atmete tief auf. »Es genügt. Ich verstehe, Rainu. Wir werden immer zusammenbleiben, das weißt du. Gerade darum müssen wir zu Pater Pierre.«

»Wir?«

»Natürlich. Du fährst mit.«

Sie hob den Kopf, lächelte ihn an, ergriff seine Hände und führte sie zu ihren Brüsten. So erwarteten sie Brissier, der elegant in der weitgeschwungenen Bucht landete und bis ins seichte Wasser heranfuhr. Dort blieben die Propeller stehen, die Tür der Pilotenkabine öffnete sich, und Brissiers Kopf erschien.

»Hallo!« brüllte er hinüber zum Land. »Ist dort die Liebesinsel von zwei verrückten Menschen?«

»Steigen Sie aus, Capitaine«, schrie Bäcker zurück und drückte Rainu an sich. »Sind Sie allein?«

»Ja.« Brissier sprang auf den linken Schwimmer, watete an Land und lief den Strand hinauf. Vor Bäcker und Rainu blieb er stehen und schüttelte den Kopf. »Ein Bild, von dem ich seit meinem ersten Besuch unentwegt träume. Das personifizierte Glück. Daß es so etwas überhaupt noch gibt! Wissen Sie, daß man mich in Kameradenkreisen verdächtigt, eine heimliche Geliebte zu haben, zu der ich ab und zu einen Ausflug mache? Ich hab's Ihnen zuliebe geschluckt.«

»Sie haben uns also nicht verraten, Brissier?« Bäcker empfand eine tiefe Erleichterung. Er ließ Rainu los und ging Brissier entgegen. Sie gaben sich die Hand, sahen sich kurz an und umarmten sich dann. Sie waren Freunde geworden.

Brissier begrüßte Rainu, wie er einst Anne begrüßt hatte: mit der vollendeten Höflichkeit eines Kavaliers. Rainu spürte, was er damit ausdrücken wollte: Sie war nicht mehr das Götteropfer, das ein weißer Mann befreit und zu seiner Geliebten gemacht hatte. Sie war die Herrin der Insel.

»Helft mir ausladen!« sagte Brissier fröhlich. »Ich habe alle Sitze rausgenommen, um das Boot reinzukriegen. Ein schönes Ding, Paul. Ganz aus Kunststoff, mit eingeschäumten Luftkammern im Boden, praktisch unsinkbar. Nur umschlagen kann es bei ganz rauher See. Und einen Motor habe ich gekauft ... 80 PS! Ein toller Brummer! Ich habe nur noch eine Frage vorweg: Wie wollen Sie das bezahlen? Ich habe mir's auf Kredit geben lassen, aber schließlich muß es ja mal bezahlt werden.«

»Die Konten meines Vaters ...«

»Sind noch gesperrt. Vergessen Sie nicht: Die Familie Bäcker ist amtlich tot.« Brissier nahm den Tee aus Rainus Hand und trank einen kleinen Schluck. »Sie müssen also, ob Sie's wollen oder nicht, auftauchen und Ihre Erbansprüche anmelden.«

»Das Boot ist der Anfang, Capitaine.«

»Und wie geht's weiter?«

»Sie haben mich in eine verdammte Klemme gebracht, Brissier. Ich weiß, daß ich auf Anne-Eiland bleiben werde, aber ich kann auch nicht so dumm sein, die Gelegenheit mit Dubonnet einfach vorübergehen zu lassen. Vielleicht könnte ich – wie mein Vater – beides miteinander verbinden. Im Paradies wohnen, und jenseits des Meeres das Geld arbeiten lassen.«

»Und dann sitzen Sie eines Tages hier auf Ihrem Felsen und fragen sich: Wozu das alles? Da ist man Millionär und lebt doch wie in der Steinzeit. Paul, wenn Sie meine Meinung hören wollen ...«

»Ich will sie nicht hören, Raoul.«

Es war das erstemal, daß er Brissier beim Vornamen nannte. »Vielleicht sind meine Kinder einmal anderer Meinung.«

»Die? Nie! Wenn sie echte Bäckers werden ... und dann noch die Mischung mit Rainu ... das ist die Aufzucht eines Geschlechts von Superidealisten.« Brissier blickte hinüber zu Rainu, die zur Quelle gegangen war und nun zurückkam. Sie trug einen Kanister mit frischem Wasser auf dem Kopf. Nur ihre Beine bewegten sich; Leib, Oberkörper und Kopf blieben eine einzige, ruhige Linie. Ein Bild herrlicher, stolzer Schönheit. »Was weiß sie?« fragte er.

»Daß wir zu Pater Pierre fahren.«

»Nichts von Ihrem Reichtum?«

»Nein.«

»Warum?«

Bevor Bäcker eine Antwort geben konnte, war Rainu neben ihnen.

»Laden wir aus«, sagte Brissier und erhob sich. »Ich habe sogar eine Flasche Champagner mitgebracht, damit es ein richtiger Stapellauf wird. Packen wir die Dinge an, wie sie sind ...« Er klopfte Bäcker auf die breiten Schultern. »Ich habe für 17 000 Francs Schulden gemacht, Paul. Das ist für einen armen Offizier 'ne Menge Geld ...«

Brissier hatte an alles gedacht. Nicht nur das Boot und den Motor holten sie aus dem Flugboot, auch Benzintonnen, Kisten mit Konserven, Werkzeuge, einen Stromerzeuger, eine kleine Filteranlage, eine Maschinenpistole, Munition, ein Transistorradio, eine jetzt mit dem Stromaggregat zu betreibende größere und stärkere Funkanlage, Decken, Klappstühle, einen Klapptisch, ein geräumiges Zelt, Flaschen mit Propangas, einen zweiflammigen Gaskocher, Töpfe und Pfannen ... das Flugzeug schien eine Wundertüte zu sein, aus der Brissier immer neue Herrlichkeiten hervorzauberte.

Sie brachten zunächst alles ans Ufer, als sollte es wie auf einem Markt verkauft werden. Rainu betrachtete jeden Gegenstand mit Mißtrauen, nahm dann ihren langen Bambusspeer und sagte: »Ich gehe fischen ...«

Sie watete ins Meer bis zu der Stelle, wo die Fischschwärme standen. Ihr Haar wehte im Wind wie eine Fahne, ihr brauner Körper glänzte in der Sonne.

»Paul, sie ist stocksauer«, sagte Brissier leise. »Machen wir eine Pause. Ich habe in der Kühlbox Bier mitgebracht. Außerdem eine neue Fahne. Die Trikolore dort oben ist ja nur noch ein Fetzen.«

»Nationalstolz in allen Lagen.«

Brissier lachte. »Dafür sind wir Franzosen. Ihr Deutschen dürft es nicht. Ihr habt mit eurem Hurra zwei Kriege verloren.«

»Mein Gott, wie lange ist das her? Da war mein Vater ein junger Mann. Los, laden Sie Ihr Bier aus, Raoul. Mein letztes Bier habe ich bei Dubonnet getrunken.«

Rainu fischte lange — das war ein Beweis, daß sie traurig war. Auf ihre stille Art trat sie jetzt in Streik —

wie eine Statue stand sie im Meer. Sie schaute sich nicht um. Mit den Gegenständen, die am Ufer lagen, war etwas Fremdes, Furchteinflößendes auf die Insel gekommen. Und wie viele Eingeborene glaubte sie, der Bedrohung dadurch entfliehen zu können, daß sie einfach die Augen vor ihr verschloß. Sie starrte in die Weite des Ozeans. Die Zerstörung ihres Paradieses hatte begonnen.

Brissier, der oben auf der Erhebung der Insel die zerfledderte französische Fahne ausgewechselt hatte, kam mit besorgtem Gesicht in die Hütte zurück. In der Hand hielt er zwei tote Möwen und eine Schale aus Holz, in der eine trübe Flüssigkeit schwabbte. Bäcker wollte sie ihm aus der Hand nehmen, aber Brissier wehrte ihn ab: »Vorsicht! Finger weg! Paul — ich muß Ihnen etwas zeigen . . .«

Er setzte die Schale vorsichtig auf den Boden und legte die toten Vögel daneben.

»Die Schale stand oben auf dem Hügel. Die Möwen haben davon getrunken und fielen dann um. Ich hab's nicht gesehen, aber sie lagen neben der Schale, die Schnäbel fast noch in der Flüssigkeit. Es muß sofort wirken . . .«

»Gift —«, sagte Backer tonlos.

»Ja.«

»Wie kommt auf diese Insel Gift?«

»Wollen Sie wirklich die richtige Antwort darauf hören?«

»Raoul, Sie sind verrückt!«

Die beiden Männer sahen sich an. Und dieses Mal war es Paul, der als erster die Augen senkte.

Bäcker trat hinaus. Rainu stand noch immer im Meer,

den Speer gesenkt. Ein nackter brauner Körper in einer blauen See, und über allem der Goldglanz der Sonne.

»Ich schiebe die Schale unter Ihr Bett«, sagte Brissier heiser. »Das ist der beste Ort, sich später darüber zu unterhalten. Laden wir weiter aus?«

Paul nickte stumm. Er nahm die vergifteten Möwen, warf sie in eine Felsspalte und stieg mit Brissier wieder hinunter zum Strand.

Die Bootstaufe war schnell und freudlos. Paul nannte das Boot »Rainu«, sie tranken den eisgekühlten Champagner, montierten dann den Motor und schlugen das Zelt auf. Darin übernachtete Brissier. Beim Morgengrauen flog er wieder ab. Rainu und Paul schraken hoch, als die Propeller aufwirbelten ... bevor sie den Strand erreichten, war das Flugboot schon in der Luft und zog zum Abschied eine Schleife. Bäcker winkte mit beiden Armen hinauf, nahm Rainu dann auf seine Arme und trug sie zurück zur Hütte. Dort ließ er sie auf das Bett nieder, bückte sich und holte die Schale mit dem Gift hervor.

Wortlos stellte er sie auf den neuen Klapptisch, aber ebenso stumm blieb Rainu sitzen und starrte Paul an. In ihrem Gesicht war keine Regung.

»Warum?« fragte Bäcker endlich gepreßt.

»Ich liebe dich«, sagte sie sanft. »Du darfst nie von mir weggehen. Es ist genug für zwei, Paulo ...«

Er nahm die Schale, trug sie hinaus, kippte das Gift in eine Erdkuhle und schaufelte sie zu. Als er sich umdrehte, stand Rainu hinter ihm. Sie war ihm lautlos gefolgt.

»Du wolltest mich vergiften?« fragte er heiser.

»Dich?« Ihre Augen waren schreckensweit geöffnet. »Wieso dich, Paulo?«

»Du sagtest: genug für zwei! Kann man so Probleme lösen?«

»Nein. Aber mein Leben hört auf ohne dich. Alles Leben muß dann aufhören, auch das Leben in mir ...«

»Rainu!« Er verstand plötzlich, stürzte auf sie zu, riß sie in seine Arme und hatte das Gefühl, die Welt zerbräche in einem einzigen Herzschlag. »Rainu! Mein Gott, ist das wahr?«

»Ja, Paulo.« Sie schlang die Arme um ihn und schien sich in ihn verkriechen zu wollen. »Wir bekommen ein Kind. Und du willst fortgehen ...«

»Ich habe nie daran gedacht, nie.«

Er streichelte ihren Kopf, küßte sie, drückte sie dann wieder an sich und blickte über ihren Kopf hinaus aufs Meer. Das Glücksgefühl, das ihn durchrann, war wie ein Brand, der alles in ihm aufflammen ließ. »Morgen fahren wir«, sagte er. »Zu Pater Pierre. Rainu ... die Entscheidung ist durch dich gefallen. Mein Gott, ist dieses Leben schön!«

XVIII

Am frühen Morgen beluden sie das neue Boot mit Benzinkanistern, Konserven, Frischwasser, einem Gewehr und Munition, spannten ein Sonnensegel zum Schutz gegen die sengenden Strahlen auf und stießen es dann vom Ufer ab.

Rainu saß zuerst im Boot, die Hände im Schoß gefaltet, und sah zu, wie Paul Bäcker das Boot ins Meer drückte, bis ihm das Wasser bis zur Brust reichte. Dann zog er sich über die Bordkante und schüttelte sich wie ein nasser Hund. Er setzte sich auf die Bank vor dem Außenbordmotor und öffnete den Benzinhahn. Bevor er den elektrischen Anlasser drehte, blickte er noch einmal zu Rainu hinüber. Sie hockte unbeweglich auf der gepolsterten Bank wie eine geschnitzte Statue, bis zu den Schultern in ein buntbedrucktes Tuch gewickelt, das Brissier ihr als Geschenk mitgebracht hatte. Ihr langes Haar wehte darüber wie ein Trauerschleier; das einzige, was an ihr zu leben schien, war ihr schmales Gesicht mit den schwarzen Augen. Sie sah hinüber zu der Insel, und alles an Rainu, die Haltung, die Augen und ihre völlige Starrheit waren die gleiche hilflose Ergebenheit wie an dem schrecklichen Tag, da sie als Opfer des Totengottes ausgesetzt worden war.

Bäcker wußte, woran sie dachte, als das Boot sich langsam vom Ufer entfernte.

»Wir kommen zurück«, sagte er laut. »Du brauchst keinen Abschied zu nehmen.«

»Ich habe Angst«, sagte sie zaghaft. »Angst vor der anderen Welt.«

Paul wußte darauf keine Antwort. Es war zwecklos, ihr zu erklären, warum er für kurze Zeit in dieses laute Leben zurückkehrte, aus dem er damals geflüchtet war. Vergessen hatte er es bis heute nicht. Das erste Erlebnis mit Tara Makarou stak wie ein Brandzeichen in seinem Herzen ... er liebte sie längst nicht mehr, die wirkliche tiefe, ihn ganz ausfüllende Liebe war Rainu und würde es immer bleiben, aber die Erinnerung an Tara war nicht so einfach auszulöschen.

Hoffentlich ist sie endlich in Papeete, wenn ich Dubonnet besuche, dachte er. Sie wollte damals alles Geld sammeln, um die Reise zu finanzieren. Sie konnte viel Geld verdient haben in den vergangenen Monaten. Ihr Körper war es wert, mit Gold übergossen zu werden.

Bäcker drehte den elektrischen Starter, der Motor sprang an, die Schraube wirbelte durch das Wasser und jagte das schnelle, schnittige weiße Boot, als sei es katapultiert worden, hinein in das blauschimmernde Meer. Die Morgensonne hing wie ein riesiger Ball über ihnen.

Bäcker drosselte den Motor etwas, warf noch einen Blick auf Brissiers Seekarte, die auf seinen Knien lag, und fuhr dann in einem Bogen von Anne-Eiland fort.

Nach kurzer Zeit hielt er an und wandte sich zurück. Die alte und die neue Insel lagen da, armselige Erdflecke in einer blauen Unendlichkeit, zusammengedrückt von Himmel und Meer. Zwei Tränen der Einsamkeit.

»Fahr zurück«, sagte Rainu plötzlich.

»Es hat keinen Sinn, vor irgend etwas wegzulaufen. Ganz gleich, was es ist, Rainu ... man muß hindurch. Das habe ich von meinem Vater gelernt. Wer sich verkriecht, wird immer ein Wurm bleiben.« Er kletterte über Kanister und Kartons zum Bug des Bootes und setzte sich neben sie. Sie bewegte sich nicht, als er sie umarmte. Nur ihre Augen lebten. »Warum hast du kein Vertrauen zu mir?« fragte er.

»Ich gehöre nicht in diese andere Welt. Ich habe Angst um dich, Paulo.« Sie sah ihn von der Seite an, ohne den Kopf zu bewegen. »Du bist reich?«

»Woher weißt du das?« Bäcker war betroffen. Er kam sich ertappt vor und suchte nach einer Rechtfertigung, wenn sie weiterfragen würde. »Wer hat dir das gesagt? Brissier?«

»Nein.« Ihr schmales Gesicht blieb starr. »Wir ›Menschen von den Inseln‹ haben gute Ohren. Wir hören den Gesang der Muscheln . . .«

»Ja, ich bin reich.« Bäcker starrte hinüber zu den beiden Inseln im Morgendunst. Das vom Seebeben und Taifun zerstörte Viktoria-Eiland wirkte jetzt bizarr, aufgerissen wie eine getötete Auster. Dort bin ich aufgewachsen und war glücklich, dachte Bäcker. Und mein Vater hat mir nie gesagt, was Reichtum ist und was in Hiva Oa und Papeete auf den Banken liegt. Sicherlich hätte er es später gesagt, aber erst sollte ich so vollkommen in unsere kleine Welt hineinwachsen, daß mir Reichtum nicht mehr bedeutete wie eine Ansammlung von Palmen. Das war ein Fehler, und er hat ihn zu spät eingesehen. Ich bin anders geworden, als er wollte. Als er den Fehler bereinigen wollte, mußte er dafür sterben. Eine furchtbare Buße für einen Irrtum, der nichts weiter war als übergroße väterliche Liebe.

Bäcker senkte den Kopf. Ich werde jetzt so handeln wie du, Vater, dachte er. Alles kehrt ja in mir wieder:

Ich habe eine Frau, ich werde ein Kind haben. Aber ich habe mehr Zeit als du, Vater, um meine Welt aufzubauen.

»Du willst den Reichtum abholen?« fragte Rainu. Er schrak zusammen. Ihre Stimme riß ihn plötzlich in die Gegenwart zurück.

»Ich will ihn nur sehen, Rainu«, sagte er. »Das Geld gehört unserem Kind.«

»Es braucht kein Geld. Es hat die Insel. Es wird unter Palmen laufen lernen, im Sand mit Muscheln spielen und die Vögel zu Freunden haben . . .«

»Ob das genügt, Rainu?« Er strich das wehende Haar aus ihrem Gesicht und küßte sie. Ihre Lippen waren kalt und leblos starr. »Ich war der erste, der ausbrechen wollte, und sofort hat es eine Katastrophe gegeben. Niemand weiß, was in zehn oder zwanzig Jahren ist. Das Leben unserer Kinder soll sicher sein.«

»Sie werden nichts anderes lieben als ihre Insel.«

»Weißt du das so genau? Mein Vater sagte einmal: Das Rätselhafte im Menschen ist, daß er ein Mensch ist. — Ich habe das damals nicht begriffen — jetzt verstehe ich ihn. Ich will, soweit mir das möglich ist, meine Irrtümer besiegen, bevor sie unabänderliche Irrtümer geworden sind . . .«

Er kletterte zurück zum Motor und gab Vollgas. Das Boot begann zu schweben, schoß über die Wellen hinweg, es war ein herrliches Boot, es eroberte den Pazifik, und das Meer schien zu spüren, daß es keine Chance hatte: trotz des Windes blieb es sanft und glatt.

Sie fuhren den ganzen Tag und richteten sich nach dem Handkompaß, den Brissier mit dem Boot geliefert hatte. Um Vahua Oa, Rainus Heimatinsel, machten sie einen weiten Bogen. Nur einmal drosselte Bäcker den Motor wieder und starrte hinüber zu dem flachen, dunklen Landstreifen am Horizont. Er stand hochaufgerichtet im Boot, legte beide Hände über die Augen und biß die Zähne so fest aufeinander, daß seine Backenknochen hart durch die Haut stachen.

»Vahua Oa?« fragte Rainu leise.

»Ja. Dort haben sie meinen Vater umgebracht.«

»Ich war dabei.« Rainu sagte es, wie man ein Märchen erzählt. »Alle Boote waren auf dem Meer. Wir haben in die Hände geklatscht, als man ihn zwischen die Haie warf. Ich auch . . .«

Paul Bäcker zog die Schultern hoch. Er wandte sich ab, setzte sich wieder an den Motor und gab Gas.

»Es ist vorbei, Rainu«, sagte er heiser. »Sprich nicht mehr davon. Mein Gott — ich liebe dich, ich liebe dich. Das allein ist nur noch wichtig . . .«

Auch während der Nacht fuhr er weiter. Rainu preßte sich flach auf den Bootsboden, das Gesicht nach unten. Sie wagte nicht, sich zu rühren, den Kopf zu heben oder Paul beim Einfüllen neuen Benzins zu helfen. Die Nacht gehörte den Geistern. Es war ein Frevel, sie zu stören.

Zitternd lag sie im Boot, lauschte auf das Rauschen des Meeres, das Tuckern des Motors, das Singen des Windes und auf jede Bewegung Pauls und betete mit zusammengekniffenen Augen: »Bestraft ihn nicht, ihr Götter. Laßt ihn leben. Er kennt euch nicht. Aber er ist ein guter Mensch . . .«

Als der Morgen grau aus dem Meer stieg und ein leichter Regen die Sonne verhing, saß Bäcker unter dem Sonnensegel und schlief. Er war die ganze Nacht gefahren, hatte dann den Motor auf kleinste Drehzahl gestellt und das Steuer auf Geradeausfahrt festgebunden. Er schlief so fest, daß er das Schaukeln des Bootes nicht merkte.

Rainu kletterte über ihn hinweg, setzte sich hinter das Steuer, band es los und hantierte vorsichtig am Gashebel. Der Motor brummte laut, das Boot bekam schnellere Fahrt und rauschte über die leicht schäumenden Wellen.

Paul erwachte, als es nach einem breiten, wild gezackten Blitz krachend donnerte. Er fuhr hoch, hielt sich an einer Stange des Sonnensegels fest und sah Rainu am Heck vor dem Motor sitzen. Sie umklammerte den Griff und stemmte sich mit aller Kraft dagegen, um das Boot in der Richtung zu halten.

Bäcker kletterte zu ihr, nahm ihren vom Regen durchnäßten Kopf in beide Hände und küßte sie.

»Wohin fahren wir?« fragte er. Ihre schwarzen Augen, über die das Regenwasser floß, glänzten ihn an. »Zurück zur Insel?«

»Nein, wir fahren, wohin du willst...« Sie putzte ihre Stirn an seinen Handflächen ab. »Du bist der Herr, Paulo.«

Paul löste Rainu am Steuer ab, und dann hatten sie Mühe, den Kurs zu halten. Das Meer begann zu toben, die Wellen rollten heran wie gewaltige Berge, aber es war ein gutes Boot, unsinkbar, wie Brissier versprochen hatte. Es tanzte auf den Wellenkämmen, tauchte in Täler, ließ sich in die Höhe tragen und war wie ein Ball, mit dem das Meer spielte.

Drei Stunden lang hatten Paul und Rainu alle Hände voll zu tun, das eingeschlagene Wasser aus dem Boot zu schöpfen. Sie arbeiteten wie Maschinen, standen oft knöcheltief im Wasser und beendeten den Kampf erst, als der Wind sich legte. Das Duell mit der Natur war vorbei. Der Sturm hatte sich ausgetobt.

Mit schmerzenden Rücken, ausgepumpt und mit zitternden Gliedern legten sie sich auf die durchgeweichten Polsterbänke. Wenig später kroch die Sonne wieder durch die jagenden Wolkenberge, und sofort fiel die Hitze über sie her und ließ ihre Körper dampfen. Sie zogen sich aus, lagen nackt und erschöpft nebeneinander und hielten sich an den Händen. Die Glut trocknete ihre Kleider und das Schiff.

»So wird es immer sein«, sagte Paul schwer atmend. »Wir werden siegen. Wir werden stärker sein als alles um uns herum. Wir können es, Rainu ... weil wir uns lieben.«

Sie antwortete nicht – sie legte ihren Kopf auf seine Brust und schlang die Arme um seinen Leib.

Es war eine Antwort, für die es keine Worte gab.

Am Nachmittag erreichten sie das Atoll Katatoki.

Zuerst tauchten die Palmspitzen auf, dann der Turm der kleinen Bambuskirche, schließlich lag die Insel mit der Lagune vor ihnen wie das Bild aus einem Märchenbuch. Pater Pierre hatte sie mit dem Fernglas schon entdeckt ... er stand auf dem kleinen Landungssteg in der Lagune. Seine lange weiße Soutane leuchtete in der Sonne, er winkte. Zwei bekehrte Papuas standen hinter ihm mit langen Hakenstangen und zogen das Boot heran.

»Du bist es, Paul?« rief Pater Pierre. »Himmel, du lebst? Ich habe gehört, daß auf Viktoria-Eiland nichts mehr steht, nur dieser von selbst wandernde Totengott. Und nun tauchst du auf ... Das ist fast wie ein Wunder. Man sollte die Glocke läuten! Willkommen, Paul, und Gottes Segen mit dir!«

Er half Bäcker und Rainu aus dem Boot und umarmte Paul wie einen zurückgekehrten Sohn.

»Ich konnte mich retten«, sagte Bäcker mit zugeschnürter Kehle. »Ich habe von vorn angefangen.«

»Und deine Mutter?« Pater Pierre faltete die Hände.

»Sie wurde mit einer Palme, an die ich sie zum Schutz festgebunden hatte, ins Meer gerissen.«

»Wir werden für sie beten.«

»Später, Pater. Gott hat mir eine neue Insel geschenkt, die mich stets an sie erinnern wird. Ich bete jeden Tag, indem ich vom Morgengrauen bis in die Nacht an dieser Insel arbeite und sie bewohnbar mache.« Er schob Rainu nach vorn, die sich bisher hinter ihm verborgen hatte. »Das ist meine Gefährtin. Sie hilft mir.«

»Wie heißt sie?« fragte Pater Pierre.

»Rainu.«

»Eine Getaufte?«

»Meine Frau, Pater.«

Pater Pierre verstand. Er legte die Hand auf Rainus Kopf und sagte langsam: »Die Liebe kommt von Gott, also hast du Gottes Segen.« Dann sah er Paul wieder an und schüttelte den dicken, bärtigen Schädel. »Warum mußte das alles so kommen? Deine Mutter und auch dein Vater könnten noch leben, aber diese Teufelsinsel hat sie aufgefressen. Sie war kein Paradies, sie war die Hölle. Ein Glück, daß du vernünftig denkst, Paul ...«

»Eben darum bin ich zu Ihnen gekommen, Pater.« Paul Bäcker legte den Arm um Rainu. Langsam gingen sie zu dem langgestreckten Missionshaus, das zwischen einer Gruppe hoher Palmen gebaut war. Die Kirche stand auf einer niedrigen Anhöhe, und das Kreuz auf ihrem schlanken Turm ragte ein wenig über den höchsten Palmwipfel heraus. Es war ein Symbol, und Pater Pierre hatte es in diesem Sinn errichten lassen. Das Kreuz über allem ...

»Ich habe viel mit Ihnen zu sprechen«, sagte Bäcker. »Ich stehe vor einer Weggabelung und weiß nicht, welchen Weg ich weitergehen soll. Das heißt — ich weiß es, aber ich will von Ihnen hören, daß es ein guter Weg ist. Eines will ich auf keinen Fall: umkehren. Jeder Mensch muß ein Ziel haben, sagte mein Vater.«

»Kommt mit ins Haus.«

Pater Pierre ließ Bäcker vorangehen. Als Rainu plötzlich vor der Tür stehenblieb, sich abwandte und hinüber zu der Anhöhe ging, auf der die Kirche stand, hielt er sie nicht zurück. Er schob Bäcker vorwärts und schloß hinter ihm die Tür.

»Laß sie«, sagte er. »Ich kenne diese Menschen. Sie sind ein stolzes Volk, man kann sie nie zu etwas zwingen. Aber wenn sie lieben, verliert das Leben alle seine Schrecken.«

Sie setzten sich in die eigenhändig geflochtenen Korbsessel aus Bambus und Palmfasern und sahen sich dann eine Weile stumm an.

»Was willst du mir sagen?« fragte Pater Pierre endlich. Bäcker holte tief Atem. Der Zwiespalt in ihm war größer als je zuvor.

»Fangen wir an, Pater«, sagte er rauh. »Wenn ich mit meiner Geschichte zu Ende bin, können Sie getrost sagen: ›Du bist verrückt‹. Vielleicht haben Sie sogar recht damit . . .«

Es wurde ein langes Gespräch unter vier Augen.

Während der ganzen Zeit saß Rainu in der kleinen Kirche vor dem Altar und blickte auf das von zwei langen Kerzen beschienene Marienbild.

Sie war allein, der Wind sang durch das Holzschindeldach, die Wände knarrten, und die Kerzen flackerten im ständigen Luftzug.

Mit großen Augen starrte Rainu das Bild an. Die Zeit floß an ihr vorbei, es wurde dunkel, die Abenddämmerung stieg aus dem Meer. Der kleine Kirchenraum wurde nur noch von den beiden Kerzen erleuchtet. Das vage Licht zauberte Schatten und Reflexe an die Wände. Es war, als beginne das Bild zu leben und das Lächeln der fremden Frau dort oben gälte allein der anderen Frau, die vor ihr saß und sie staunend anblickte.

»Ich weiß nicht, wer du bist«, sagte Rainu langsam, als es ganz finster in der Kirche war. »Ich kenne dich nicht. Aber du hast ein Kind im Arm, und ich habe ein Kind in meinem Leib. Hilf mir, Frau. Gib mir Paulo zurück. Ich spüre, wie er langsam von mir weggeht . . . Frau da oben, ich liebe ihn . . . ich will ihn nicht töten, weil ich ihn liebe, aber ich muß ihn töten, wenn er mich verläßt . . . Verstehst du mich, Frau?«

XIX

Am nächsten Tag, kurz vor Mittag, landete ein Flugboot aus Hiva Oa und nahm Bäcker und Rainu an Bord. Pater Pierre hatte es über Funk herbeigerufen.

Der Weg, den Paul Bäcker gehen wollte, war klargeworden. Und Pater Pierre hatte prompt zu ihm gesagt:

»Paul, du bist verrückt. Trotzdem bewundere ich dich. Aber das war schon bei deinem Vater so: die Bäckers als ewig Suchende. Doch wenn alle so dächten, gäbe es keinen Fortschritt mehr. Stell dir das vor: drei Milliarden Einsiedler! Das wäre der Untergang!«

»Das wäre in der Tat furchtbar.« Bäcker hatte Pater Pierre lange die Hand gedrückt. »Aber jeder hat seine eigene Vorstellung vom Glück ... ich habe die meine heute gefunden. Ich danke Ihnen.«

Als sie mit dem Flugzeug hinauf in den unendlich blauen Himmel stießen, drückte sich Rainu ängstlich an Bäcker. Sie fragte nicht mehr – eine merkwürdige Ruhe war seit dem Gespräch mit dem Bild der fremden Frau über sie gekommen. Sie schloß die Augen vor dem blendenden Gold der Sonne und war glücklich, seine Hand zu fühlen, die über ihr Haar strich.

Am Abend landeten sie in Hiva Oa. Am Rande des kleinen Flugplatzes wartete bereits ein Polizeiwagen.

Der Polizeileutnant, der Paul und Rainu empfing, war sehr höflich, begrüßte beide mit Handschlag, nahm Rainu den Koffer ab, den sie sich von Pater Pierre geliehen hatten, und Bäcker bemerkte zum erstenmal in dem

Blick des jungen Offiziers die verhaltene Bewunderung, die er von jetzt ab überall auslösen würde, wo er hinkommen sollte.

»Der Gouverneur ist bereits benachrichtigt«, sagte der Leutnant. »Sie werden morgen nach Tahuata und dann weiter nach Papeete geflogen. Nehmen Sie meinen Glückwunsch entgegen, daß Sie die Naturkatastrophe überlebt haben. Es ist ein Wunder.«

»Danke. Mir kommt es auch so vor«, sagte Paul. »Anscheinend haben wir Bäckers einen Geheimpakt mit der Schöpfung ...«

Im einzigen Hotel von Hiva Oa, einem flachen weißen Bungalow, wartete bereits der Direktor der »Banque de Nation« von Papeete, die hier auf der Insel eine kleine Niederlassung unterhielt. Auch ein älterer Verwaltungsbeamter sprang aus seinem Sessel, als Bäcker, Rainu, der Polizeileutnant und der Pilot das Hotel betraten.

»Er ist es!« rief der Verwaltungsbeamte. Er streckte Paul die Hände entgegen. »Ich heiße Bernard Croix. Erinnern Sie sich noch an mich? Ich habe Sie kennengelernt, als Sie mit Ihrem Vater Hiva Oa besucht haben.«

»Inspektor Croix.« Bäcker drückte eine Reihe Hände. Sein Eintauchen in die laute Welt machte ihn etwas benommen. »Ich habe Sie zum letztenmal vor zwei Jahren gesehen. Wir kauften damals Konserven ein ...«

»Stimmt genau!« Croix warf die Arme hoch. »Messieurs, das ist eine historische Stunde. Ich verbürge mich dafür, daß dieser junge Mann Paul Bäcker ist. Ich nehme an, Sie haben keinerlei Papiere mehr ...«

»Nichts. Ich kann nicht beweisen, daß ich Paul Bäcker bin. Aber ich habe Zeugen: Pater Pierre, Sie, Inspektor Croix, Capitaine Brissier, den Gouverneur ...«

»Wenn das nicht reicht, sind wir alle namenlos!« Croix lachte. »Ich habe — auf Staatskosten — ein kleines Essen vorbereitet. Meine Herren, Mademoiselle –«, er sah Rainu höflich, aber reserviert an. Über dieses Mädchen wird man mit Bäcker noch sprechen müssen, dachte er. Ein Mann, der soviel Geld geerbt hat, legt sich eine Eingeborene zwar als Geliebte zu, aber er heiratet sie nicht. Bäcker wird das dumme Insulanerdasein sowieso aufgeben müssen. Er wird alle Hände voll zu tun haben, sein Vermögen zu verwalten und mit dem Erbe gewinnbringend zu arbeiten. »Darf ich bitten. Nur ein kleines Souper ...«

Für Rainu wurde es eine qualvolle Stunde. Sie saß an dem festlich gedeckten Tisch, aß nichts, beobachtete nur die lauten, lachenden weißen Männer und kam sich ausgestoßen vor. Damals hatte ihr Stamm sie dem Totengott geopfert – heute wurde sie der Zivilisation geopfert. Für Rainu war dies das qualvollere Sterben.

Sie tastete unter dem Tisch nach Bäckers Hand. Er verstand sie, ergriff ihre kalten Finger und hielt sie fest. Keine Angst, hieß das. Das ist nur ein Ausflug in ein auch mir fremd gewordenes Land. Auch ich denke an unsere Insel. Sei ganz ruhig, Rainu!

»Bevor wir Ihnen ihr Erbe aushändigen«, sagte der Bankdirektor später beim Mokka im Rauchzimmer des Hotels, »müssen Sie erst wiedergeboren werden.«

Er lachte über diesen makabren Witz und übersah, daß Bäcker ihn mit verschlossener Miene hinnahm. »Amtlich sind Sie für tot erklärt, und wir hatten uns schon überlegt, was der Staat mit dem Erbe Ihres Vaters anfangen könnte. Ein Vorschlag war: Verbesserung der medizinischen Betreuung auf den Inseln; Kauf eines Sanitätsflugzeuges, das bei akuten Fällen rasch Hilfe bringen kann.«

»Ein guter Gedanke«, sagte Paul ruhig. »Das wäre ganz im Sinne meines Vaters gewesen.«

»Das dachten wir uns auch. Aber dieses Problem wird ja nun zu den Akten gelegt. Der Alleinerbe lebt. Und wenn der Gouverneur Sie erst wieder unter die Lebenden aufgenommen hat, können Sie nach eigenem Ermessen verfügen.« Der Bankdirektor beugte sich vor. »Haben Sie schon irgendwelche Pläne, Monsieur Bäcker?«

»Vorerst nur Gedanken.« Bäcker lehnte sich zurück. »Wie groß ist das Vermögen meines Vaters?«

»Zusammen mit allen Beteiligungen — die Papiere liegen bei dem Notar in Papeete — und wenn Sie diese Papiere flüssigmachen würden, was ich Ihnen nicht rate, werden es zweieinhalb Millionen Francs sein.«

Es war eine Summe, die so anschaulich im Raum stand, daß einen Augenblick jedes Gespräch verstummte. Alle sahen Bäcker und Rainu an. 2,5 Millionen für einen Einsiedlerkrebs — so hatte man Werner Bäcker einmal spöttisch genannt —, was würde nun der Sohn damit machen? Es war eine seltsame Situation: Da kommt jemand aus der Wildnis und ist plötzlich Millionär. Und er bringt ein Mädchen mit, zauberhaft schön, gewiß, aber von dieser Stunde an nicht mehr standesgemäß.

»Es ist eine stolze Summe«, sagte Paul ohne große Bewegung.

»Erschreckt Sie die Summe nicht?«

»Nein. Warum?«

»Vor zwei Tagen waren Sie noch der ärmste Mensch der Welt.«

»Das war ich nie!« Paul Bäcker erhob sich abrupt. Die anderen folgten sichtlich betreten. Etwas Unausgesprochenes lag zwischen ihnen: der Gedanke, daß es besser gewesen wäre, wenn Bäcker auf seine Wiedergeburt verzichtet hätte. »Reichtum ist nicht immer Geld, meine Herren.«

»Aber Geld beruhigt.«

»Kommen Sie nach Anne-Eiland«, sagte Bäcker und tastete nach Rainus Hand. »Sie werden eine andere, wundervolle Ruhe kennenlernen. Ich lade Sie ein ...«

Am Abend, als Bäcker und Rainu schon auf ihrem Zimmer waren und Rainu zum erstenmal in ihrem Leben in einem richtigen Bett lag, sagte unten in der Hotelhalle Inspektor Croix zu Bankdirektor Ponelle:

»Ich glaube nicht, daß Sie die Millionen auf dem Konto behalten, Ponelle. Bei einem Bäcker ist alles möglich, er kriegt es fertig und verschenkt das Geld.«

»Das wäre ein Grund, ihn für unzurechnungsfähig zu erklären.«

»Das kriegen Sie nie durch.« Croix steckte sich eine Zigarette an. »Haben Sie sich dieses Mädchen einmal genau angesehen? Diese Rainu? Das ist nicht bloß ein Weib fürs Bett, das ist tatsächlich Bäckers zweite Hälfte. Sein Gewissen auf zwei Beinen. Seine materialisierte Lebenssehnsucht. Wäre er allein — wir hätten einen verlorenen Sohn begrüßen können. Aber er hat Rainu mitgebracht! Das bedeutet Komplikationen, vor denen wir kapitulieren werden. Denken Sie an meine Worte, Monsieur ...«

Das Wiedersehen mit Dubonnet war erschütternd.

Paul Bäcker wurde zu ihm geführt, und hätte man ihm nicht gesagt, das sei Dubonnet, er hätte ihn nicht wiedererkannt.

Dubonnet saß in einem Sessel, in eine dicke Decke gewickelt, und doch fröstelte er bei 40 Grad Hitze. Sein einst fleischiges Gesicht war eingefallen, hohlwangig und vom Tod gezeichnet. Eine Mumie, dachte Bäcker erschrocken. Es ist unglaublich, daß so etwas noch atmet.

Paul trat langsam an den Sessel heran und legte seine Hand auf Dubonnets kraftlose, kalte Finger. Alles an Dubonnet schien tot zu sein, nur die Augen lebten noch, diese einstmals herrischen, kalten, mit Ironie auf alles vollgestopften Augen, vor denen sein ganzes Exportimperium gezittert hatte. Ein Diener in weißer Uniform stand hinter ihm. Erstaunt bemerkte Bäcker, daß er den gleichen Dolch trug, den die Verschwörergruppe der Großen Sechs auch ihm geschenkt hatte. Der Diener verstand Bäckers Blick, aber sein Gesicht blieb unbewegt, verschlossen, maskenhaft.

Auf Dubonnets Schoß lag eine Schiefertafel mit einem langen Griffel. Mit der linken Hand konnte er noch notdürftig schreiben ... es war seine einzige Verbindung zur Welt, zum Leben. Bäcker schob Rainu in Dubonnets beengtes Blickfeld.

»Meine Frau«, sagte er heiser vor innerer Ergriffenheit. »Ich wollte sie Ihnen vorstellen, damit Sie sehen, wie glücklich ich geworden bin.«

Dubonnet bewegte die linke Hand. Er schrieb mit zitternder Schrift auf die Schiefertafel: »Du bist wie dein Vater. Setz dich. Ich hatte verdammte Achtung vor deinem Vater, auch wenn ich ihn damals nicht verstand.

Jetzt würde ich mit ihm tauschen, aber es ist zu spät.«

Er tippte auf die Tafel, der Diener beugte sich vor und wischte die Schrift mit einem feuchten Lappen weg.

Dubonnet schrieb weiter: »Was willst du jetzt machen, Paul? Gehst du nach Europa zurück?«

»Nein!« sage Bäcker laut. Der Anblick des zitternden, verfallenen, mit einem knirschenden Griffel schreibenden Mannes war erschütternd. »Sie haben keine Erben, Monsieur. Ich habe gehört, Sie wollen verkaufen. Der gesamte Erlös soll einer Stiftung für medizinische Forschung zufließen. Das wäre auch im Sinne meines Vaters gewesen. Wieviel ...«

Dubonnet zögerte nicht. Er schrieb mit großen Buchstaben auf die Schiefertafel: »Fünf Millionen.«

»Wir sollten darüber verhandeln«, sagte Bäcker erschrocken.

»Kein Wort«, schrieb Dubonnet. »Fünf Millionen und keinen Centime weniger. Ich bin zwar ein Wrack, aber mein Gehirn arbeitet normal. Ich will die Stiftung nicht bestehlen. Verstehen wir uns, Paul?«

»Ganz klar, Monsieur.« Bäcker erhob sich. »Ich habe keine fünf Millionen geerbt.«

»Tut mir leid für dich, Paul.« Dubonnet tippte wieder auf die Tafel. Der Diener putzte den letzten Satz weg. Erledigt. Gelöscht. Es gab keine Diskussionen. Bäcker legte seine Hand wieder auf die kalten Finger des Gelähmten.

»Ich besuche Sie noch einmal«, sagte er tief atmend. Er nahm Rainu bei der Hand und ging hinaus, ohne sich umzusehen. Der weißgekleidete Diener mit dem Dolch begleitete ihn. In der weiten Eingangshalle verbeugte er sich höflich.

»Herr, Sie werden bei den Booten erwartet. Tolohu wird Sie führen.«

Bevor Bäcker noch etwas fragen konnte, war der Diener weggehuscht. Lautlos, ein weißer Schatten.

»Komm«, sagte Bäcker zu Rainu, »es dauert nicht mehr lange. In einer Woche sind wir wieder daheim.«

Sie blieb stehen. In Hiva Oa hatte sie ein Kleid gekauft, sehr eng, bodenlang, an den Seiten bis zu den Hüften geschlitzt, hochgeschlossen, mit einem runden chinesischen Kragen. Sie sah aus wie aus einem Gemälde gestiegen.

»In einer Woche kann man siebenmal sterben, Paulo«, sagte sie.

»Oder siebenmal geboren werden. Hast du noch immer Angst?«

»Ja«, sagte sie leise. »Aber ist das wichtig? Du bist der Herr. Warum bleibst du nicht hier? Ich bleibe doch bei dir ...«

Bäcker schwieg. Der furchtbare Zwiespalt brach wieder in ihm auf: dort die Insel, sein stilles Paradies — hier das moderne pulsierende Leben und der Reichtum von 2,5 Millionen Francs. Es war eine Entscheidung, die er noch vor sich herschob, der er eines Tages aber nicht mehr ausweichen konnte.

Sie gingen durch Tahuata, Hand in Hand, und Bäcker sah sich öfter um, unsicher geworden, im stillen hoffend, daß Tara Makarou nach Papeete gezogen war und ihnen jetzt nicht begegnete. Der Weg zu der Lagune mit der Bootsstadt der Eingeborenen führte an Taras Straße vorbei — es gab keinen anderen Weg.

Bäcker faßte Rainus Hand fester, warf den Kopf in den Nacken und bog in die Straße ein. Es war ihm, als habe er sie erst gestern verlassen. Nichts hatte sich geändert, die Kinder spielten im Staub, die Fassadenanstriche blätterten ab. Es stank nach Gewürzen und trocknendem Fisch, Urin und faulendem Abfall.

Und dann sah er sie: Sie stand wie damals, gegen die Hauswand gelehnt, gleich neben der grünlackierten Tür. Sie trug noch immer das aufreizende rote, geschlitzte Kleid mit dem tiefen Ausschnitt, der die obere Hälfte ihrer prallen Brüste freigab. Das glänzende schwarze Haar hatte sie zu einem Knoten zusammengebunden, die Lippen waren grellrot geschminkt, die Augenlider mit grünschillerndem Make-up beschmiert ... sie stand da, das rechte Bein vorgestreckt, zwischen den Fingern eine Zigarette, eine geballte Ladung Leidenschaft, die man für 20 Francs kaufen konnte wie einen Korb Äpfel oder einen Fisch.

Tara Makarou.

Paul Bäcker holte tief Luft. Hindurch, dachte er. Was auch passiert, mein Junge – hatte sein Vater gesagt –, der Kopf hat zwei Funktionen: eine fürs Denken, die andere fürs Rammen. Jetzt war der Augenblick des Rammens!

Er ging durch die Straße, und die Erinnerung an die Nächte mit Tara überfiel ihn. Aber es war eine leidenschaftslose Erinnerung. Tara hatte ihn die Liebe gelehrt, sie hatte ihn zum Mann gemacht, und er hatte damals geglaubt, daß dies die wirkliche Liebe sei, mit der man leben und an der man zugrunde gehen könnte. Jetzt wußte er es anders. Es gab Rainu ... das war eine Liebe, die man nicht beschreiben konnte. Für Tara gab es Worte, für Rainu nicht ...

Als er zwei Meter von Tara Makarou entfernt war,

hielt er den Atem an. Jetzt wandte sie den Kopf zu ihm, jetzt würde sie ihn erkennen ... aber der Blick ihrer großen Augen ging durch ihn hindurch, an ihm vorbei. Ihr aufglimmendes Lächeln galt nicht ihm, sondern einem Matrosen, der hinter Bäcker in die Straße bog und laut vor sich hin pfiff.

Dann stand Bäcker vor ihr, der nächste Schritt führte ihn schon wieder von ihr weg. Es war, als überschreite er eine wichtige Schwelle seines Lebens. Tara beachtete ihn gar nicht ... sie stieß sich von der Wand ab, und er hörte in seinem Rücken, wie ihre dunkle samtweiche Stimme fragte:

»Wie kann ein Mann wie du an mir vorbeigehen ...?«

Die gleichen Worte wie damals – sie waren 20 oder jetzt vielleicht 50 Francs wert. Es hatte sich nichts geändert: Sie war eine Hure geblieben, arm, noch immer auf Papeete hoffend, auf das große Geld.

Bäcker senkte den Kopf, legte den Arm um Rainus Schulter und ging schnell weiter.

Hinter ihnen blieb der Matrose stehen und winkte mit einem Geldschein. Tara nickte und stieß die grüne Tür auf. Sie ließ den Mann vorgehen, blieb auf der Straße stehen und blickte Bäcker nach.

»Jetzt bist du wirklich ein Mann«, sagte sie leise, ging dann schnell ins Haus und trat die Tür zu. Noch im Flur zog sie sich aus, um es schnell hinter sich zu bringen. Für 20 Francs gab es nur die einfache schnelle Bedienung.

Auch bei den Booten war alles wie früher. Ein alter Malaie, der sich als Tolohu vorstellte, führte Bäcker und Rainu über viele Stege, mit denen die Boote untereinander verbunden waren. Mitten in der schwimmenden Stadt verband er ihnen die Augen und nahm die Binde erst wieder ab, als sie in einem dunklen Raum standen. Paul erkannte ihn sofort wieder: das Boot des »Dritten Kopfes der Großen Sechs«. Im Hintergrund, nur ein Schemen, stand der unbekannte Führer der Freiheitsbewegung.

»Du willst Dubonnet aufkaufen?« fragte die dunkle Stimme. »Ein guter Gedanke.«

»Ich kann es nicht«, sagte Bäcker. »Er fordert fünf Millionen — ich habe gerade die Hälfte geerbt.«

»Du hast fünf Millionen. Vor dir auf dem Tisch liegt ein Scheck der Nationalbank von Papeete. Schreibe die Summe hin, die dir fehlt, und kaufe Dubonnet. Daneben liegt ein Vertrag.« Der »Dritte Kopf« wartete, aber Bäcker erwiderte nichts.

Nur Rainu verbeugte sich tief und sagte in ihrer Sprache: »Wir gehorchen, großer Herr.«

»Halt!« Paul hob die Hand. »Das ist ein falsches Wort von Rainu. Ich gehorche nicht. In bin ein freier Mensch und bleibe es.«

»Natürlich. Wir werden Partner sein«, sagte der »Dritte Kopf«. »Wir können die Firma Dubonnets nicht kaufen, ohne aufzufallen. Aber wenn du sie kaufst, wirst du einen kaufmännischen und einen technischen Leiter einstellen. Es sind unsere Leute, und sie haben in München, Heidelberg und Grenoble studiert. Der Gewinn wird geteilt, wir überweisen deinen Anteil auf dein Konto. Unser Anteil aber wird helfen, die Not unseres Volkes zu lindern. Es ist ein gutes Werk, mein Freund. Sieh deine Frau an, auch ihr Volk ist arm.«

Paul trat einen Schritt vor. Er sah jetzt deutlich, daß zwei Papiere auf dem Tisch lagen: ein kleines, schmales — der Scheck — und ein großer Bogen, eng beschrieben. Daneben lag ein Kugelschreiber.

Bäcker nahm ihn und setzte seinen Namen unter den Vertrag.

»Du liest ihn nicht?« fragte der »Dritte Kopf«.

»Wir sind Freunde«, antwortete Bäcker. »Betrügen sich Freunde?«

»Du wirst es nicht bereuen.« Eine lange schmale Hand streckte sich aus der Dunkelheit Bäcker entgegen. »Jede Insel wird deine Heimat sein. Jeder Mensch hier ist dein Bruder.«

Dann waren sie wieder im Freien, wurden mit verbundenen Augen über Stege und andere Boote zurückgeführt, und als man ihnen die Binden abnahm, standen sie wieder am Kai zwischen Fischkörben und aufgespannten Netzen.

»Jetzt nach Papeete!« sagte Bäcker fröhlich. »Dann ist unsere Zukunft kein Geheimnis mehr.«

Er irrte sich.

Nichts ist komplizierter als die Freiheit.

XX

Auch in Papeete wurde Paul Bäcker empfangen, als sei er von den Toten auferstanden. Niemals zuvor war ein Mensch mitten in einem Taifun oder Seebeben gewesen und hatte überlebt. Das war so einmalig, daß am nächsten Tag die Zeitungen und Radiosender überschwenglich von einem Wunder sprachen und Bäcker mit Interviews und Fotografiertwerden voll beschäftigt war.

Wegen der rechtlichen Seite seines Überlebens gab es keinerlei Schwierigkeiten. Der Gouverneur selbst versicherte an Eides Statt, daß dieser Mensch aus dem Nichts Paul Bäcker sei, ihm persönlich bestens bekannt, Sohn eines Vaters, gegen den er jahrelang vergeblich mit aller Staatsautorität angerannt war. Die Todeserklärung wurde aus den Akten gestrichen.

»Es hätte alles anders sein können«, sagte der Gouverneur bei einem kleinen Festbankett im Regierungspalast, das er Bäcker zu Ehren gab. Er saß zwischen Rainu und Paul, und Rainu verbreitete einen Zauber, dem alle erlagen. Sie war in einen engen, goldfarbenen Seidenstoff gewickelt, eine aus Sonnenglanz geborene Göttin. Stolz, schweigsam, alle Schönheit der Südsee ausstrahlend, saß sie an dem langen Tisch, beobachtete die fremden Menschen, lächelte ein paarmal und horchte nach innen.

Er gehört hierher, dachte sie, und ihre schwarzen Augen wurden traurig. Das ist Paulos Welt, nicht die einsame Insel. Er ist ein reicher, mächtiger Mann. Die

»Großen Sechs« sind seine Freunde, und auf allen Inseln nennt man seinen Namen mit Hochachtung. Er wird unglücklich sein, wenn er wieder zurückkommt auf den kahlen Felsen, in die windschiefe Hütte, in den armseligen Garten mit den Salatpflanzen, den Bambussprößlingen, den Palmenstecklingen. Und wenn er im Meer steht und mit dem Speer seine Fischmahlzeit fängt, wird er an das andere große Leben denken, wo er nur mit der Hand zu winken braucht, um eine Schar von Boys in Bewegung zu setzen. Er gehört nicht mehr ins Meer und unter den Wind ...

Sie beugte sich vor, blickte an dem Gouverneur vorbei auf Paul und schloß die Augen, als sie ihn so glücklich und befreit lachen sah, ganz anders, als sie ihn bisher kannte.

Ich muß es auch lernen, dachte sie. Ich werde ihm eine gute Frau sein. Überall, wo er ist, wird auch meine Heimat sein. Wen gibt es auf dieser Welt, der ihn so liebt wie ich?

»Sie sind nun ein reicher Mann, Paul«, fing der Gouverneur ein Gespräch an. Er hatte sich alle Worte lange überlegt. »Wie mir Ihr Anwalt sagte, haben Sie die Firma von Dubonnet gekauft. Geld bar auf den Tisch. Ich wußte gar nicht, daß das Vermögen Ihres Vaters so groß ist. Lebt wie ein Urmensch und ist dabei so clever, Millionär zu werden. Ein Phänomen, Ihr Vater. Aber trotz allem – verzeihen Sie, Paul, aber es muß gesagt werden – war er ein Dummkopf. Er ist an seinem verdammten Idealismus, an seiner Suche nach dem absoluten Paradies zugrunde gegangen. Und Ihre wunderbare Mutter auch, Paul. Mein Gott, war Anne eine Frau! Und so eine Familie läßt sich von der Südsee auffressen.

Ich habe Ihren Vater bewundert, aber verstanden habe ich ihn nie. Er hätte in Honolulu, Florida oder in Nizza leben können. Statt dessen beißt er sich auf einer einsamen, unbewohnten, wasserlosen Insel fest. Ein Glück, daß sein Sohn realistischer denkt.« Er wandte sich an Rainu und legte seine Hände auf ihren Arm. »Halten Sie ihn fest, Mademoiselle. Ich glaube, Sie können es. Sie sehen wie ein Engel aus, seien Sie für Paul ein Erzengel mit dem Schwert! Halten Sie ihn davon ab, ein paar Felsklippen zu kultivieren! Er hat Besseres zu tun. Ihre Landsleute sind da klüger, Mademoiselle ... sie benutzen diese sinnlose Insel als Friedhof. Dazu ist sie hervorragend geeignet. Aber die Bäckers wollen unbedingt darauf wohnen.« Er lachte. »Übrigens, wie gefällt Ihnen Dubonnets Haus? Werden Sie es neu einrichten?«

»Ich weiß es nicht«, antwortete Rainu. Ihre Stimme klang hell und kindlich. Was soll ich sagen, dachte sie. Ihre Haltung erstarrte, wurde königlich, von herrlichem Stolz geprägt, aber das sah nur so aus. In Wirklichkeit zog sie sich zurück wie eine Schnecke in ihr Haus.

Paul Bäcker gab die Antwort. Sie riß sofort die alte Kluft zwischen den Bäckers und ihrer Umwelt auf.

»Ich bin nur zu einem kurzen Besuch auf Papeete«, sagte er. »Wir werden nicht in Dubonnets Haus wohnen.«

»Da haben Sie recht. Es ist ein alter Kasten. Diese vielen Räume! Bauen Sie sich einen hübschen Bungalow am Meer. Sie werden ohnehin die meiste Zeit in der Firma sein. Natürlich ... Ihre neuen Pflichten werden Sie ja außerdem nach Tahuata rufen.«

»Die Firma übernehmen zwei Direktoren. Ich kehre nach Anne-Eiland zurück.«

»Wohin?« Plötzlich lag Schweigen über dem langen Tisch. Die Stimme des Gouverneurs klang in dieser Stille wie eine Fanfare. »Was ist Anne-Eiland? Habe ich noch nie gehört!«

»Anne-Eiland ist die neue Insel. Ich habe sie nach meiner Mutter benannt und sie besiedelt.«

»Das soll doch ein Witz sein, Paul!«

»Ich werde in den nächsten Tagen alles kaufen, was man zur Kultivierung von Ödland braucht. Ich fange genauso an, wie mein Vater einst angefangen hat. Nur habe ich es leichter. Ich habe Geld.«

»Jetzt halten Sie einmal die Luft an, Paul. Wir können Ihnen nicht erlauben, eine Insel zu besiedeln, von der die Geologen behaupten, daß sie jeden Augenblick wieder im Meer verschwinden kann. Paul, Sie sind ja noch verrückter als Ihr Vater! Sie zwingen mich, Ihnen zu verbieten ...«

Paul Bäcker hob die Hand und lächelte schwach. »Haben Sie vergessen, Exzellenz, daß man einen Bäcker nicht zwingen kann? Ich erinnere mich nicht, Sie jemals um eine Erlaubnis gebeten zu haben ...«

Der Gouverneur bekam einen roten Kopf.

»Ich werde Sie in Schutzhaft nehmen, bis Sie wieder zur Vernunft gekommen sind! Paul, begreifen Sie doch: Ich will Ihnen doch nur helfen. Keiner will Sie zu etwas zwingen, aber was Sie da machen, ist potentieller Selbstmord. Wir leben hier auf einem Boden, der ständig in Bewegung ist. Ich werde diese Insel sperren lassen. Und wenn Sie trotzdem versuchen sollten, darauf zu siedeln, hetze ich Ihnen das Militär und den Psychiater auf den Hals. Den haben Sie dann nämlich nötig.

Und jetzt auf Ihr Wohl, Paul! Das war der merkwürdigste Trinkspruch, den ich je von mir gegeben habe.«

Rainu und Paul blieben drei Tage auf Papeete. Aber es war, als sei für sie die Welt zu einer Gummiwand geworden. Wohin sie kamen und Bestellungen aufgaben: für einen Wasserturm, eine Funkanlage, eine neue seetüchtige Motorjacht, für tausend Kleinigkeiten, die man braucht, um Brachland zu kultivieren — überall stießen sie auf eine geheime Verschwörung. Entweder waren die Gegenstände gerade ausverkauft, oder es wurden ihnen Liefertermine genannt, die völlig unannehmbar waren.

»Sie wollen uns boykottieren und kleinkriegen«, sagte Bäcker. Es klang nicht wütend, sondern fast amüsiert. »Rainu, sie spielen ihre Macht aus. Als ob sie mich damit abschrecken könnten. Sie wollen Papeete für uns zu einem großen Gefängnis machen.«

»Sie werden dich besiegen, Paulo.«

Sie saßen am Hafen auf einer Bank und blickten über das Meer. Hinter ihnen, vor dem Fenster einer Schiffsausstattungsfirma, stand ein unauffälliger Mann und betrachtete interessiert die Schiffslaternen aus Messing. Ein zu unauffälliger Mann!

»Man läßt uns beobachten, Rainu«, sagte Bäcker, ohne sich zu bewegen. »Dreh dich nicht um.« Er zog Rainu an sich, und sie saßen da wie ein verliebtes Paar, das auf einen romantischen Sonnenuntergang wartet. »Es wird Zeit, daß wir verschwinden, Rainu.«

»Du willst wirklich zurück auf die Insel?« fragte sie. Sie lehnte den Kopf an seine Schulter. Der Mann am Schaufenster steckte sich eine Zigarette an. Verliebte zu bewachen schien ihm reichlich dumm.

»Du gehörst hierher, Paulo.«

»Als wir von Anne-Eiland abfuhren, wußte ich nicht so recht, wie alles werden würde. Ich hatte mir vorzustellen versucht, ob du in dieser fremden Welt zurechtkämest und dich darin einleben könntest. Jetzt bin ich ganz sicher: Je weiter ich von unserer Insel weg bin, um so näher kommt sie mir. Ich habe meinen Vater und später meine Mutter nie begriffen ... jetzt ist es, als würde ich mit ihren Gedanken denken. Das ist ein unerklärbares Gefühl, Rainu. Das ist mehr als Sehnsucht oder Heimweh. Ich m u ß einfach zurück. Dieser Fleck Erde im Meer: er ist meine Heimat. Morgen fahren wir ...«

»Und die Bewacher, Paulo?«

»Man sollte sie bedauern. Niemand hat ihnen gesagt, daß man einen Paul Bäcker nicht bewachen kann.«

In der Nacht huschte ein Malaie in den Garten des Gouverneurspalastes, wo Paul ein Gästeappartement bewohnte. Der Mann kletterte an den Blumenranken empor, schwang sich durch das offene Fenster ins Zimmer und verbeugte sich tief. An seinem Gürtel glänzte der Dolch der »Bruderschaft«. Bäcker und Rainu hatten ihn erwartet — sie standen mit gepackten Koffern bereit.

»Wir sind bereit«, sagte der Malaie. »Im ersten Morgenlicht fahren wir.«

»Ich danke euch.« Bäcker trat an das Fenster. Er kletterte zuerst hinaus, dann folgte Rainu. Sie sah fremd aus, trug Jeans und einen dicken weißen Pullover. Der Malaie ließ sich als letzter an den Blumenranken hinab, nachdem er die Koffer aus dem Fenster geworfen und

Bäcker sie unten aufgefangen hatte. Dann liefen sie im Schutze der mondlosen Nacht durch den Park und überstiegen die hohe Mauer. Auf dem schmalen Hinterweg wartete eine geschlossene Rikscha auf sie. Ein anderer sich tief verneigender Eingeborener nahm die Koffer, verstaute sie auf eine Art Gepäckträger und öffnete die Tür.

»Die Polizei im Hafen hat Anweisung, dich zu verhaften«, sagte der Malaie mit dem Bruderschaftsdolch. »Aber eine Rikscha kontrollieren sie nicht. Wir haben es viermal geprobt. Niemand wird dich sehen, Bruder.«

Er verneigte sich, die Tür klappte zu. Lautlos setzte sich das schwankende Fahrzeug in Bewegung.

Beim Morgengrauen glitt, ein Boot unter vielen, ein großer Katamaran aus dem Bootshafen von Papeete hinaus aufs offene Meer. In dem niedrigen Kabinenzelt aus geflochtenem Palmstroh lagen Paul und Rainu und blickten zurück auf die langsam im Morgendunst versinkende große Insel. Als guter Wind aufkam, wurde ein breites Segel gesetzt. Rauschend durchpflügte der Doppelkiel die Wellen. Sie machten schnelle Fahrt, drehten voll vor den Wind und verloren sich bald in der blauen, spiegelnden Unendlichkeit des Stillen Ozeans.

Als gegen 10 Uhr vormittags die Flucht Paul Bäckers im Gouverneurspalast bekanntwurde, stieg sofort eine Staffel Flugboote auf, um das Meer abzusuchen.

Vergeblich. In dem Gewirr der Atolle, in dem Gewimmel der Eingeborenenkanus innerhalb des Archipels war es unmöglich, jenes Boot auszumachen, in dem Paul und Rainu zu ihrem Paradies zurückkehrten.

»Sperren Sie dieses verdammte Anne-Eiland!« ließ der Gouverneur an Capitaine Brissier funken, der die Suchaktion leitete. »Bleiben Sie dort! Wassern Sie vor der Insel! Und wenn Bäcker frischfröhlich eintrifft, verhaften Sie ihn! Ich erkläre Anne-Eiland zum militärischen Sperrgebiet! Niemand darf sich mehr der Insel nähern. Ich werde das in Paris verantworten. Verhindern Sie mit allen Mitteln die Landung Bäckers! Ist er erst auf der Insel, kriegt ihn keiner mehr runter. Das kennen wir ja von seinem Vater. Also, Capitaine: Anne-Eiland wird hermetisch abgeriegelt!«

Brissier drehte ab und flog auf geradem Weg zu Bäckers Insel. Er wußte nicht, was er tun würde, wenn Paul wirklich vor Anne-Eiland auftauchte. Er war Offizier, hatte einen klaren Befehl, aber er war auch Pauls Freund geworden. Und seit er Rainu kannte, verstand er sogar Bäcker. Es muß auch solche Menschen geben, dachte er. Die Welt wäre arm ohne eine solch himmeleinreißende Liebe.

Brissier erreichte Anne-Eiland am Abend, wasserte in der Bucht und funkte nach Papeete: »Zielgebiet erreicht. Bleibe hier.«

»Dieses Mal wird auch ein Bäcker kapitulieren«, sagte der Gouverneur zufrieden. »Das ist jetzt eine reine Kraftprobe. Ich persönlich habe nichts dagegen, wenn er auf Haien durchs Meer reitet – jeder Narr soll so leben, wie es ihm gefällt. Aber das hier ist jetzt ein Duell zwischen Bäcker und mir. Ich lasse mich doch nicht lächerlich machen, meine Herren!«

Während vor Anne-Eiland die Flugboote lagen, die Paul

Bäcker das Betreten der Insel verwehren sollten, fuhr er mit Rainu durch die unendliche Weite der Südsee. Die »Bruderschaft« setzte der Blockade das wirksamste Mittel entgegen, das die Eingeborenen hatten: Zeit.

In aller Ruhe wurden Paul und Rainu von Insel zu Insel weitergereicht. Es war, als überspringe man das Meer auf großen Steinplatten. Sie schliefen in den Häuptlingshütten, und wenn sie am nächsten Morgen weitersegelten, gab ihnen eine kleine Flotte von Kriegskanus das Geleit, bis sie von der Flotte der nächsten Insel übernommen wurden. An jeder Küste empfing sie ein Mitglied der »Bruderschaft«, den Dolch im Gürtel, und wo sie an Land gingen, ehrte man Paul, als sei er zu den »Großen Sechs« der Große Siebente geworden.

Vierzehn Tage lang sprangen sie so unbemerkt von Insel zu Insel. Die Suchflugzeuge waren zurückbeordert worden. Capitaine Brissier hatte Anne-Eiland wieder verlassen, nachdem er ungeduldig nach Papeete gefunkt hatte: »Soll ich hier Moos ansetzen? Oder soll ich an Bäckers Stelle die Einsiedelei übernehmen?«

»Dieser Bäcker ist ein verfluchter Kerl!« antwortete der Gouverneur nach zehn Tagen. »Er hungert uns aus. Irgendwo versteckt er sich — und plötzlich sitzt er auf seinem Felsen. Unterbrechen wir das Spiel. Narrenfreiheit ist auch eine Spielart der Demokratie. Brissier, ziehen Sie das Kommando ab. Jeder hat das Recht zu leben und zu sterben, wie er will. Soll Bäcker doch mitsamt seiner Insel wieder im Meer verschwinden. Es wird zu teuer für Frankreich, diesen Narren davon abzuhalten, Selbstmord zu begehen.«

An diesem Tag starb Jean-Luc Dubonnet, 48 Stunden nach Unterzeichnung des Kaufvertrages mit Pauls Anwalt. Die halbe Insel Tahuata, fast die ganze Stadt Vaitahu, gehörten jetzt Paul Bäcker. Er scherte sich nicht darum. Er hatte die besten Geschäftsführer der Bruderschaft eingesetzt und glaubte sich damit das Recht erworben zu haben, in Ruhe auf Anne-Eiland leben zu können. »Und so etwas vegetiert auf einem Staubkorn weiter«, sagte der Gouverneur. »Kann man das begreifen?«

»Haben Sie Rainu genau angesehen?« fragte der Anwalt, der Bäckers Vermögen weiter verwaltete.

»Natürlich. Eine Südseeschönheit der Extraklasse. Wenigstens da ist der Junge normal.«

»Sie ist eine zweite Anne . . .«

»Blödsinn!« Der Gouverneur winkte wegwerfend. Aber dann wurde er plötzlich sehr nachdenklich und sah den Notar mit einem fragenden Blick an. »Wieso?«

»Sie ist ein einziges Bündel Energie und Liebe. Gegen so eine Frau ist einfach alles machtlos. Genauso war Anne Bäcker.«

»Mein Gott, Sie haben recht, Doktor. Wir hätten uns statt um Paul mehr um Rainu kümmern müssen. Sie ist der Schlüssel zu den Bäcker-Rätseln.« Der Gouverneur wischte sich über das Gesicht. »Daß wir so etwas vergessen konnten: Anne und Rainu, jede Bäcker-Frau ist eine solche Welt für sich, daß unsere Welt entbehrlich wird. Was nun, Doktor?«

»Kneifen wir die Augen zu, Exzellenz.« Der Anwalt hob beide Arme. Es war die Geste der Kapitulation. »Frauen wie Anne und Rainu sind für jeden Mann ein Schicksal – mir bleibt nur eins: Bäcker beneiden. Ich tat es vom ersten Blick an, den ich auf Rainu geworfen habe . . .«

Sechzehn Tage später, nachdem sie von Papeete aufgebrochen waren, landete ein großer Katamaran auf dem Atoll Katatoki.

Pater Pierre stand wieder am Landungssteg, neben sich die beiden Papuas mit den Hakenstangen. Vom kleinen Kirchturm läutete die Glocke, und ihr heller Klang mischte sich mit dem Rauschen des Meeres und dem Singen des Windes in den Palmenkronen.

Als Paul den Landungssteg betrat, war ihm fast feierlich zumute. Er nahm Rainus Hand und half ihr aus dem Boot.

»Wir sind gekommen, um zu heiraten, Pater«, sagte er ernst. »Trauen Sie einen Mann, der Gott nur im Glanz der Sonne, im Brausen des Sturms und im Toben des Meeres erkennt — und ein Mädchen, das an Geister glaubt und geschnitztes, bemaltes Holz anbetet?«

»Ihr seid Liebende«, sagte Pater Pierre und nahm Paul und Rainu an den Händen. »Und wo die Liebe ist, ist Gott.«

Er blickte hinüber zu der kleinen Bambuskirche. Die Tür stand offen. Ein zitternder, aber bekannter Klang drang heraus ... jemand spielte ein Kirchenlied auf einem alten Akkordeon. »Wir haben keine Orgel, aber Palopeno hat gelernt, wie man einen Balg hin- und herdrückt. Ich habe euch erwartet. Seit zwei Wochen ist der Äther voll von Funksprüchen. Und ich habe gedacht: Sie haben wenig Zeit. Wenn sie kommen, wollen wir sofort in die Kirche gehen ...«

Kurz darauf knieten sie vor dem armseligen Altar, der mit Blumen geschmückt war. Hinter ihnen spielte der Papua Palopeno auf seinem Akkordeon ein Kirchenlied, dessen Melodie niemand erkannte, aber es waren feierliche Töne, und das genügte, jeder verstand sie und spürte in sich eine heilige Beklommenheit.

»So seid ihr nun Mann und Frau«, sagte Pater Pierre und legte seine Hände auf Pauls und Rainus gesenkte Köpfe. »Eure Liebe höre nimmer auf, bis daß der Tod euch scheidet ...« Dann verließ er die Kirche. Paul und Rainu blieben allein zurück, und er winkte auch Palopeno, mit seiner Eigenkomposition von Kirchenmusik aufzuhören.

Sie knieten vor dem Altar, die langen Kerzen flackerten im ewig wehenden Wind, und das Bild der »fremden Frau mit dem Kind auf dem Arm« begann wieder zu leben und schien zu lächeln.

Rainu blickte zu ihr auf. »Ich danke dir ...«, sagte sie leise.

Bäcker sah erstaunt zur Seite.

»Zu wem sprichst du?« fragte er.

Rainu lächelte versonnen. »Das verstehst du nicht, Paulo«, sagte sie. »Das verstehen nur Mütter.« Sie erhob sich und zog Paul mit sich hoch. »Laß uns fahren ...«

»Es wird gleich Abend.«

»Ich habe keine Angst mehr.«

»Die Nachtgeister ...«

»Du bist bei mir, Paulo ...«

»Rainu!« Er zog sie an sich, sie schlang die Arme um seinen Hals, drückte sich an ihn, und ihre Zärtlichkeit durchströmte ihn, so herrlich und ihn ganz erfüllend, daß sie schon schmerzhaft war.

»Das Boot liegt bereit«, sagte Bäcker. »Wenn wir die ganze Nacht durchfahren ...«

»Wir werden es ... Wer kann uns noch aufhalten?«

Er nickte, hob sie auf seine Arme und trug sie aus der Kirche. Am Steg schaukelte das weiße Kunststoffboot, der Motor lief bereits. Pater Pierre hielt die Leine fest.

»Los, einsteigen!« rief er. »Macht, daß ihr wegkommt! Ich fange sonst an zu weinen oder zu predigen. Beides ist fürchterlich.« Und als sie mit knatterndem Motor abstießen, schrie er ihnen nach: »Ich komme euch mal besuchen! Soll das Kind getauft werden?«

»Wahrscheinlich!« rief Bäcker zurück. »Darin bin ich so altmodisch wie mein Vater!«

Er lachte, winkte mit beiden Armen, dann gab Rainu, die am Motor saß, Vollgas, und das Boot jagte hinaus auf das gehaßte, geliebte Meer.

Es war einer jener goldenen Abende, da man am Meer stehen konnte und die Schönheit nicht begriff, in die der Mensch hineingesetzt worden war.

Bäcker war ans Ufer gegangen, um das Abendessen zu fangen, aber statt mit dem Speer zuzustechen, sah er den silbernen Fischschwärmen und dem Farbenspiel auf den Wellen zu. Er spürte Rainus Gegenwart erst, als sie von hinten den Arm um seine Brust legte und sich an ihn drückte.

»Denkst du an mich?« fragte sie.

»Ja —«

»An unser Kind?«

»Ob es in zwanzig Jahren auch hier am Strand stehen wird . . .«

Das Meer rauschte heran, die Wellen trugen kleine weiße Schaumkronen, und das Abendrot färbte sie langsam purpurn. Die Flut kam, das goldschimmernde

Wasser umspülte Rainus und Pauls Füße, der Wind wurde stärker und zerrte und sang in ihren Haaren.

»Wie wird die Welt in zwanzig Jahren aussehen . . .?« fragte sie leise.

»Schöner, Rainu«, antwortete er, und es klang so, als glaubte er wirklich daran. »Vielleicht wird sie noch viel schöner sein.«

Er legte den Arm um Rainus Schulter, und so blieb er im Meer stehen, in den anrollenden Wellen der Flut, bis der glutrote Sonnenball versank und der Himmel zum flammenden Gewölbe wurde.

Er war auf dieser Erde der glücklichste Mensch . . .